転生したら、
子どもに厳しい
世界でした ②
梨香 Rika イラスト：朝日アオ

登場人物紹介
リュミエール
エレグレース
ガリウス

ヘプトス
サリー
ミク

私もポシェットの中から
木苺を出して、
火食い鳥《カセウェアリー》を
ぐるぐる巻きにする。

目次

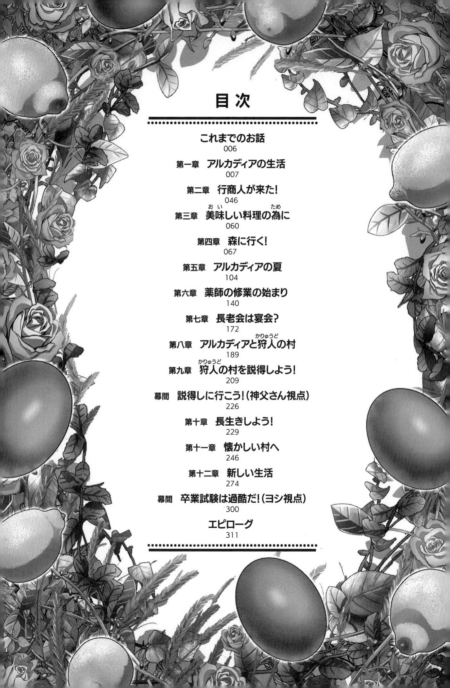

これまでのお話

私はミク。魔の森にある狩人《かりゅうど》の村、バンズ村に生まれた森の人《エルフ》だ。ただ、前世の記憶があるんだよね。前世の私は身体《からだ》が弱く、走ることも禁止、食べ物も塩辛い物、油っぽい物は禁止だった。ポンコツな心臓が止まる時、今度は丈夫な身体に生まれたいと願ったからか、ミクは凄《すご》く健康！

ただ、転生したのは、とても子どもに厳しい世界でした。

生まれた日から歩かないといけないし、次の日にはお粥《かゆ》を食べていた。でも、雪の中を走っても、風邪をひかないし、心臓も痛くならない。

このまま、生まれた狩人の村で大きくなるのかな、なんて思っていたけど甘かった。冬が過ぎて、春になった頃、巡回の神父さんに植物育成、料理、薬師のスキルを賜《たまわ》っていると言われたのだ。

ここは狩人の村。つまり、狩人に向いたスキルがない私はこの村には居場所がないのだ。幼馴染《おさななじみ》のサリーも風の魔法持ちで、狩人向きのスキルじゃなかった。

「人間の町で、魔法使いの弟子になるか、アルカディアで修業するか？」

一歳で選択するの？　厳しいな。サリーは、初めは人間の町で修業すると言っていた。魔の森の奥にあるアルカディアの森の人《エルフ》は、魔法が使えて、偉そうだからだって。

私は、アルカディアで修業することに決めた。人間の薬師はいい加減だと話す、神父さんのアドバイスに従うよ。前世では、薬剤師にお世話になったからね。アルカディアで下働きしながらでも、ちゃんとした知識を身につけたいからだ。薬は命にかかわるからね。

でも、人間の国で戦争が起こり、魔法使いが大勢亡くなった。サリーの師匠になる筈《はず》だった魔法使いも。

サリーは、弟子も戦争に駆り出されると知って、私とアルカディアに修業に行くと決めた。やったね！　一人では心細かったのだ。

二歳の春、私とサリーはアルカディアに行き、薬師のオリヴィエ師匠、風の魔法使いアリエル師匠の弟子になった。

第一章　アルカディアの生活

物見の塔の上から、バンズ村の方角に架かる虹をサリーと一緒に眺めていたが、オリヴィエ師匠に「そろそろ降りよう」と促された。

「ママ、パパ！　立派な薬師になるからね！」

大きな声で叫ぶ。サリーは恥ずかしがって叫ばなかったけどね。塔の当番を務めるリュミエールの兄弟子には笑われたけど、オリヴィエ師匠は「頑張れ！」と激励してくれた。

アルカディアで一番目立つ物見の塔から降りて、アルカディアのすぐ外にある農地に行く。

ここには、アリエル師匠も一緒に行った。私達が物見の塔に登っている間は、知り合いの家でお茶をしていたみたい。

「ここまでは、サリーとミクだけで来ても良いよ。だけど、この先は私かアリエルが一緒じゃないた。


と、絶対に出たらいけない」

こんな木の柵だけなのに？

「ミク？　何も感じなかったの？」

えっ、サリー？　何も感じないよ。

「ふふふ、サリーは村の門を出た時に守護魔法を感じたのね。そうなの、ここにも掛けてあるのよ」

アリエル師匠に褒められるサリーを見ている私の頭を、ぱふぱふとオリヴィエ師匠が撫《な》でてくれた。

「ミクも感じ取れるようになるよ。この柵で魔物から作物を護《まも》っているわけじゃないのさ」

まぁ、この柵だったら、角兎《つのうさぎ》も防げないよね。

「そっか、守護魔法を掛けているのですね。でも、ずっと掛け続けていると、疲れちゃうんじゃないですか？」

オリヴィエ師匠が笑う。

「そうだね！　リグワードでもずっと掛けていたら、疲れるだろうな。それも学舎《まなびや》で学ぶと良いよ」

サリーもアリエル師匠から「頑張って学びましょう」と笑いながら言われている。

ケチ！　師匠なんだから教えてくれても良いじゃない！

「ここの小麦は、誰が植えて、誰のものなのですか？」

サリーは、やはり言葉の使い方が上手《うま》い。

「これは、アルカディア全員で世話をして、全員で分けるのよ。あちらの菜園は、ほら、分けてあるでしょう」

物見の塔の当番もあるし、小麦畑の世話の当番もあるのかな？

「まぁ、やりたい人が、気が向いた時に小麦の世話をしているのさ。ミクも気が向いた時に、育成スキルで育ててくれ」

ええ、それは良いけど、いい加減だな。

「肉とかはどうしているのですか？」

師匠達が狩りに参加している様子はないけど、もしかしたら私達が来たから行けないのかな？

「狩人《かりゅうど》が狩ってきたのを、買うんだよ」

分業制なのかな？

「オリヴィエの薬は、人間の町では高値で売られているみたいね。それに……まぁ、いずれ分かるわ」

何か言いかけたアリエル師匠を、オリヴィエ師匠が「コホン！」と咳払《せきばら》いして止めた。『何なんだろう？』私とサリーは疑問に思ったけど、木の家《アビエスピラ》の菜園について教えてもらっているうちに忘れちゃった。

「ここから、あっちまでが家の菜園なんだ」

えっ、広くない？　若者小屋の前の菜園の五倍はあるよ。

「狩人は、外に出る事が多いから、村に居る人だけが菜園を作るのさ」

ふうん？　やはり分業制なのかも。

「私は、野菜を作りたいのですが、何を植えるのか決められているのですか？」

菜園は、オリヴィエ師匠の管轄みたい。

「芋は常に栽培している。狩人達は料理はあまりしないが、芋を茹《ゆ》でるぐらいはできるからな」

ああ、これは狩人の村と同じだね。

「分かりました。半分は芋にします。でも、トマトや玉ねぎや人参《にんじん》やキャベツも作って良いですか？」

オリヴィエ師匠は、笑って好きにしたら良いと任せてくれた！　嬉《うれ》しい！　菜園仕事は好きなんだよ。

「あのう、私も手伝うつもりですけど、ミクは畝《うね》を作る時とか収穫の時以外は、手伝いは必要なさそうです。何をすれば良いのでしょう」

サリーがアリエル師匠に訊《たず》ねている。

「サリーは、何かしたいことはないのかしら？」

したいことは決まっている。

「私は、風の魔法の使い方を習いたいです！」

だよね！　私も同感！　植物を育てるのも好きだけどね。

「そうね！　風の魔法の初歩から覚えていきましょう」

えっ、私も薬師の初歩で良いから習いたい。

「薬師の修業もしたいです！」

勢い込んで叫んだら、オリヴィエ師匠に笑われた。

「ミクもここの生活に慣れてきたら、一緒に森に薬草を採りに行こう！　薬師の仕事のほとんどは、薬草の採取なのさ」

薬草採取！　薬師らしいよね。

それと気になっていたことがある。

「オリヴィエ師匠、植物性の石鹸《せっけん》の材料はどうしているのですか？」

ははは……と笑って、小麦畑の外を手で指した。

「夏には、あの空き地にひまわりを植えるのさ。そして、秘密の植物もあるからね」

秘密の植物？　植物油は、オリーブ、ひまわり、椿《つばき》が有名だったけど、ここは異世界だから何か違う植物油があるのかも？

「オリヴィエ、秘密だなんて、大袈裟《おおげさ》ね！　トレントを狩るんじゃない！」

ええ！　トレントから油を搾るの？　確か前世で読んだラノベでは、木だけど歩いていたような？　でもトレントなんて、狩人の村では見たことなかったよ。

「アリエル！　秘密がない女はモテないぞ！　まぁ、ミクもいずれはトレント狩りに連れていってあげるよ。油が取れるトレントや、甘い樹液が取れるのや、綺麗《きれい》な木目で高級家具になるのもあるのさ」

へぇ、それは楽しみだけど、私に斧《おの》のスキルはないんだよ。

「どうやってトレントを狩るのですか？」

「基本は、根っこを切れば討伐できる。火に弱いが、油を取るトレントに火は厳禁だ。ミクの植物育成スキルでも倒せるぞ」

えっ、よりトレントを大きくしちゃいそうだけど？

「まぁ、これは邪道だと言われるが、植物育成の反対を使えば、根を枯らせられるのだ。一発で倒せる」

それは、魔女として弾圧されそうな魔法だよ。

「人間に知られないようにした方が良いわよ。植物育成の方もね！」

アリエル師匠の言葉に頷《うなず》いておく。ママとパパも行商人が村から出ていくまで、種を蒔《ま》かないようにと言っていたもん。

「椿の種も持ってきたので、植えたいのです」

アリエル師匠が、笑う。

「花は大好きよ！　庭に植えたら良いわ」

庭？　そうか！　アルカディアの村の中は、木がいっぱい生えている。

地面にも集会場や馬小屋や倉庫などは建っているけど、ほとんどは空き地だ。

「今は、まだ春になったばかりだけど、綺麗な薔薇《ばら》やラベンダーやハーブを植えるのよ」

菜園ではなくハーブガーデンに薔薇とか食べられる綺麗な花もある感じかな？

「そろそろ、帰ろう！　あっ、明日は武術訓練かもしれないから、サリーもズボンの方が良いぞ」

サリーが、武術訓練と聞いて、困惑する。

「困ったわ……ワンピースしか作っていないの」

下にズボンは穿《は》いているけど、上はワンピースだからね。それも、かなり大きい。

「小さなチュニック、何処《どこ》かに置いてあるかもしれないわ」

アリエル師匠が、一緒に探そうと言うので木の家《アビエスピラ》に帰ったけど……何処にあるのかな？

木の家《アビエスピラ》の三階まで上がるけど、ここには私とサリーの部屋しかない。

「よっと！　ロフトにしまってあるとは思うが、着られるかな？」

オリヴィエ師匠が棒を、天井に付いている輪っかに引っかけて引っ張ると、階段が降りてきた。

「上は埃《ほこり》っぽいわよ。オリヴィエ、取ってきて！」

一緒に探すと言ったと思うけど、アリエル師匠は、どうも怠け者だ。

「いえ、私の服だから、私が取ってきます」

オリヴィエ師匠が、どの箱か分からないだろうと笑った。

結局、オリヴィエ師匠、サリーと私で上がる。

「暗いな！　ライト！」

オリヴィエ師匠の指の先が光る。

「光の魔法が使えるのですね！」

肩を竦《すく》めて、壁まで歩くと、ガタガタと雨戸を開け放す。

「ちょっとだけだよ。さぁ、探そう！」

下の生活している場所の掃除もいい加減だったから、嫌な予感はしていたけど、埃が積もっている。

「ソッと歩くんだよ」

それより、掃除をした方が良いんじゃないかな？

私とサリーは、後で掃除しようと目で合図した。

「これは……本だな！　アリエルの本好きは仕方ない。うん？　ここら辺のは子どもの頃の本だから、持って降りるか？」

本！　読みたい！　何冊かを床に置こうとするので、私とサリーが慌てて受け取る。埃まみれになるよ。

「下に運ぶわ！」

私は、本を持って三階に降りると、部屋の机の上に置いて、またロフトに上がる。

「これは？　うん、服だけど、まだ大きいね。こちらだな！」

アリエル師匠とオリヴィエ師匠のお古の子ども用の服が発掘された。

発掘なんて、大袈裟だって？　いや、箱を何個も退《ど》けて、やっと見つけたから、発掘という表現がぴったりな感じだったんだ。

「樟脳《しょうのう》くさいな！　まぁ、樟脳のお陰で虫食いにはなっていないが、ミクの着替えも持って降りよう」

アルカディアに行くから、茶色のチュニックとズボンを縫ってもらったけど、着替えは生成りなんだ。

サリーのチュニック二枚とズボン、私のチュニックとズボンを持って降りた。

「洗わないと着られないわね」

アリエル師匠とサリーが洗濯している間に、私は夕食を作る。

芋がいっぱいあるから、湯がいて潰し、マッシュポテトにして、肉を焼いたのに付け合わせにする。スープは、鳥の骨で出汁《だし》を取って、玉ねぎの芽が出かけているのを刻んで入れる。

「美味《おい》しいな！」

そりゃ、アリエル師匠の酷《ひど》い匂いのスープと比べたらね。

次の日の朝、食事をしながら、学舎について話す。

「学舎が始まる時は、鐘が鳴るのさ！　さて、持っていくのは、石板と石筆だね」

食事の後、アリエル師匠は昨日と同じくソファーに寝っ転がって本を読み始めた。

「ほら、ついておいで！　アリエルは、昼まではあんな感じだから、私が学舎に連れていくよ」

学舎の前まで行くと、白髪のお爺《じい》さんが出てきた。あっ、始業のベルを鳴らすんだ。

ベルの音で、子ども達が学舎に走ってくる。

「さぁ、行こう！」

オリヴィエ師匠に肩を摑《つか》まれて、私とサリーは木の階段を登る。

「やぁ！　サリー、ミク！　やっぱり来たんだね！」

リュミエールの明るさが、今日は嬉しいよ。だって、濃い茶色の髪の男の子は、チラッとこちらを見ただけで、無視しているんだもん！

「メンター・マグス、この子達も頼む。赤毛の子がアリエルの弟子のサリー。金髪の子が私の弟子のミクだ」

メンター・マグスは、白髪のお爺さんだ。かなりの年寄りに見える。灰色の服の上から黒のマントを着ていて、厳しそうだ。

「オリヴィエ、やっと弟子を取ったのだな。二人は引き受ける」

「じゃあ、勉強をしっかりするんだよ」と、オリヴィエ師匠は帰っていった。

「自己紹介をしなさい」

えっ、こちらから？　まぁ、転校生の場合はそうなのかな？

「アリエル師匠の弟子のサリーです。よろしく」

真似《まね》しよう！

「オリヴィエ師匠の弟子のミクです。よろしく」

メンター・マグスはそこにいる子達にも自己紹介をさせる。

もう十五歳ぐらいに見える子が立った。金髪を伸ばして、後ろでくくっている。

「私は、ルシウス師匠の弟子のガリウスだ。もうすぐ学舎を卒業する」

ああ、リュミエールが言っていた子ども達のリーダーだね。

次はすらりとしたグリーン髪の美人だ。

「私はカイキアス師匠の弟子のエレグレースよ。サリーはアリエル師匠の弟子だと聞いているから、私と同じ風の魔法を使うのね。よろしく」

サリーがペコリと頭を下げた。ガリウスが卒業したら、エレグレースがリーダーになりそう。

次は、赤毛の女の子だ。

「イグニアス師匠の弟子のマリエールよ。よろしく」

ニコッと笑うと片頬《かたほお》にエクボができて、少し色っぽい雰囲気のある子だ。多分八歳ぐらいかな？

「私はヘプトス。ポルトス師匠の弟子だ。木の家《アビエスピラ》の近くだから、何か困ったら来い」

森の人《エルフ》にしてはがっちりした体格、濃い茶色の髪のヘプトスは、初めは私達を無視して学舎に入

ったけど、親切なのかな？

「もう二人は知っているだろうけど、私はリグワード師匠の弟子のリュミエールだ！　分からないことは、何でも聞いてくれ！」

年齢が上のガリウスとエレグレースが「リュミエールより、私達に聞いた方が良い」と横から口を挟んだ。

リュミエールは、不満そうに唇を突き出している。

「二人は文字と簡単な計算はできると神父さんから聞いている。一番前の席につきなさい」

おお、学校だよ！　バンズ村の集会場で読み書き計算を教えてもらってたのとは違う。

前世の学校と違うのは、木の上だってことと、床に座ることだね。昔の武士が座るような丸く編んだ円座が置いてある。

低いテーブルが何台か並べてあって、二列ずつだから、私達の横はリュミエールだ。

「隣だね！　分からないことがあったら聞いてね」

頼もしい……のかな？

「ほら、皆は昨日の続きを読んでおきなさい。サリーとミクは、この本だ。読めるかな？」

メンター・マグスが薄い本を私とサリーに渡した。

「サリー、読んでごらん」

ちょっとサリーには難しいかも？　単語をポツポツ読んでいる。

「では、ミク読んでごらん」

私は、少し読みにくいところもあったけど、だいたい読めた。

「サリーはこの一の巻だね。ミクは二の巻を勉強しよう。分からない単語は、石板に書き出すのだよ。後で説明してあげるから」

私に、本棚から少し厚い本を持ってきた。

これは教科書みたい。国語、算数、簡単な地理、魔法について書いてある。

一の巻から勉強したかったな！　サリーの本を貸してもらおう！

学舎は、複式学級だ。私達が本を読んでいる間に、メンター・マグスはリュミエールの席の前に座って、どうやら算数をさせている。

そして、今度は二列目に移動して、マリエールとヘプトスに地理を教えている。

「魔の森の外にある人間の国を覚えなさい」

つい興味があるから、後ろを向いてしまう。

「ミク、自分の勉強に集中しなさい」

叱られちゃった！　でも、一の巻、二の巻、内容は少しずつ難しくなっているけど、人間の国なんて書いていない。気になるよ！

三列目のガリウスとエレグレースが習っているのは、かなり難しい算数みたい。私は、前世では学校にあまり通えていない。家でママやパパから習ったけど、中学生の数学は少しやっただけ。

「頑張ろう！」

サリーも「うん！」と頷く。

真面目《まじめ》に本を読んで、分からない単語を石板に書き出していると、メンター・マグスが回ってきた。

「サリーとミクも真面目にしているね」

分からなかった単語を教えてもらうと、今度は算数だ。

「サリー、足し算はできるが、引き算はもう少しだね。ここから勉強しておきなさい」

私の二の巻は掛け算と割り算だ。

「ミクは、算数はこの終わりの問題を解いてみなさい」

簡単に解いているのが分かったみたい。

二の巻の最後の算数の問題を解いた。

「算数は三の巻だね。でも、知らない単語が多いし、地理とか、歴史は全く知らないみたいだし
……それは二の巻と三の巻で勉強しよう」

三の巻は、もっと分厚かった。

「ええ、ミクはもう三の巻なの？　私は、やっとこの前三の巻になったのに！」

横のリュミエールが文句を言って、メンター・マグスに叱られた。

「なら、ちゃんと宿題をしてきなさい！」

宿題もあるんだ！　サリーと顔を見合わせて、「聞くなら今しかない」と頷き合う。

「メンター・マグス、何の巻まであるのですか？　それと学習内容は？」

一瞬、驚いた顔をしたけど、説明してくれた。

「一の巻は文字と簡単な足し算、引き算。二の巻は文章と二桁の足し算、引き算、掛け算。簡単な歴史と地理。三の巻からは長い文章と三桁の足し算、引き算、掛け算と割り算。それと魔の森の地理」

ここまでは予測通りだね。

「四の巻では二桁の掛け算、割り算。人間の国の地理」

これ！　これが知りたいんだ。パパは人間の町で結婚資金を貯《た》めたはずなんだけど、全然話してくれなかったんだ。あまり楽しい思い出がなかったのかも？

「五の巻は、森の人《エルフ》の歴史。分数の足し算、引き算。人間の国の歴史も少し。六の巻は、自分で学んだことを書いてもらう。分数の掛け算、割り算、それと加減乗除を交ぜた計算。人間の国の政治と帳簿の付け方だ。人間の国では、農民は地税が多いが、商売をするなら帳簿を付けてないと税金を多く取られる」

分数と聞いたあたりで、何人かが「うっ！」って声をあげた。私も苦手だったよ。

「ありがとうございます」とお礼を言っておく。学習面は大丈夫だと思う。


時計はないけど、ほぼ一時間勉強をしたら、休憩だ。

メンター・マグスは、隅に置いてある椅子に座って、お茶を飲んでいる。

「水筒を持ってくれば良かったね」

他の子も水を飲んだりしているけど、まだ春だから、そんなに喉は渇いていない。

「サリーとミクは水筒を持ってこなかったの？　メンター・マグス、この子達にお茶をあげて下さい」

エレグレースがメンター・マグスから、茶器に入ったお茶をもらってくれた。

「ありがとう！」

エレグレースは「良いのよ」と笑ったけど、他の人は「やっぱりね」と肩を竦めている。

それって、どういう意味なんだろう？　私達が狩人の村の子だから水筒も持っていない、と馬鹿にしているの？　それとも、変人だと言われている師匠を馬鹿にしたの？

「こら！　お前らは目上の人を馬鹿にする態度を改めないといけない。お茶を飲んだら、魔法の勉強だ」

メンター・マグスがガツンと叱ってくれたけど、狩人の村の子だからと馬鹿にされたのではなかったのかな？

魔法の勉強は、机を片付けて、丸く円状に座って行われた。

「自分がもらった魔法以外を勉強して身につけるのだよ」

私とサリーが驚いていたら、メンター・マグスは笑った。

「人間のほとんどはスキルをもらえない。でも、努力して、魔法を使えるようになったり、武器の鍛錬をしたりしているのだよ。森の人《エルフ》もできる筈《はず》だ」

それぞれ、得意な魔法なら簡単なんだろうけど、苦手な魔法の練習は嫌みたい。

「エレグレースとリュミエールは、土の魔法をガリウスから習いなさい。マリエールとヘプトスは、こちらでサリーとミクと一緒に光の魔法の練習だよ」

二つに分かれて輪になって座る。

「あのう、私は薬師と植物育成と料理のスキル持ちで、魔法使いではないのです」

サリーは風の魔法使いのスキルだけど、私のは薬師以外は微妙なんだよね。まぁ、生活するには役に立つけどさ。

「ミク、植物育成スキルは、土の魔法の一部だよ。普通に魔法は使っているのだから、頑張ろう！」

サリーも不安そうだ。

「私は、風の魔法の使い方もよく分かっていないのです」

メンター・マグスは、ポンとサリーの肩を叩《たた》くと「大丈夫！」と笑う。

「光の魔法は、習得するのが難しいと言われているが、本来、森の人《エルフ》は皆持っている魔法なんだよ。それを使えるようにするのが目標だ」

何をするのかな？　と思ったけど、輪になって手を繋《つな》ぐ。

「光の魔法を送るから、感じ取るのだ」

ええ！　そんなことできるのかな？

初心者の私とサリーがメンター・マグスの隣だ。そして、マリエールとヘプトスとそれぞれ手を繋ぐ。

ううん？　何となく、手が温かい気がする。

「片手から受け取った光の魔法を、もう片方の手に流すのだよ」

左手で受け取った、何か温かいものを、右手からマリエールに流す。

「流れているのか、分かりません」

マリエールも、よく分からないみたいだから、流れていないのかも？

「では、ミクとマリエールは場所を変わりなさい」

マリエールは、メンター・マグスからは受け取れるけど、私には渡せない。

サリーも同じだった。

「今日は、ここまでにしよう。光の魔法を覚えたら、治療師にもなれるし、守護魔法も使えるようになるから、頑張りなさい。特に、サリーは風の魔法でも治療ができるが、光の魔法を少しでも習得すると、より高度な治療ができるぞ」

サリーは、それを聞いてやる気になったみたいだけど、私は才能がないんじゃないかな。

宿題を出されて、サリーとぼとぼと木の家《アビエスビラ》に帰る。学舎、初日は何だかとても疲れた。

そうか、入学した当日に半日とはいえ授業を受けたんだからね。

夕食の後は、部屋で勉強したよ。

「宿題もしなきゃいけないよ」とオリヴィエ師匠に言われたからね。

石板に答えを書いたけど、消えないように持っていくの大変そう！　前世のノートと鉛筆が懐かしいよ。

学舎の武術訓練は、落第確定だ。初日でも分かるほど、他の子より駄目。

サリーは、弓はそこそこ上手い。風の魔法のお陰もあるかもしれないけど。

私は、下手《へた》くそなんだよね。オリヴィエ師匠は、人間は何年も努力して身につけると言うけど、向き不向きもあるんじゃないかと思う。

「ミク、ちゃんと的を見て射るんだ！」

リュミエールは、親切に教えているつもりだろうけど、的は見ているよ！

「弓は向いていないのかもしれないな」

メンター・マグスにも匙《さじ》を投げられた。まぁ、弓だけでなく、他の武術も向いてなさそうなんだけどさ。

学舎での学習は、かなり進んだ。二の巻の地理や歴史を覚えたから、三の巻をやっている。

つまり、リュミエールと同じ席なんだ。

『サリーと一緒の席の方が良いのに……』と内心で愚痴るけど、複式学級だから、仕方ない。

それと、サリーも一の巻は終わったから、そのうち追いつきそう。

リュミエールは、やはり親元から通っているからか、甘えていたみたい。

宿題もちゃんとしてこなかったりしていたけど、今は違うよ。

「おチビちゃん達に負けられない！」

私達が来てから、宿題もちゃんとしてくるから、もうちょっと頑張れば四の巻に上がりそう。

四の巻からは、二列目の席だから、私とは別になるね。

リュミエールが嫌なわけじゃない。サリーと一緒に座りたいだけ！

サリーは、魔法実技の日は薄い緑色のワンピース、武術訓練の日はお古の青いチュニックとズボンで通っている。

私は、魔法実技の日は、ママに縫ってもらった茶色のチュニック、武術の日は師匠のお古のグリーンのチュニックを着ることが多い。

お古の方が生地は上等なんだけど、茶色のチュニックとズボンは、まだ大きすぎるから、身体《からだ》を動かす時はちょっとね！

朝からは学舎、そして昼は、木の家《アビエスピラ》に帰って、朝作ったスープと肉を焼いて食べる感じだね。

パンを焼きたいから、石窯を庭に作りたいけど……石がないんだ。いや、何処かにはあるのだろうけど、見当たらない。

それにモルタルもね！　狩人の村は石垣に囲まれていたから、補修用の石やモルタルがあったんだよ。

「オリヴィエ師匠、こんな風な石窯が作りたいのです」

石板に絵を描いて、材料が何処にあるのか訊ねる。

「ふうん、これで肉やパンを焼くのか？　人間の町には、パン屋があったよ」

わぁ！　行ってみたい！

「師匠は、人間の町に行ったことがあるのですか？」

オリヴィエ師匠は、笑う。

「アルカディアのほとんどの森の人《エルフ》が人間の町に行ったことはあるさ。若いうちは冒険したくなるからね。そのまま人間の町に住む森の人《エルフ》もいるけど、子育て中はアルカディアに戻る。それと、年を取ったら帰ってくる森の人《エルフ》が多い」

ふうん！　狩人の村では、出ていった若者はほとんど帰ってこない。結婚資金を貯める為《ため》に出稼ぎに行った場合は帰ってくるけどね。

話が逸《そ》れたけど、石やモルタルは倉庫にあるそうだ。

「なら、頑張って作ります！」

前の石窯は、パパが作ってくれたけど、今度は自分で作ろうと思った。

「ミクだけでは、無理だろう？　鍛冶《かじ》や建設ができる大人に任せた方が良い」

えっ、そんなに大層なことを？　なんて考えていたけど、オリヴィエ師匠は私が学舎に行っている間に、話をつけてくれた。

ある日学舎から帰ったら、木の家《アビエスビラ》の横に私が考えていたよりも立派な石窯ができていた。

ガラス瓶に木苺《きいちご》を入れて、天然酵母は作っているから、小麦粉を捏《こ》ねて発酵させる。

「明日にはパンを焼きます」

サリーは、狩人の村にいる時から、私のパンを時々食べていたから知っている。

「ミクのパンは柔らかくて美味しいから、楽しみだわ！」

ただ、小麦は残り少ないから、毎日は焼けないかもね。

ということで、小麦に育成スキルを掛けてから、自分達の菜園に行く。

「芋は、かなり育ったわね！」

サリーに手伝ってもらうのは、玉ねぎとキャベツの苗を植えるからだ。

畝は、オリヴィエ師匠が作ってくれているから、二人で苗を植えて、ジョウロで水をやったら終わりだ。

アルカディアの鍛冶師は、人間の町に長く住んでいたみたいで、ジョウロも作っていたんだ。

それに、農地には水路が引かれていて、水車も回っている。

これで、小麦を脱穀して、粉にしているんだ。石臼でひかなくても良いから楽だよ。

水路からジョウロで水を汲《く》んでから、水やりをするから、前より広い菜園でも楽に管理できる。

サリーは、アリエル師匠から、洗濯物を干すのに、風の魔法を使うやり方を習ってからは、洗濯係だよ。


狩人の村の時より、お風呂に入る回数も多いから、洗濯物も多い。

下働きと言われた時は、何だかなぁと思ったけど、村でもやっていたことだから、そんなに苦ではない。

それと、サリーと一緒だから、分業してお互いに手伝いができるからかも？

今日みたいに、苗を植えたり、収穫したりする時は、サリーが手伝ってくれる。

そして、シーツを洗ったり、ロフトを掃除したりする時は、私も手伝う。

私は、料理と菜園の管理。サリーは、掃除と洗濯って感じなんだ。


次の日は、いつもより早起きして、夜の間に発酵させていたパン生地のガスを抜いて、もう一度発酵させてから、石窯でパンを焼いた。

ここの石窯には、簡単な屋根が付いているから、雨の日でも焼けそう。

パパが作ってくれた石窯は、雨の日や雪の日は使えなかったんだ。

「良い香り！」

パンの焼ける匂いでお腹《なか》が空《す》いてくるけど、朝食のおかずも作るよ！

サリーが居間とお風呂の掃除は終えていた。

台所は、私が掃除している。それと自分の部屋もね！　師匠達の部屋は……本人達はしていると言っているけど、あまり綺麗とは言えないね。シーツは定期的に洗うけどさ！

今日の朝食は、パンと芋のスープだよ。

「柔らかくて美味しいな！」

オリヴィエ師匠は、豪快にパンをちぎると、パクパク食べる。

「人間の町のパンより柔らかいわ」

朝が苦手なアリエル師匠も、今朝はいつもより食べるスピードが速い。

食べ終わってから、オリヴィエ師匠が少し考え込んでいた。

「ミク、内職をしないか？　パンを焼いて、お金を儲《もう》けるのさ」

それは、狩人の村でもしていたけど……修業はどうなるの？

「修業の邪魔にならない程度に、うちのパンを焼く時に、余分にパンを焼けばお小遣い稼ぎになるよ」

それなら良いかも？

「もう少ししたら、行商人も来るわ。欲しいものを買うお小遣いがあると便利よ」

でも、それではサリーは？

「サリーも手伝ったら良いさ」

そうか！　一緒に作れば良いんだね。

「できるかな？」と不安そうなサリー。

「できるよ！　教えてあげるから、一緒に焼こう！」

サリーと一緒に行商人から何か買いたいもの！　一人じゃ楽しくないよ。

「狩人の村では、小麦を持ってきてもらって、焼き賃として銅貨二枚をもらっていました」

そう言うと、オリヴィエ師匠は「じゃあ、ここでは小麦と銅貨四枚だな！」と笑う。

やはり、アルカディアの森の人《エルフ》の方が、お金を持っている気がするよ。

それと、アルカディアには、山羊《やぎ》と羊と牛もいたんだ。

まだ春とはいっても寒い日もあるから、家畜小屋にいるけど……山羊もエバー村の山羊とは違って、大きくて怖い。

チラリと外から見たけど、目も赤くて、角も長いし、鼻息も荒かった。

「彼奴《あいつ》らは、元は魔物だから、子どもは近づかない方が良い。少なくともテイマーのスキル持ちじゃなければ、暴れ牛《アウズンブラ》の乳を搾るのは危険だ」

乳は欲しいけど、エバー村の山羊の方が良いな。あれなら、私でも乳搾りができそうだからさ。

でも、森の奥まで生きたままの山羊を連れてくるのは難しいのかも？

「乳やチーズは、集会場で朝に売っているよ。欲しかったら、ここのお金で買えば良い」

台所にあるお茶の入った缶の一つを空けて、オリヴィエ師匠が銅貨をチャラチャランと入れた。

その捨てられたお茶は、アリエル師匠のゲキマズ茶だったみたい。

「乳を買うなら、器を持っていくんだよ。チーズは葉っぱに包んで売っている。確か、乳は銅貨四枚かな？　チーズは八枚だったと思う」

料理はあまりしない師匠達だから、買うことはなかったみたい。

「乳とチーズがあれば、作れる料理が多くなります。後は卵があれば良いのだけど……」

狩人の村では卵は食べたことがなかったので、サリーはきょとんとしている。

「卵はなぁ……前に鳥の魔物を飼育していた森の人《エルフ》がいたが、亡くなってからは誰も飼っていないんだ」

えっ、飼えるの？

「どのくらいの大きさだったのでしょう？」

オリヴィエ師匠とアリエル師匠が、両手を広げて「このくらいだったかな？」「もう少し大きかったと思うわ」と言っているけど、鶏よりずっと大きいね。

「凶暴なのですか？」

二人は詳しくないみたい。

「暴れ牛《アウズンブラ》ほどは凶暴じゃないさ。だが、世話が面倒だったのかも？　鶏小屋《とりごや》が必要だし、毎日餌や水をやらないといけない。卵を毎日産むかどうかも分からないみたいだぞ」

アリエル師匠は眉を顰《ひそ》める。

「それに、朝早くに鳴くのよ！　世話をしていた森の人《エルフ》が亡くなったら、すぐに潰して食べたのは、あの鳴き声に腹が立っていた人が多かったからよ！」

うっ、それは飼えないかもね？

「いや、あれは中心地で飼っていたから、糞《ふん》の匂いも問題だった。それに、アリエル以外は、鳴く時間には起きているだろう。木の家《アビエスピラ》の裏なら大丈夫さ。今度、狩人に生け捕りにしてきてもらおう！」

宵っぱりの朝寝坊なアリエル師匠は、少し嫌な顔をしたけど、渋々承知した。人間の町で食べた卵料理の味を思い出したみたい。

「朝食に、パンとオムレツが食べたいわ！」と言っていたからね。


アルカディアに来て、一ヶ月が過ぎた。

学舎では、サリーが二の巻になり、リュミエールが四の巻になって、後ろの席に移動した。

「あっ、何となく光の魔法を渡せた気がします」

サリーは、魔法実技はなかなか出来が良いと思う。

「ううん、何となく温かいような？」

私は、まぁ、こんなもんだよ！　これは根気よく続けるしかないかも？


小麦は、一回目の収穫を終えた。その日は狩人の人達があっという間に刈り取った。これも分業なのかもね？

小麦が分配されてから、パンの注文が多い。サリーに捏《こ》ねるのを手伝ってもらう。

もっと小麦が欲しいけど、少し畑の土を休ませるみたい。

「すぐには小麦を蒔かないのだ。暖かくなったから、ここで放牧するのだけど、牛には近づかない方が良い。夏になったら、放牧場に連れていくから、それまでの我慢だよ」

山羊や羊も近づきたくない大きさだけど、牛はね！　絶対に近づかないよ。

小麦の藁《わら》は、家畜の寝藁にもなる。そして、その糞をした寝藁は、小麦畑にすき込まれた。

「臭いわね！」

サリーが芋の収穫を手伝いに来て、鼻を摘《つま》んでいる。

「それより、あの柵を越えて来ないか心配だよ」

のんびり雑草を食べているけど、油断できない感じだもん。落ち着いて、畑作業ができない。

「あの柵にも守護魔法が掛けてあるから、こちらには来ないわよ」

サリーは感じ取れたみたいだけど、私は分からなかった。

小麦を収穫した後、ザクザクと簡単な柵を立てて囲ってあったのだ。

「まだ私は、守護魔法を感じ取れないわ。光の魔法もよく分からないからかも」

ヨッと芋を引っこ抜きながら愚痴る。

「でも、ミクは、空間魔法は感知できるじゃない。私は、全然何も感じないわ」

サリーも、ヨッと芋を引っこ抜いて、愚痴る。

でも、愚痴りたいのは私だよ！

「サリーはアリエル師匠に風の魔法の基礎を習っているじゃない。私はまだ薬草採取に連れていってもらっていないのよ」

薬師らしい修業としては、ひまわりの種をアルカディアの外の原っぱに、師匠と一緒に蒔いただけだよ。

「あら？　行商人が来たら、森に薬草採取に行けるだろうとアリエル師匠が言っていたわよ。オリヴィエ師匠の薬を買うのも、行商人がここまで来る目的の一つなんだって！　だから留守にできないのよ」

森のかなり奥にあるアルカディアに来て一ヶ月が過ぎ、少しずつここでの暮らしにも慣れてきたけど、リュミエールの自慢という狩人の親が狩ってきた巨大な獲物には驚いたよ。

あれって竜じゃないの？　アルカディアの人に言わせると亜竜だそうだけど、人間を丸呑《まるの》みしそうだったよ。

「カーマインさん、大丈夫かな？」

行商人には護衛がついているけど、あんな魔物には勝てないと思う。

「だから物見の塔があるのよ。近くのラング村から出る時は、護衛に誰か行くんだって」

サリーはアリエル師匠から色々と聞いているみたい。

神父さんを迎えに来たリュミエールは、護衛になるのかな？

「ああ見えて、弓のスキルも持っているから、何とかなるんじゃないの？　それと神父さんや私達には守護魔法を掛けられるし、無理だと思ったら、物見の塔の当番が大人をよこすんじゃない？」

サリーは、私の言いたいことが理解できるから、サクサク会話が続く。

芋を茎から外して籠に入れていく。茎は菜園の端に置いて堆肥にする。あの臭い寝藁もすき込めば良いのかも？　近寄れないけどさ。

「あっ、馬の寝藁ならもらえそう！　馬糞って良い肥料になりそうだわ」

サリーは嫌な顔をした。手伝いたくないのだろう。

「良いわよ！　古い服を着て手伝うわ」

やっぱりサリーは優しいな！

「ありがとう！」ゴンと拳をぶつけ合う。

こんな話をしていたのが行商人が来るフラグだったのかな？

次の日の朝、物見の塔から『カン、カン』とのんびりした鐘の音がした。

私とサリーは焼きたてのパンを売っていたんだ。

「何かしら？」

驚いた私達に、ヘプトスが笑いながら教えてくれた。

「ああいう風にのんびりとした鐘の音は、神父さんか行商人がラング村を出たって報《しら》せだよ。神父さんはもう来たから、行商人だな。誰かが出迎えに行くと思う」

ヘプトスは、最初の日は学舎の外で私達を無視したけど、知り合ってみたら、少し人見知りしただけだと分かった。

土の魔法持ちだから、よく菜園に来ているし、小麦畑に成長の魔法を掛けているうちに、話すようになったんだ。

それに、家が近いからか、よくパンを注文してくれる。

「行商人が来たら、紙とペンとインクを買いたいわ」

それはお金が足りるか不安だよ。

「インクは二人で買おう！　紙とペンは一人ずつ買わなきゃね」

聞いていたヘプトスが笑う。

「ペンなら、買わなくても魔物の羽根で作れるよ。今度、羽根が手に入ったら作り方を教えてやる」

もう一個のパンを追加で注文していたエレグレースが来て、注意してくれた。

「紙もアルカディアで作っているし、インクはオリヴィエ師匠なら作れると思うわ。行商人のは高いわよ」

エレグレースもパンをよく買いに来てくれる。あまり買わないのは、狩人達だ。肉をメインに食べるみたい。

小麦は、同じだけ分配されたから、残っているとは思うけどさ！　パンを買わないのは、普段食べていないからかも？

「なら、買う物はないかな？」

布もアルカディアでは織っている。

「行商人は、薬を買う以外に何をしに来るのかしら？」

サリーの質問にエレグレースが答えてくれた。同じ風の魔法持ちだからか、サリーと仲が良い。

「行商人は、アルカディアの製品を買いに来るのよ。亜竜の皮とか牙は、人間の町ではとても高値で売れるの。それに、薬やガラスや武器などもね」

じゃあ買う物はないのかな？

「私は、飴《あめ》を買うのが楽しみなの！」

ああ、バンズ村でも棒飴を配ってもらったことがあるよ。

「僕は、珍しい種が欲しいな」

ヘプトス、同感だよ！

「私も！」

アルカディアの子どもは、親の手伝い、師匠の用事、物見の塔の当番をした時、お駄賃をもらっているみたい。私とサリーも、菜園や洗濯や掃除や料理のお駄賃をもらっているんだ。でも、下働きが条件で修業させてもらっているのに？

十日毎《ごと》にもらうのだけど、初めて銅貨十枚もらった時は驚いた。

『ほんの少しのお駄賃だよ。いつか、二人が人間の町に行く時は、お金が必要になるから、貯めておきな』

そう言ったオリヴィエ師匠が、またアリエル師匠のゲキマズ茶の入った缶を二つ空けて、私とサリーにくれたんだ。だから、お駄賃はそれに貯めている。使うのは、パンを焼いて得たお金だけだと二人で決めたんだ。

「わくわくするね！」

二人で顔を見合わせて笑うけど、なかなか行商人はアルカディアに着かなかった。荷馬車でのろのろ移動するからね。

学舎で、苦手な武術訓練で何十回目かの死を宣告された時『カン、カン、カン、カン！ カン、カン、カン、カン！』と早鐘が鳴ったんだ。

「何かあったんだ！」

リュミエールったら、メンター・マグスの許可も得ないで飛び出した。

「子ども達は学舎の中にいなさい！」

リュミエールは、メンター・マグスが投げた蔦《つた》に捕まえられて、学舎へ引きずり込まれた。

「リュミエール！　あんな早鐘が鳴ったら、どうするのか言ってみなさい」

しょぼんとしたリュミエールは、渋々答える。

「早鐘が鳴ったら、家の中に隠れる……でも、私はもう五歳だよ！」

確かに、狩人の村なら五歳は若者小屋で親から独立して暮らしている。

「大人の足手纏《あしでまと》いになるから、家の中にいる規則なのだよ。あの早鐘は、アルカディアの近くに竜が出たと報せているのだ。お前の親が討伐するのに、子がちょろちょろしていたら心配で困るだろう」

赤ちゃん扱いだけど、竜に勝てるとは思えないから、仕方ないよね。

少し経《た》ったら『カン、カン、カン』とのんびりした鐘が鳴った。

「討伐されたみたいだな。さぁ、もう帰っても良い。ただ、リュミエールには罰の宿題を出すから残りなさい」

「えええ！」と悲鳴をあげているリュミエールをガイアスが「勝手なことをした罰だ！」と笑った。

急いで木の家《アビエスビラ》に帰ったら、アリエル師匠が居なかった。

「アリエルなら、竜を討伐しに飛び出したよ。血の気が多いから」

えっ、いつもソファーに寝転がり、本を読んでいるアリエル師匠が？　サリーも驚いたみたい。

「私が行っても良かったが、今回はワイバーンだったからな。空を飛ぶ竜には風の魔法の方が向いているのさ」

えええ、オリヴィエ師匠も討伐とかするの？

「当たり前だろ！　竜を討伐できないと森歩きなんか、おちおちできないさ。それに竜の肝は、薬の材料にもなるのさ」

あっ、ファンタジーの読み物では、竜の血でエリクサーとか作っていたよね。そんなことに思いを馳《は》せていたら、思わずキラキラした目で師匠を見ていたみたい。

「おい、ミクどうしたんだ？」

「あのう、竜の血で凄《すご》い薬とか作るのですか？」

オリヴィエ師匠が爆笑する。

「そんなのは知らないな！　ミクが薬師になったら試してみると良い。だが、竜の血は臭いから、その場で血抜きをするぞ。手に入れるなら、討伐に参加しなくてはな！」

それは、かなり先になりそうだよ。

「魔法で攻撃するのですか？」

私の質問に、オリヴィエ師匠は、驚いている。

「当たり前だと思うけど……そうか、狩人の村では狩りのスキル持ちが狩りをしていたんだね」

それって、植物育成スキルの私も魔物を討伐するってことなのかな？　まさかね？

前にトレントを狩るのは聞いた。トレントを見たことはないけど、木だろうから、斧や魔法で根を切ったり枯らしたりするのを想像して、何とか頑張ろうとは思っていた。

でも、竜は……想像の範囲外だよ。

私は毒蛙《がえる》しか倒したことがない。サリーは角兎を射たことはあるけど、小物だよね。狩人の村の近くにいる大きなビッグボアやビッグエルクとかは無理だった。

「帰ったぞ！」

外から歓声が聞こえる。

「見に行こう！　肝を買わないといけないからな」

オリヴィエ師匠について、私とサリーも集会場に向かう。

森の奥のアルカディアでも、竜の討伐は珍しいのか、何人も集まっている。

「竜の肉は美味しいから、買いに来ているのさ」

へぇ、そうなんだね。前にリュミエールの親が狩った亜竜も、なかなかジューシーで美味しかったよ。あれは、こうして狩った肉だったんだね。

狩人達とアリエル師匠がワイバーンを運んできた。

アリエル師匠が、巨大なワイバーンを宙に浮かせて運んでいる。

「これ……」

恐竜で空を飛ぶのがいたよね？　プテラノドンだったかな？

「丁度、行商人も来るから、良いタイミングだったな」

狩人達は、高く売れると嬉しそうだ。どうやら、皮が高値で売れるみたい。それに、長い爪や牙も！

「この翼の部分は傷つけないように解体しろよ！」

私達は、邪魔になりそうだから、オリヴィエ師匠を残して、木の家《アビエスピラ》に帰った。

「アルカディアの狩人が凄腕《すごうで》だとは聞いていたけど、魔法使いも凄いのね」

サリーは、アリエル師匠みたいに竜を討伐する自信がないみたい。

「まだ一ヶ月だもの。十歳までは修業するのだから、先は長いわよ」

と言ったものの、アルカディアでは学舎に通うのは十歳ぐらいまでだけど、そこから師匠について修業しているみたいなんだ。

リュミエールの兄弟子とか、十歳を超えているよね。

「いつまで修業するのかな？」

そんなことを言いながら、昼食の用意をする。

「ワイバーンの肉をもらってきたわよ！　オリヴィエは、肝を買う交渉をしているから、遅くなるわ」

いつもは、ブラウスとスカートとか、ワンピース姿のアリエル師匠がチュニックとズボンを穿いていた。

「アリエル師匠、ワイバーンを討伐したのですね！」サリーが質問する。

「ええ、空高く飛ぶ相手は、武器より魔法攻撃の方が有効なのよ。サリーにも魔法攻撃を教えてあげるわ」

風の魔法使いの修業も大変そうだよ。

「ミクも竜を倒せないと、高級な薬は作れないわよ。オリヴィエは、今回は留守番で、討伐に参加しなかったけど、いつもは参加するの」

えっ、薬師の修業に竜の討伐まで含まれるとは知らなかったよ！

薬草の採取、石鹸の材料のひまわりの栽培やトレント狩りまでは、なんとか頑張ろうと考えていたけど。

「今回のワイバーンは、空を飛ぶからミクの土魔法系とは相性が悪いけど、地上の竜なら倒せるようになるわ！　頑張って修業してね！」

何だか、一生修業しても無理な気がする。

オリヴィエ師匠が帰ってきたので、昼食にする。朝作ったスープ、パン、そしてワイバーンのステーキ！

「美味しい！」

あの姿からは想像できない美味しさだよ！

「アリエル師匠、すじ肉とか、もっともらえませんか？」

もらってきた肉は、とても綺麗な部位だった。胸肉っぽい感じ。

「すじ肉なら、余っているから集会場で売っていると思うぞ。だが、硬いから人気はない」

オリヴィエ師匠は、前にすじ肉を料理したのかな？

「すじ肉でシチューを作りたいのです！　玉ねぎも、人参も、小さいのならありますから！」

サリーにすじ肉を買ってきてもらう。何故《なぜ》、私が行かなかったのか？　オリヴィエ師匠が竜の肝で薬を作るのを見学するからだ！

「わっ、大きいですね！」

私の頭より大きな肝が調合部屋の机の上の容器に、水につけて置いてある。

「ワイバーンなどの竜の肝は、良い薬の材料になるのだけど、早く処理しないといけないのだ」

昼食を先にして良かったのかな？

「水につけて、血抜きをしていたのさ。この水を何回も換えて、血抜きを完璧にしないと、臭い上に、効能も悪くなる」

なるほど！　水につけてから昼食だったんだ。

「水を取り替えよう！」

調合部屋の隅には、流し台と水甕《みずがめ》があった。それにコンロもね。小さなストーブみたいな金属の箱で、下で薪《まき》を焚《た》いて、上で薬草を煎じるみたい。三回、水を取り替えたら、匂いがしなくなった。

「これを薄く切って、乾かして、粉にするのさ！」

料理っぽいね。

「やらせて下さい」

オリヴィエ師匠に聞きながら、肝をスライスする。

「ミクの調理スキルは、薬師として役に立つね」

それより竜の討伐の方が心配だよ。

「オリヴィエ師匠、私に竜の討伐は無理じゃないでしょうか？」

ぷっとオリヴィエ師匠が笑う。

「アリエルに激励されたのだな。まぁ、大きくなったら、竜を討伐するやり方も教えてあげるが、先《ま》ずはこれを乾かす方法からだな」

日陰で干すのだけど、風の魔法で乾かしてはいけないの？　アリエル師匠とかサリーに手伝ってもらったら早いと思うんだけど？

「一気に乾かすより、ゆっくりと時間を掛けて乾かした方が、何故か効能が高い気がするんだよ。

アリエルには馬鹿にされるが、私はいつもこのやり方だよ」

私は、オリヴィエ師匠の弟子だから、この方法を覚えよう！　忘れないようにメモをしたい。木を薄く切ったものに、炭で書こうかな？　狩人の村ではそうしていたんだよ。

「あっ、やはり紙とペンとインクが欲しいな」

習ったことを、これからいっぱい書き記しておきたい。

「行商人のは高いから、紙は知り合いに譲ってもらってやるよ。ペンは作れば良いし、インクも作り方を教えてあげよう。それと、薬の瓶の作り方も、そろそろ教えても良いかな？」

「教えてほしいです！」

どうやら、私がとても幼いから、ここでの生活に慣れるまで待っていたみたい。

「そうだな、ミクは畑仕事に料理にパン作り、それに学舎でも三の巻になっているから、薬師の修業も始めても良さそうだ」

嬉しい！　飛び上がっちゃう！　やっと、薬師の修業が始まるのだ。まぁ、ひまわりの種を蒔くのも仕事の一部だけどさ！

そうじゃなくて、薬師らしい修業がしたかったんだ。何を教えてもらえるのかな？　ワクワクする。

「では、先ずは、行商人との交渉だな。薬師は、薬を売ってお金を稼がないと駄目なんだ。まぁ、町に住んでいたら、店を開くこともあるけどな」

ふむ、ふむ、それは大事だね！　売らないと、生活できないもの。

「私の横で、よく聞いておくんだよ。人間の町の相場を知るのも大事だからね」

うん？　師匠は、森の奥深くのアルカディアにいるから、人間の町での薬の値段は分からないのでは？

「アルカディアの森の人《エルフ》は、人間の町に時々は出向くのさ。それと、帰ってきた奴《やつ》らに訊《き》いたりもする。行商人達は、ここまで来てくれるから便利だけど、安く買おうとするから、要注意なのだ」

あっ、それは必要だよ！　狩人の村でも魔物の皮とか、買い叩かれていた感じがしたんだ。

まぁ、私は人間の町に行ったこともないし、それが適正価格なのか分からないけど、何となく安すぎる気がした。そりゃ、森の中までやってくるのだから、少しは仕方ないけどさ。

オリヴィエ師匠が秋から冬の間に作った薬、半分は乾かした材料のままだ。

「薬に調合したら、一年しか持たないからね。後の半分は、こうして効能ごとに分けて、煎じて飲むようにするのさ」

調合した薬は、透明なガラス瓶に入っている。

「このガラス瓶の作り方を覚えないとね。あと、私は、紙は買っているけど、ミクが作り方を覚えたかったら、紙漉《かみす》きをしてるカルディに聞いてやるよ。習ったら良いかもな」

紙漉き！　前世の夏休みの工作キット、買ってもらったけど、体調を崩して、ママにやってもらったんだよ。今度こそ、紙漉きをやってみたいけど……。

「先ずは薬師の修業をしたいです！」

オリヴィエ師匠は、ぽふぽふと頭を撫でて笑う。

「そんなに急がなくても良いよ。紙漉きを覚えたら、皆も助かるんだ。必要なのに、跡取りがいないのさ」

あっ、前世でも伝統工芸の後継者がいないのが問題だとニュースで流れていたよ。

「紙漉き、ガラス造り、家畜を飼うとか、必要なのに後継者が少ない。皆、派手な狩人や魔法ばかり修業したがるのさ」

「鍛冶師は？」

「鍛冶師や錬金術師は、割と人気があるんだ。火の魔法使いとか、金属系の魔法を使える森の人《エルフ》には人気職業さ！」

オリヴィエ師匠の薬師も成り手が少ないのかな？

「薬師は、私以外にも弟子を取った森の人《エルフ》がいるから、まだマシだな。何人かは人間の町で暮らしている」

やはり、狩人と魔法使いが人気みたい。それに、アルカディアの狩人は魔法も使うし、あんな竜を討伐できるのだ。若者が憧れるのも無理はないよね。格好良いもの！

第二章　行商人が来た！

「ミク、すじ肉を買ってきたわ。それと、行商人がもうすぐ着くそうよ！」

サリーが帰ってきて、部屋の外から声を掛ける。

「何だって、本を持ってきているかもしれない！　行かなきゃ！」

居間のソファーで寝転んで本を読んでいたアリエル師匠が飛び起きる。

「アリエル師匠、これ以上買ったら、また本で埋まりますよ！」

サリーが後ろから叫んで、追いかける。

残された私とオリヴィエ師匠は、サリーが頑張って、買う本の数を減らしてくれるのを願うばかりだ。

「ふぅ、アリエルの本好きも困ったもんだよ」

サリーは、アリエル師匠の部屋の本を頑張って整理している途中なのだ。魔法関係の本だけを、師匠の部屋に置き、寝室には読み物を、その他の読まない本はロフトに！　と頑張って整理しているのに、また追加されたら困るだろうな。

「サリーも風の魔法以外の修業もしたら良いのだが……アリエルは、ああ見えて厳しいからな」

確かに、いつものだらだらした生活からは、竜を討伐する姿は想像できないよ。

「サリーにも、何か習わないか訊《き》いてみます」

オリヴィエ師匠は頷《うなず》いて、薬瓶を詰めたのと石鹸《せっけん》が入った木の箱を持ち上げる。

「そちらの箱を持ってついておいで」

こちらの箱には、紙袋の煎じ薬が入っている。だから、山盛りになっていても軽い。

集会場の前に、行商人の荷馬車が三台止まっている。アルカディアの森の人《エルフ》が、自分が売る物を持って集まってきた。

「ああ、アリエルが本を買い占めようとしている！」

サリーの健闘虚《むな》しく、アリエル師匠を止められなかったみたいだ。

「あのう、アリエル師匠はどうやって収入を得ているのでしょう？」

魔法使いの収入源って、不思議なんだよね。狩人《かりゅうど》ほどは、狩りに出ていないし……家で本を読んでいる姿しか浮かばないもの。

「アリエルは、若い頃に稼いだ金があるからね。今は、時々、狩りに参加するのと、まぁ、色々と副業もあるのさ」

何かな？　まぁ、それより今は薬の値段を覚えよう！

「オリヴィエ様、薬と石鹸を売って下さい」

カーマインさん、師匠が来るのを待っていたみたい。

「ああ、こちらが調合薬、こちらが煎じ薬だ。この箱は石鹸だけど、今回は少ないぞ」

師匠が置いた横に私が持っていた箱を置く。石鹸が少ないのは、私とサリーが増えたからかも。作り方を教えてもらって頑張ろう。

「全部、買わせて頂きます！」

前に、人間の町の薬師について、少しはまともなのもいるけど、ほとんどはいい加減だと神父さんが言っていたのは、本当みたい。カーマインさんの必死さが伝わるよ。

「調合薬は、一本金貨一枚でどうでしょうか？　煎じ薬は、一袋銀貨五枚で……ええっと、去年の秋と同じ額ですが？」

オリヴィエ師匠が腕を組んで厳しい表情だから、カーマインさんは汗を拭き拭き交渉する。

「町で、調合薬を金貨五枚で売っていると聞いたんだけど？」

汗が吹き出しているよ。

「私は薬局に金貨二枚で卸しているのです！」

オリヴィエ師匠は、難しい顔をする。

「なら、薬局に金貨三枚までで、売るように指導してくれ。それができないなら、値上げするよ」

カーマインさんは「しっかりと言っておきます！」と約束した。

調合薬は、回復薬と書いたラベルが貼ってある。これは、何に効くのか後で師匠に聞こう。

ラノベの回復薬は、戦闘で傷ついた時に、傷に振りかけたり、飲んだりしていたけど、不思議だったんだ。そんな便利な薬があったら、私の心臓も良くなるのにと少し羨ましく思っていたよ。

そんなことを考えているうちに、調合薬は、他の行商人が丁寧に箱に入れて、間に麦ガラをぎゅうぎゅうに詰めて、割れないようにしていた。

「石鹸は、いつもの値段で良い」

手を揉《も》む商人っているんだね。

「では、植物性石鹸は銀貨五枚で、動物性石鹸は銀貨三枚で！」

箱にはかなり入っている。木の家《アビエスビラ》にもかなり残しているけどね。

私は、これまで銅貨しか見たことがなかった。銅貨十枚で、銀貨一枚になるのは知っていたよ。

狩人の村でも村長さんとかは銀貨で取引すると聞いたことがあるから。師匠に支払われる金貨を見て、銀貨何枚分なんだろう？　と考えていた。

「ミク、何だい？」

オリヴィエ師匠が、私が考えているのに気づいた。

「金貨は、銀貨何枚なのですか？」

一瞬、驚いた顔をしたけど、教えてくれる。

「銀貨十枚で金貨一枚だよ。そうか、ミクは人間の町に行ったことがないんだったね。人間の町では、銅貨の下にビタ銭がある。ビタ銭十枚で銅貨一枚だよ」

へぇ、そんなのもあるんだね。

「カーマインさん、ビタ銭を持っていないかい？」

カーマインさんが、小さなビタ銭を何枚かくれた。

「良いんですか？　ありがとうございます！」

サリーと分けよう！

「ははは、このビタ銭は、町でもあまり使わないのさ」

へぇ、では何故《なぜ》あるの？

「チップとして使ったり、立ち飲みの水代ぐらいかな？　ジュースは、銅貨だったと思う」

オリヴィエ師匠が思い出しながら答えてくれた。

「チップ？」

前世の日本ではチップとかはなかった。少なくとも私は払ったことがない。

「酒場で料理を運んできた娘にやったり、ちょっと馬を見てくれる子にやったりするのさ。ビタ銭を稼ごうと、店の前で待っている子は多い」

それは、ストリートチルドレンなのかな？　前世でも、貧しい国で問題になっていた。

「養護施設もいっぱいないのだろうな」

カーマインさんも頷く。

「教会は、赤ん坊を育てるだけで、手一杯でしょう。本来は、親戚や身内が育てるものなんですがねぇ」

神父さんも、大変なのかな？　狩人の村では、お金の寄進は少ないだろう。元々が貧しいからね。

「人間の王様とかは、何かしないのですか？」

養護施設とか教会に丸投げなの？

「まぁ、何とかしようと考えておられるのでしょうが、後回しにされているのは確かです」

ふうん、やはり人間の王様なんか、いらないよ！　戦争とかするしさ！

行商人に薬や石鹸を売ったので、空き箱を持って木の家《アビエスピラ》に戻る。

台所には、サリーが買ってきてくれた竜のすじ肉が置いてあった。

「シチューにしよう！」

玉ねぎと人参《にんじん》を畑に採りに行く。

「うん？　何か立て札がある」

菜園の入り口に木の立て札があった。近づいて読んでみる。

「六月地区移動。放牧地予定」

うん？　この菜園が放牧地になるの？　何かで読んだことがある気がする。昔のヨーロッパで、秋植、春植、休耕地に分けて、休耕地に家畜を放牧するやり方じゃなかったかな？

「えっ、ということは六月になったら、この菜園は使えないの？」

それまでに収穫しないといけないのなら、急がなきゃ！　木の家《アビエスピラ》にはカレンダーはないけど、学舎《まなびや》と集会場には掛けてある。今は、五月！　あれこれ栽培するものを考えなきゃ。

「オリヴィエ師匠、六月から菜園は使えないのですか？」

「ああ、多分放牧地になるんじゃないかな？　夏には小麦畑だと思う」

そんな大事なことは、もっと早く教えてほしかったよ。

あれ？　では家畜は？

「家畜は、夏は山の放牧場暮らしだな。それも営む人が少ない一つの原因だ。山まで連れていって、一日中見張って、連れて帰るのはなかなかに根気がいるからな」

なんだか、前世で見たアニメの世界だよ。

「魔物は大丈夫なのですか？」

オリヴィエ師匠は笑う。

「彼奴《あいつ》らは、元は魔物だからな。まぁ、竜が食べに来たら、ヴェルディが討伐するさ」

山羊《やぎ》飼いも竜を討伐できないと駄目なんだ。

「薬師も竜を討伐できないと、おちおち薬草採取などできないぞ。それに竜の肝も集めたい」

ふぅ、薬師の修業も大変そうだよ。

「まぁ、ミクは、当分は私と一緒に薬草採取だな！　木には登れるだろ？」

うっ、ここでも木に登って逃げるしかなさそう。

「はい、それはできます」

ぽふぽふと頭を撫《な》でてくれる。

「そのうち、竜の倒し方も教えてあげるよ！」

「できるかな？」

不安そうな私にオリヴィエ師匠は笑いかける。

「大丈夫！　竜と言っても、ここら辺に出てくるのは、若くてお馬鹿さんばかりだから」

えっ、年取った賢い竜もいるってことなの？

「古竜《エンシェントドラゴン》が動くと厄介だけど、まぁ、巣に近づかなければ大丈夫だろう」

これがフラグじゃありませんようにと祈っておくよ。

竜のすじ肉のシチュー、師匠のワインを少し入れて煮込んだら、とても美味《おい》しかった。

アルカディアに来た時、ただの枯木に見えたのは葡萄畑《ぶどうばたけ》で、ワインを作っているみたい。酒作りは人気だそうだ。大人は好きだからね。

「行商人からも酒を買う者もいるよ。私達は、ちょこっと飲むだけだから、買いまではしないけどね」

確かに、私とサリーが来てから、たまに夜に飲んでいるだけだ。

行商人がついた日は、大人達が売る物を持って集まっていたけど、二日目は少なくなっているらしい。

「サリー、お昼を食べたら、何か見に行こう！」

朝から、そんな話をしていたら、師匠に笑われた。

「飴《あめ》を食べすぎないようにしろよ！」

飴を買いたがっていたのは、エレグレースだよ。

学舎と昼食を終えてから、やっと買い物だ。

「何か新しい種があると良いな！」

サリーとパンを売ったお金をポケットに入れて集会場まで走る。

やはり二日目なので、大人は少ない。

行商人の荷馬車の前の台の上には色々な商品が並べてあるけど、見ているのは子どもと若者だ。

「昨日はオリヴィエ様との交渉で気づかなかったが、もしかしてミクじゃないか？」

カーマインさんが覚えていた。

「はい」と返事をしたら、嬉《うれ》しそうに笑う。

「顔を覚えるのも商人の仕事だけど、森の人《エルフ》の子どもは難しいのだ。すぐに大きくなるからね」

それなのに私の顔は覚えていたんだね。あまり顔が変わっていないのかな？　大きくはなっているよ！

「ミクは、アルカディアでオリヴィエ様のもとで薬師の修業をしているのだね。料理もしているのかい？」

ああ、声を掛けられた理由が分かったよ。

「ええ……でも」

断ろうとしたけど、頼み込まれた。

「竜のすじ肉が売れ残っているのだ。私達が焼いただけでは硬くて食べられない。でも、竜の肉なんて滅多《めった》に食べられるものじゃないのだ！」

ああ、それは理解できるよ。竜の肉なんて、狩人の村でも食べたことがなかったもの。

「幾ら支払ってくれるのですか？　ワインを入れたらとても美味しくなりますよ。ミクの柔らかなパンで、残ったシチューをさらって食べたら、ほっぺたが落ちそうだったわ」

サリーのセールストークにカーマインさんと周りの人達がゴクンと唾を飲み込んだ。

「ワインもつける！　銅貨百枚でどうだろう！」

まぁ、それなら良いかな？　なんて呑気《のんき》に思っていたら、周りで聞いていた森の人《エルフ》達も欲しがる。

「シチューを一杯、売ってくれ！」

サリーが交渉して、話をまとめてくれた。カーマインさんにワインをもらってシチューを作るのは同じだけど、銅貨二百枚もらう。それとパンは、小麦と銅貨五十枚もらう。

そして、調理したシチューとパンを全てカーマインさんに渡して、欲しい森の人《エルフ》は彼から買うことにしたのだ。

「だって、森の人《エルフ》に一皿ずつ売るのは面倒くさいものね！」

サリー、私よりやはり交渉力がある。早速、ワインと小麦とすじ肉の余っていたのを、全部木の家《アビエスビラ》に運んでもらう。

「おや、おや、何事だい？」

オリヴィエ師匠に説明したら、爆笑されたよ。

「サリーの交渉力を見習わないといけないかもなぁ」

確かに、昨日の行商人との値段交渉でも、オリヴィエ師匠は人間の町で薬の売られている値段が金貨五枚だと知っていた。それでも金貨一枚で売ったのは、人間の町で金貨三枚で売ってほしかったからだと思う。金貨三枚でも、私には買えないかもしれないけど、五枚よりは安く思えるから。

ここら辺は、よく考えなきゃいけない問題なのかも？

サリーに菜園から人参と玉ねぎを引っこ抜いてきてもらう。

私は大鍋二つ分のすじ肉を切って、塩をまぶしたり、下処理をしなきゃいけないからね。それと、明日のパンにするつもりのパン種を使うから、新しく作り直したりしていた。

「ミク、このくらいで良い？」

これから成長する人参や玉ねぎだから、必要な分だけ採ってきてもらったのだ。

「うん、ありがとう！　サリーは芋の皮を剝《む》いてね」

お金を二人で分けるから、サリーにも手伝ってもらう。

「芋はいっぱいあるから、何個でも剝いてね」

もう芋は一回目の収穫をしたからね。シチューにいっぱい入れるつもり。

すじ肉にも少し小麦粉をまぶしてから炒《いた》める。こうしておくと、シチューにとろみが出るんだよ。

玉ねぎ、人参は、ザクザクと乱切りにして、炒める。ここまでは一つの大鍋で調理したけど、ここで半分はもう一つの大鍋に移す。

初めの大鍋に、水とワインを入れて煮込む。もう一つの大鍋は、少し炒めてから、水とワインを入れて煮込む。

「後は煮込むだけだわ。芋を剝くのを手伝うわね」

台所の木の椅子に座って、芋の皮をいっぱい剝いた。

「これはシチューに入れないの？」

サリーに説明する。

「すじ肉が柔らかくなってから、芋を入れるのよ。そうしないと芋は溶けてしまうから。水につけておけば良いわ」

シチューは、煮込むだけだから、その間にパンを焼こう。

「まだ発酵が進んでないけど、シチューの横に置いておけば大丈夫かもね」

暖かいと発酵が進むのが早いのだ。

「発酵器が欲しいわ」

これから夏は良いけど、冬は発酵が進まないかも？　家では、暖炉の横に木の箱を発酵器代わりに置いて使っていたのだ。

「あの木の箱？　冬にミクの家の暖炉の横に置いてあったものよね？」

「うん、夏場は良いけど、冬になったら必要かも？」

まだ春なのにとサリーに笑われた。

大鍋を二つも煮込んでいるから、台所もかなり暑い。窓を開けて、風を入れる。

「もう発酵しているから、ガスを抜いて、二次発酵させよう」

サリーも慣れているから手伝う。

「後は、ベンチタイムね！」

二次発酵が終わったら、整形して板の上で少し休ませる。

「今日は小さめのパンにするわ。焼く時間が短くて済むもの」

いつもは、頭ぐらいの大きさのパンだけど、今日は両手に入るぐらいの大きさにする。

「狩人達は、小麦はあまりいらないんじゃないかな？　もっと欲しいのよ。トマトができたら、美味しい物を焼きたいのだ。

狩人達は、きっと小麦でお粥《かゆ》を作っているのだろう。でも、私はピザを焼きたいの」

「へぇ、美味しい物！　楽しみだわ」

ただ、チーズも買わないといけないから、そんなには作れないかもね。

「なら、小麦を買う？」

ううん、悩むところだよね。サリーが交渉してくれたから、銅貨二五〇枚の半分、銅貨一二五枚の臨時収入があったからね。

「おい、おい、行商人から高い小麦を買うぐらいなら、狩人の余りを買った方が安いぞ。子どもが小さい家は売らないけど、大きくなった家は余っているだろう」

オリヴィエ師匠が隣の居間で聞いていたのか、台所に顔を出して笑う。

私は、学舎に来る子しか知らない。私も子どもの頃、ママに小麦を臼でひいたものを炊いたお粥を作ってもらっていた。アルカディアでは、もう少し大きくなるまでお粥を子どもに与えるみたい。

つまり、子どもがいる家は、小麦粉は使っているのだ。

「そうなのですね！　私がパンを焼くから、小麦粉が残り少ないのです」

他所《よそ》のパンは小麦粉と焼き賃をもらうけど、木《アビエスピラ》の家の分は、師匠達がもらった小麦粉だからね。

「今度からは、ミクとサリーの分も増やしてもらおう。特に、ミクは小麦の栽培には尽くしているんだからな」

ふうん、分配も色々と考慮されるのかも？

「今度、もらってきてやるよ」

これはオリヴィエ師匠に任せよう。

パンが焼けた頃には、後からシチューに入れた芋も柔らかくなっていた。

「どうやって運ぼうかしら？」

木の家《アビエスピラ》のシチューは、小鍋に取り分けてあるよ。このくらいの役得は良いよね。

「行商人は荷車を持っているだろう？　取りに来てもらえば良いさ」

サリーが言いに行ってくれたので、私はパンを籠に入れたり、大鍋を二つ入り口の階段まで出しておく。

「ああ、美味しそうな匂いがしている！」

カーマインさんが、護衛の二人に荷車を押させてやって来た。パンの籠とシチューの大鍋二つを渡す。

でも、サリーと後ろをついていくんだけどね。買い物が済んでないんだもん。結局、その日は、買い物ができなかった。すじ肉のシチューを買いに来た森の人《エルフ》がいっぱいいたからだ。

「しまった！　安くしすぎたわ」

一杯銅貨二十枚で売っていたのだ。どう見ても、二十杯以上売っている。ワイン代もあるけど、銅貨四百枚以上儲《もう》けている！

「商人には勝てないわよ」

次の日、美味しいすじ肉シチューと臨時収入でほくほくのカーマインさんから、私は新しい種、サリーは棒飴を買った。

「飴の半分、あげるわ」

サリーは、やはり優しいね。

「だって、ミクのパンを焼いたお金だもの。私は手伝っているだけ。魔法使いってどうやって暮らしていくのかしら？　やはり魔物の討伐なのかな？」

それは、アリエル師匠に訊くしかないね。

第三章　美味《おい》しい料理の為《ため》に

オリヴィエ師匠が菜園の移転に呑気《のんき》だったのは、移動日になって分かった。私は、ちゃんと収穫を終えていたけど、まだ終えていない菜園もあり、六月に入ってから一週間ぐらいして、ようやく変わったのだ。アバウトすぎるよ！

やっと新しい菜園が決まったので、サリーに手伝ってもらい耕す。

「家畜の糞《ふん》や、寝藁《ねわら》がいっぱいいね！」

こんな時は、狩人《かりゅうど》の村で着ていた服を着るよ。

「何をやっているんだい？」

土の魔法のヘプトスがやって来た。

「土を耕しているのよ！」

見たら分かるでしょ？

「土の魔法で耕したら早いのに？」

ああ、そうなのかも？　でも、まだ習っていないんだよ。

「ああ、やはり鋤《すき》で耕しているんだな。そろそろ菜園を移動する時期なのを忘れていたよ」

オリヴィエ師匠がやって来たので、ヘプトスは土魔法を使って畑を耕すやり方の指導をまかせて、自分の家の菜園の方に行った。

「ヘプトスも土の魔法持ちだからな。ミクもできるようになるから、頑張ろう！」

サリーは、土の魔法を習うより木の家《アビエスビラ》に帰って、アリエル師匠に風の魔法を習うと言う。

「サリーもできるかもしれないから、一緒に練習したら良い」

サリーと一緒に土の魔法で耕す練習だ。先《ま》ずは、オリヴィエ師匠が見本を見せてくれる。

「この糞や寝藁をすき込むのは、少々失敗しても良いから、ミクもサリーもやってみなさい」

畝を作るのとは違って、深く耕すだけだからね。師匠が耕すのを見ていると、何かできる気がしてきた。

「やってみます！　耕せ！」

うん？　上手《うま》くいかない。

「初めは、鋤を持ってやっても良いんだよ。イメージがしやすいから。サリー、試してみて、無理だったら風の魔法でも耕せるよ」

鋤を上に構えて、地面に突き立てる時「耕せ！」と念じながらすると、ぐぅんと深く広く耕せた。

「ああ、ミク！　その調子だ。コツを掴《つか》んだら、鋤がなくてもできるようになるさ」

サリーも私の真似《まね》をして、鋤を持ち上げて、振り下ろす時に「耕せ！」と唱えたら、風の魔法で、ざざっと耕せた。

「サリーは風の魔法で耕しているな。まぁ、それでも良いけど、土の魔法も使えると便利だぞ」

今日は何百回も練習したよ。でも、サリーはやはり土の魔法ではなく、風の魔法だったけどね。

「これは、アリエルに習った方が良いかもな。アリエルは全魔法が使えるから、土の魔法も教えてくれるだろ」

へぇ、凄《すご》いんだね！

「ミクは、もう鋤を使わなくても耕せるだろう。後は畝を作る練習だな」

うん、畝も、初めは鋤を使おう。慣れたら、使わなくてもできそう！

「何を植えるの？」

ふふふ、夏野菜をいっぱい植えたいんだ。

「トマトを特に多く育てたいわ！　師匠がガラス瓶の作り方を教えてくれると言ってたから！」

トマトソースを保存したいんだよ！

「良いわねぇ。ミクは生活に役立ちそうなことをいっぱい教わっているのね」

つまり、金になりそうなことって意味だね。

「料理や植物育成は前からだよ」

一応、言っておくけど、アリエル師匠の収入源が何かは謎なんだよ。

「それは分かっているけど、風の魔法使いって、やはり討伐が主収入なのかな？　私やっていけるかしら？」

竜を討伐するのは、自信ない。サリーもだろう。

「人間の町の冒険者のグループに入るのかな？　風の魔法なら、討伐もできるし、治療もできるから重宝されそうだよ」

人間の町には竜は出ないだろうからさ。

「うん、アリエル師匠に相談してみる」

だよね！　どうやって生活していくかは重要だよね。

サリーが質問したら、アリエル師匠は風の魔法使いの一般的な生計の立て方を教えてくれたみたい。

「アルカディアに住み続けるなら、討伐に参加するか、蜂《キラービー》を養蜂することになるね。人間の町なら、冒険者に人気だし、治療院を開いても裕福に食べていけるよ」

やはり、神父さんに聞いた通り、アルカディアでは魔法を使えるのが当たり前なので、それだけでは食べていくのは大変みたい。

「十歳までに風の魔法使いになれるでしょうか？」

サリーの質問に、アリエル師匠は難しい顔をする。

「できれば光の魔法も習得した方が良いんだよ。治療院を開くと、病人も来るからね」

それは、そうかも？

「では、光の魔法を習得するまで人間の町には行けないのですね」

冒険者としてなら生活できるかもしれないけど、サリーはできたら治療院を開きたいみたい。

「まぁ、治療院を開くならね」

だとすれば十歳以降もアルカディアに住む必要がある。子どもじゃないのに、師匠にいつまでも食べさせてもらうわけにはいかない。

「あの蜂《キラービー》の養蜂って、できるのでしょうか？」

サリーが尋ねると、アリエル師匠がにっこりと笑う。

「あれは風の魔法使いじゃないと無理なの。ちょうど蜂蜜が食べたかったのよね」

なら、アリエル師匠が養蜂をしたら良いのでは？　私とサリーの視線を感じて、少し横を向いて草笛を吹く。

「アリエルは、蜂《キラービー》の世話をするのが、嫌になったのさ」

ああ、それは分かるよ。日頃の生活態度を見てもね！

「なら、蜂《キラービー》の巣を作ってもらわないといけないわ。あっ、ミクは鶏を飼いたいと言っていたわね。鶏小屋《とりごや》の横に置きましょう」

蜂《キラービー》を討伐して、蜂蜜を持ってきたことはあるけど、飼えるの？　まぁ、そちらはアリエル師匠とサリーに任せて、こちらは鶏小屋を作ってもらう。

「このくらい頑丈なら良いだろう」

えっ、何か嫌な予感がするよ。横の養蜂箱もかなり大きい！　サリーの背の高さぐらいあるんだけど？

「蜂蜜は森の人《エルフ》の好物なのよ。蜂《キラービー》を見つけたら、教えてくれるように掲示板に書いておきましょう。討伐されたら困りますからね」

どうやら、蜂蜜のままでも食べるし、お酒を作るみたい。

「蜂蜜のお酒？」

甘そうだけど？　と私が首を捻《ひね》っていたら、オリヴィエ師匠が笑う。

「蜂蜜酒《ミード》だよ。蒸留して強い酒になるのさ。アリエルはそれを作るのが得意で、かなり金を儲《もう》けていたな」

あっ、それが若い頃に儲けた金なのかな？

「違うよ！　それは内職の一つだな。アリエルは若い頃に古　竜《エンシェントドラゴン》を討伐して、莫大《ばくだい》な財産を築いたのさ」

「ひぇえ、アリエル師匠って凄いんですね」

ソファーに寝転がって本を読んでいる姿からは、想像できないよ。まぁ、この前も竜を討伐していたけどさ。

「まぁ、アリエルも長老会のメンバーだからな。でも、古　竜《エンシェントドラゴン》の件は、内緒だよ。あまり知られたくないみたいだからな」

ふうん、でも、長老会のメンバーは知っているんだね。

私は、明日はオリヴィエ師匠と森歩きだ！　初めての薬草採取だよ。ウキウキして前の晩から用意する。

「籠とナタとナイフ！　後は小袋かな？」

私が自分の部屋で準備していると、サリーが階段を駆け上がってきた。

「ミク、私もアリエル師匠と森歩きするのよ！」

「やったね！」

二人で拳を合わせる！　つい狩人の村の習慣が出ちゃうね。

「私達は、薬草採取だけど、サリー達は？」

サリーは、少しだけ心配そうに口を開く。

「蜂《キラービー》が見つかったのよ。それでアリエル師匠と捕まえに行くの」

それは、サリーの顔が微妙なのも分かるよ。

「でも、蜂蜜を売れば、生活できるわ。アリエル師匠が蜂蜜酒《ミード》の蒸留方法も教えてくれると言ってたから、そうしたらかなりの金額になりそうなの」

良かったよ！　これで安心して修業できるよね。

「卵は、買う人は多くないかもしれないけど、これがあれば色々な料理ができるようになるの。この前みたいに、料理を集会場で売っても良いと思っているの」

カーマインさんは、私達に二百五十枚の銅貨とワインと小麦を払ったけど、一杯銅貨二十枚でシチューを売ったのだ。あの大鍋のシチューは二十杯以上あったと思う。つまり、自分達も食べた上に儲けたんだよ。

「ミク、手伝うわ！」

ふふふ、そう言ってくれると思っていたよ。

「私に……手伝えることは、手伝うよ」

蜂《キラービー》を扱えるかは分からないからね。風の魔法使いじゃないと駄目だと言っていたもん。

「何だか楽しみになってきたわ。少し怖かったのに」

やはりサリーと一緒で良かったよ。実は、私も鶏の世話が一人でできるか少し不安だったんだ。前世の鶏よりはかなり大きそうだし、ここにいるってことは魔物だもの。

第四章　森に行く！

今日は早起きして、朝食の用意や掃除、洗濯を済ませる。今日のパン作りは、木の家《アビエスビラ》の分だけだ。朝食の残りの半分は、森歩きに持っていくつもり。

「そろそろ行こうか！」

学舎《まなびや》の鐘の音が鳴り終わった頃に、木の家《アビエスビラ》を出発する。今日は、学舎は欠席だ。たまに、他の子も師匠や親と森に行く日は休んでいる。

「あのう、アリエル師匠は何も持っていないけど、大丈夫なのですか？」

蜂《キラービー》の巣を持って帰るのではないのかな？　肩からポシェットをぶら下げているだけだ。

「ああ、アリエルなら大丈夫だよ」

ふうん、まぁ良いや。

アルカディアの外に出るのは二回目だ。前はひまわりの種を蒔《ま》きに出たのだ。

「もう蕾《つぼみ》がついているね！　ミクが柵の内側から成長させてくれているのかな？」

あまり効率的ではないんだけどね。

「近くで、育てておきます」

師匠に断って、ひまわりの側《そば》に行き、土に手をついて「大きくなぁれ！」と唱えておく。

「うん、やはりここで掛けた方がよく効く気がする」

アリエル師匠が聞いて、笑う。

「ミクは、守護魔法の中から外のひまわりを育てようとしたのね。なかなかやるじゃない！」

ああっ、そうか！　だからなかなか育たなかったのだ。

「守護魔法は、基本的には物理攻撃からアルカディアを護《まも》っている。でも、魔法攻撃からも護っている筈《はず》なんだけどな。内からの魔法は防いでないのかな？」

オリヴィエ師匠が首を傾《かし》げたところで、薬草を見つけた。

「ほら、ミク、見てごらん！　あれが下級薬草だよ」

言われなければ、雑草だと思って見逃しちゃいそうだ。

「これが下級薬草なのですか？」

料理スキルで、食べられるものは分かるけど、これには反応しなかった。不味《まず》いのかも？

「根っこから引き抜いちゃ駄目だよ。増えないからね」

師匠からの助言で、ナイフで葉っぱを切る。

「これは栽培できないのでしょうか？」

いちいち森に採りに来るより、楽じゃないかな？

「ううん？　これまで成功したことないはずだけど、ミクは植物育成スキルを持っているから、できるかもね？」

次の下級薬草は根っこを掘り返して採取する。

私とオリヴィエ師匠は、あちこちで薬草を見つけながらだから、ゆっくりと森を進むけど、アリエル師匠とサリーは蜂《キラービー》の巣の場所へと急いでいく。

「ミクは、蜂《キラービー》の捕獲を見学したいかい？」

「はい！」と答えたら「なら、行こう！」とオリヴィエ師匠が木の上に飛び乗った。

やはり速いよ！　私は、いきなりは高い枝まで飛び上がれないから、下の枝から、次の木のもう少し高い枝へと飛び移る。

少し待ってもらいながら、何とか追いついて、アリエル師匠とサリーがいる地点に着いた。

「上から見ていようか？　それとも下に降りるか？」

邪魔してはいけないから、上から見ることにする。

「あそこだ！　見えるか？」

かなり遠くに巨大な蜂《キラービー》の巣があった。

「あんなに大きいのですか？」

あれをアルカディアの中で飼っても良いものなのか？

サリー達に気づいたのか、ブンブン興奮したように飛び回っている。

「師匠、あれは駄目なのでは？　それに蜜は何処《どこ》で集めるのですか？」

腕を組んで考えていたオリヴィエ師匠が、少し首を傾げる。

「アリエルなら大丈夫だが、サリーには少し早いかもしれない。だが、アリエルができると判断したのだろう」

どうやって捕獲するのだろうか？　それと、どうやってアルカディアに連れて帰るのか？

「刺されたら死ぬと聞きましたけど……」

やはり無理じゃないの？

「刺されなきゃ良いだけだ。今、アルカディアにいる幼い子は、ミクとサリーとリュミエールぐらいだろう？　なら、大丈夫だよ。それに、結界の外で飼えば良いのさ」

えっ、結界の外？　養蜂箱が置いてあるのは、鶏小屋《とりごや》の横だけど？　後で外に出すのかな？

それにしても、リュミエールが聞いたら怒りそうだな。私とサリーを「おチビちゃん」と呼んでいるけど、師匠には同じ幼い子に纏《まと》められているよ。

「ほら、アリエルが巣ごと持ち上げるぞ」

えっ、透明なボールに入ったように、巣が持ち上がる。

「まさか巣ごと持って帰るのですか？」

ちょっと大きすぎるし、蜂《キラービー》も多すぎるよ。巣を持ち上げられて、怒ってブンブン飛び回っている蜂《キラービー》で真っ黒に見える。

「うん、あれは多すぎるだろう。半分に分けて、女王蜂を連れていけば良いんじゃないかな？　後のは討伐して、蜂蜜を取ろう」

えっ、かなり酷《ひど》いことをさらりと言ったね。でも、蜂《キラービー》は狩人《かりゅうど》の村でも見つけたら討伐していた。

空気のボールが半分に割れる。

「こちらに女王蜂がいるわね。サリー、こちらをキープしておくのよ」

サリーが半分に割れたボールを保とうと集中している。

段々と半球だったのが、半分の大きさの空気のボールになった。

「サリー、凄《すご》いわ！」

頑張って修業しているのだ。私も頑張らなきゃ！

「あちらの空気を抜いて、蜂《キラービー》を討伐するのだろう」

ああ、飛び回っていた蜂《キラービー》が空気のボールの下に落ちていく。討伐を見ている時は可哀想《かわいそう》だと思っていたのに、蜂蜜の回収になると、一緒に手をベタベタにしながら手伝った。

「この壺《つぼ》に入れるんだよ！」

そんなに大きくない壺だから、全部は入らないよ！　と思ったのに、いくらでも入る。

「あっ、この壺は！」

覗《のぞ》き込《こ》んだら、大きな空間が広がっていた。

「ふふふ、オリヴィエの空間魔法は本当に便利よね」

荷馬車ぐらいの大きさの巣から採取した蜂蜜が小さな壺に全て収まった。

「アリエル師匠？　壺なんか持ってきていなかったでしょう？」

アリエル師匠は、ほぼ手ぶらだったよね？

「ふふふ、オリヴィエにこのポシェットをもらったから」

あっ、マジックバッグだ！　ラノベで読んだよ。

私は馬鹿だ。木の家《アビエスピラ》は空間魔法を使ってある。壺だって、バッグだって空間魔法で作れるよ。

「ミクにも教えてあげるよ。私は、空間魔法は得意だけど、バッグを縫うのが苦手なんだ」

いや、いや、バッグを縫える人は多いけど、空間魔法を使える人はアルカディアでも少ないのでは？

「やっとオリヴィエが弟子を持って、長老会もホッとしているでしょう」

アリエル師匠に揶揄《からか》われて、オリヴィエ師匠が言い返す。

「それを言うならアリエルも『弟子を取れ！』と口うるさく長老会で言われていただろう」

アリエル師匠は、古　竜《エンシェントドラゴン》を倒したドラゴン・スレイヤーなのだ。そりゃ、弟子になりたい子もいただろうね。

「何故《なぜ》、私達を弟子にしてくれたのですか？」

アルカディアにも才能のある子はいたと思う。

「神父さんに話を聞いて、ピンと来たからよ。それに、そろそろ弟子を取らないと、育てる前に死んじゃいそうだもの。そういうお年頃になったってことなのよ」

私は亡くなったセナ婆《ばあ》さんを思い出した。

「えっ、死んじゃうなんて言わないで！」

泣き出した私に驚き、アリエル師匠はおろおろと狼狽《うろた》え、オリヴィエ師匠が抱きしめてくれた。

「アリエルも私も、あと百年やそこらは生きるつもりだから、そんなに泣かなくても大丈夫だ」

えっ！　百年！

「森の人《エルフ》は八十歳ぐらいが寿命だと聞きましたけど？」

涙を袖で拭いて質問する。

「まさか！　えっ、狩人の村の森の人《エルフ》は八十年しか生きられないのか？　それは、成長の魔法を大人になったら使わないってことかい？」

サリーは、やっと空気ボールをアリエル師匠に代わってもらって質問する。

「アルカディアでは違うのですか？」

横で聞いていたサリーも疑問に思ったみたい。

「赤ん坊から成長の魔法を使うのは一緒だよ。ある程度、成長してからは、日々、若々しさをキープする為《ため》の成長魔法を掛けるのだ」

それは、ワンナ婆さんにも聞いたよ。森の人《エルフ》は、七十ぐらいまでは老けないけど、人間は三十歳ぐらいから老けていくってね。成長魔法を掛けているとは言ってなかったけどさ。

「でも、バンズ村では七十歳ぐらいから急に老けて、八十歳ぐらいには亡くなるわ」

師匠達は知らなかったみたい。

「アルカディアでは、七十歳ぐらいから意識的に成長の魔法を使うのだ。日々、成長させて、若さをキープするのさ。長老会は百歳から入るが、上手《うま》く魔法を使えば三百歳ぐらいまで生きる。メンター・マグスなんか三百二十歳だが、まだまだ達者だ」

それ、狩人の村では失われてしまっている森の人《エルフ》の技術だ。

「今度、長老会で話してみよう。技術が失われるのは早いのだな」

ああ、エバー村の村長さんが言っていたことを思い出すよ。

「何か変わるでしょうか？」

師匠達は難しい顔をしている。

「狩人の村の住人は頑固だからな。それに、あまり交流もない。成長の魔法を掛けるやり方が失われて、どのくらい経《た》つのかも分からない。成長の魔法は、光の魔法なんだよ」

それは、難しいかも？　私もまだ感じる程度なんだもん。

「森の人《エルフ》は基本的に誰もが光の魔法を持っているのよ。だから赤ちゃんも早く成長するでしょう」

そうだよね！　狩人の村の森の人《エルフ》も早く成長する。つまり光の魔法を持っているのだ。

使い方を知らないまま使っている。だけど、それでは寿命は延びない。

「だから、学舎で光の魔法をよく実習するのですね！」

サリー！　その通りだよ！　私も頑張ろう！　長生きしたいもの。

バンズ村のママやパパ、バリーやミラも一緒に長生きしたい。

サリーとアリエル師匠は、蜂《キラービー》の巣を浮かべたままアルカディアに戻る。

「さて、私達は薬草採取を続けよう！」

これまで見つけたのは、下級薬草だけだ。それに、果物や花やハーブも採取したい。

「あの蜂《キラービー》の巣はどうするのですか？」

質問しながら、下級薬草を探す。

「ああ、結界を二重にして、朝は、外の結界を外して蜂《キラービー》に蜜を集めさせるのさ。夜になったら結界を張るんだ」

あっ、寒い地方の玄関みたいな感じかな？　外の扉と、中の扉。

「でも、いちいち結界を外したり、掛けたりするのは面倒なのでは？」

ははは……とオリヴィエ師匠が笑う。

「だから、アリエルは養蜂をやめたのさ。毎朝、結界を外してやらないといけないし、夜には張らないといけないからね。朝起きるのが苦手だからな」

まぁ、いつもの生活態度を見ていたら、朝は無理そうだと思う。

「でも、サリーは結界魔法を使えるかしら？」

師匠が立ち止まって、指差す。

「あっ、そこに上級薬草があるぞ！」

これも植えてみたいと言うと、笑って「やってみな！」と許可をくれた。

「ミクは、あの柵の守護魔法を感じなかったんだよな。サリーは感じていた。つまり、あの柵を動かして、元に戻すだけだよ」

「サリーは、守護魔法を掛けられるのですか？」

私の質問にオリヴィエ師匠は笑う。

「さっき、空気のボールを作っていただろう。あれも一種の結界魔法なのさ。守護魔法を掛けられるかは知らないけど、アリエルが教えるさ」

サリーはぐんぐん先に進んでいる。頑張ろう！

「先《ま》ずは、薬草採取を覚えよう！」

根っこから採取した上級薬草を小袋に包んで、籠に入れる。

目に魔力を集中させて、視力をよくする方法は学舎で習った。薬草を見つけるのに使ってみよう。

あっ何だかゲームの赤外線スコープみたいな感じ。草、土、小石がはっきり見える。

「あれは下級薬草、あちらには上級薬草が！」

今度からは、上の葉っぱだけナイフで切る。

どんどん見つかる！　楽しい！

「ミク、視力補強を上手く使っているな」

オリヴィエ師匠も歩きながら、薬草を摘んでいる。

「どのくらい摘んだら、良いのですか？」

「籠にいっぱいだよ。それと、アルカディアから離れると魔物に遭遇しやすいから、首に笛をぶら下げておけ」

あっ、ヨハン爺《じい》さんと同じだ。

「魔物に出逢《であ》ったら、木に登って笛を思いきり吹きなさい。私や狩人が討伐しに来るまで隠れているのだ。もし、魔物が木を倒そうとしたら、他の木に飛び移るのだよ」

それは知っている。ヨハン爺さんがやっていたから。

「飛び移っても笛は吹くの？」

オリヴィエ師匠は、その場の状況によるなと、例をあげる。

「近くに私や狩人がいる場合は、大人しく隠れていた方が良い。遠い場合は、飛び移りながら笛を吹いて待つ方が良いかな？」

それは、そうだよね。

「まぁ、竜とかをアルカディアに近寄らせないのが狩人の務めだ。まぁ、この前みたいに翼竜とかはやって来るけどさ」

これも狩人の村と一緒だね。

「ラング村、そして西のルミネ村の近くには竜を行かせないようにもしている」

そう、狩人の村、バンズ村があるのはアルカディアより東側だったんだ。

色々な食材になる植物も狩人の村の周りの森よりも多い気がする。アルカディアの狩人は、あまり植物採取は熱心にしないのかも？

「師匠、あの木を育てたいです！」

さくらんぼ、りんご、レモン、栗《くり》、梨、胡桃《くるみ》の木を見つけたよ。

「秋に実を採りに来るだけでも良いのでは？　まぁ、枝を挿し木するぐらいは良いけど、この実を取っている奴《やつ》がいるかもしれないから木ごとは駄目だぞ」

いや、こんな大きな木を引っこ抜くのは無理だよ。枝を切って持って帰ることにする。私の背負《しょ》い籠《ご》から、何本も枝が突き出していて、少し格好が悪い。

「花が咲く木だから、巣箱の横に植えたら良い。蜂《キラービー》が受粉してくれるぞ」

だよね！　受粉作業って地味にしんどいんだ。

もう少し森の奥に入った時、オリヴィエ師匠が大きな木のかなり前で立ち止まる。

「ミク、これがトレントだよ！　お前は近づかない方が良い」

えっ、普通の木と見分けがつかないよ。

「師匠、これが石鹸《せっけん》の元になるのですか？」

師匠は笑って首を振る。

「これは油を搾るトレントではないよ。でも、もう少ししたらシロップが取れるのさ」

へぇ、楓糖《メープルシュガー》みたいなのかな？

「木に傷をつけて、バケツを掛けて樹液を集めるのですか？」

オリヴィエ師匠がぎょっとした顔をした。

「トレントを傷つけたりしたら、暴れて大変だぞ。トレントは一気に討伐しないと厄介なのだ」

そうなんだ……近寄らないようにしよう。

「冬は冬眠状態になるから、春になって栄養を地中から汲《く》み上《あ》げている途中だ。だから今はトレントを狩らないよ。夏の終わりから秋に狩るんだ」

なら今は、用はないね。ソッとその場を離れる。ハーブもあれこれ見つけたよ。木の家《アビエスピラ》の台所にも乾燥ハーブはあったけど、いつのか分からない感じだもん。これらは、小さいのは根から持って帰るし、大きな木になっているのは挿し木用に枝を切る。

「さて、そろそろ帰ろうか？」

オリヴィエ師匠の背負い籠には薬草がいっぱいだ。私のは、枝が多いかもね。

「これを洗って干すのですね！」

オリヴィエ師匠と話しながら帰る。

「ああ、この下級薬草と上級薬草は乾燥させても、効能が落ちないからな。でも、中には乾燥させない方が良いものもあるんだよ」

へぇ！　メモしたいけど、今は持っていない。木の家《アビエスピラ》に戻ったら、忘れずメモしよう。


オリヴィエ師匠と薬草を採取しながら、木の家《アビエスピラ》へ帰る。

「ミク！」

小さな声で鋭くオリヴィエ師匠が注意した。

「あそこに火食い鳥《カセウェアリー》の群れがいる。捕まえよう！」

えっ、凄く大きいよ！　五羽いるけど、頭から頸《くび》にかけての羽毛がなく、鮮やかな青色をしている。あごには長い赤色の肉垂れがあって、なんか怖い。まるで恐竜みたいに見える。

「ミク、よく見ておくんだよ！　蔦の鞭《アイビーウィップス》！」

蔦《つた》が火食い鳥《カセウェアリー》五羽をぐるぐる巻きにする。

「グエィ！　グエィ！」

物凄く怒っている。

「師匠、火を吐いて蔦を焼き切ろうとしています！」

ボッと火が蔦を焼く。

「おおっと、逃がさないよ！　ミクも手伝ってくれ！」

私もポシェットの中から木苺《きいちご》を出して、火食い鳥《カセウェアリー》をぐるぐる巻きにする。

「上手いじゃないか！　さぁ、脚の爪を切るよ！　こいつらの爪は鋭いから、蹴られたら怪我《けが》をしちゃうんだ」

卵が欲しいなんて言わなければ良かったと、この時ほど後悔したことはないよ。脚の爪は十センチ近くあり、とても鋭かったからね。

暴れる火食い鳥《カセウェアリー》を師匠は、体重を掛けて押さえつけ、爪をナイフで切っていく。私が何とか、小柄な一羽の爪をナイフで切った時には、師匠は他の四羽の爪を切り終えていた。

「ミクが押さえつけているのは、雄だな。身体《からだ》が小さいし、より鮮やかな色をしている」

動物界では、時々、雌の方が身体が大きいのは、知っていたけど、私が捕まえた雄の方が小さくて可愛《かわい》い。

「言っておくが、名前なんか付けてはいけないよ。特に、雄は時々、他の雄と交代させるのだからね」

それは分かっている。ペットではないのだ。

「雌も卵を産まなくなったら、潰して食べるのだからね」

暴れている火食い鳥《カセウェアリー》達の世話をできるかな？　火を吐かれたら困るよ。

「私に世話ができるでしょうか？」

オリヴィエ師匠は笑う。

「こいつらは、怒らせなければ火を吐くことはない。常に餌と水を与えておけば、機嫌良く暮らすさ」

絶対に、餌と水を切らさないようにしようと決意した。

「餌は何でしょう？」

ヨッと脚を蔦で括《くく》り直して、師匠は肩から掛けたバッグの中に火食い鳥《カセウェアリー》達を入れる。

「えっ、生き物も入れられるのですか？」

私が読んだラノベでは、マジックバッグの中に生き物は入れられない設定だった。

「何故、そんな変なことを言うんだい？　木の家《アビエスピラ》に住んでいるのに？」

ああ、そうだよね！

「でも、さっきアリエル師匠は、蜂蜜はマジック壺に入れたけど、蜂《キラービー》の巣は浮かべたまま運んでいました」

それは、蜂《キラービー》が生きているからだと勝手に思っていた。

「アリエルのマジックバッグは、容量が小さいし、蜂の巣を入れた後の手入れが嫌だったのだろう。バッグをひっくり返して、巣のゴミを取り出さないといけないのが、少し厄介だからね」

マジックバッグって、手入れがいるんだね。

「まぁ、でも、あまり長い時間、マジックバッグの中に生き物を入れておくのは、お勧めしない。糞《ふん》とかされたら嫌だからな」

それは嫌だよ！

「急いで帰りましょう！」

師匠の後ろを私は必死で追いかけた。

火食い鳥《カセウェアリー》を鶏小屋に放す前に、餌と水をいっぱいやっておく。水は水入れに溢《あふ》れるほど、餌箱には人参《にんじん》の葉を山ほど入れたよ。怒らせて、火を吐かれるのは嫌だからね。

「火食い鳥《カセウェアリー》は何を食べるのですか？」

これ、大事だから師匠に聞く。

「草でも、野菜でも、ハーブでも、果物でも、残飯でも何でも食べるよ。あっ、虫も食べるぐらいだから、肉も食べるんじゃないか？」

それって、もう鶏じゃないじゃん！

「ミントも食べますか？」

食べるそうなので、ミントの葉を鶏小屋の中に蒔いて、成長させておく。他のハーブも蒔いておこう！　オレガノ、タイム、フェンネル、バジル！　ローズマリーやラベンダーは挿し木して増やしてから、植えよう。ハーブは基本的に雑草に近い。ミントなんて、蔓延《はびこ》ってしまう。

「あと、時々、骨の砕いたのをやると卵が割れ難《にく》くなると聞いたぞ！」

骨は、スープを取った後のでも良いのかな？　カルシウムが必要なら、良いのかも？

前世の鶏は、玉ねぎやキャベツは食べさせたら駄目だった気がするけど？　エバー村の山羊《やぎ》もそうだったよ。

「食べさせたら駄目なものはないのですか？」

「彼奴《あいつ》らは魔物だよ。食べてはいけないものは、自分で判断して食べないさ」

オリヴィエ師匠に笑われたよ。

ふぅ、なら何でもやってみて、食べないものはやらなきゃ良いのだ。

「穀物も好きだが、それは勿体無《もったいな》いな。籾殻《もみがら》は食べるのかな？」

何だか怒って、火を吐きそう！　とうもろこしを多く植えよう。

「そろそろ、放すぞ」

鶏小屋に火食い鳥《カセウェアリー》を五羽放す。蔦も解《ほど》くと、小屋の餌箱の中の人参の葉をグッグッと啄《ついば》む。

「ほら、餌があれば火なんか吐かないさ。あとは、虫を捕まえて投げてやったら喜ぶぞ」

虫ねぇ……森の虫は大きくて苦手なんだけど……。そうだ、蜂《キラービー》も大きいね。

「蜂《キラービー》の死骸が山ほどあるけど？　食べるかしら？」

「食べるかな？　試してみよう！」

言った瞬間、師匠は森に行って、蜂《キラービー》の死骸をマジックバッグに入れて帰ってきた。やはり、かなり私に合わせてゆっくりと移動していたみたい。

「これを投げてみろ！」

うげぇ！　蜂《キラービー》の死骸を指で摘《つま》んで、鶏小屋の中に投げる。蜂《キラービー》は、ドッジボールぐらいの大きさだ。前世だったら、指で摘んで投げたりできなかったね。

「ガルルルル！」

パッと一羽の雌の火食い鳥《カセウェアリー》がジャンプして、蜂《キラービー》を咥《くわ》えた。他の火食い鳥《カセウェアリー》と啄んで、あっという間に蜂《キラービー》を食べた。

「どうやら、好物みたいだな」

でも、今日や明日は良いけど、蜂《キラービー》の死骸も腐るんじゃないの？

「ふふふ、良いものがあるんだ！　ついておいで」

オリヴィエ師匠について、木の家《アビエスピラ》のロフトに上がる。

「この箱を持って降りよう！」

前世のみかん箱みたいな大きさの箱を、師匠と鶏小屋の前まで運ぶ。

「ここに蜂《キラービー》の死骸を入れておけば、腐らないさ。これは、実験用に作ったんだ。時間停止の魔法が掛かっているマジックボックスさ」

師匠！　どれだけ凄いの！

「そんな貴重なものに蜂《キラービー》の死骸なんか入れて良いのですか？」

オリヴィエ師匠は、笑っている。

「何かに使えるかな？　と思って作ったのだが、肉を保存したまま忘れてしまうから、使わなくなったんだ。時間が止まっているとはいえ二年も経った肉は、やはり食べたくなかったからな」

それ！　冬も狩りに行かなくても新鮮な肉が食べられるってことじゃない！　冷凍庫でも、何年も置いていたら、冷凍焼けするのと同じかな？

「いえ、蜂《キラービー》の死骸なんかより、もっと有意義な使い方があります」

鼻息荒く、主張したけど、師匠は首を傾げている。

「例えば、焼きたてのパンをここに入れておけば、次の日も焼きたてのままなんですよね？」

オリヴィエ師匠は、ピンとこないみたい。

「ミクは毎朝焼いているだろう？　もしかして、負担なら、焼かなくても良いんだぞ」

あっ、通じていない。

「パンを焼くのは好きだから良いのです。これを使えば、すじ肉のシチューをいつでも食べられるのですよね？」

オリヴィエ師匠は、すじ肉のシチューがとても気に入ったのだ。

「そうか、いつでも美味《おい》しい物が食べられるのだな」

そうだよ！　それなのに今は蜂《キラービー》が入っている。これこそ宝の持ち腐れだよ。

「どうせ、長い間、ロフトにしまっておいたのだ。食料を保存するのに使うなら、一旦洗う必要があるのさ」

それにしても死骸を入れなくてもさぁ。

「そうだ！　蜂《キラービー》の死骸がなくなったら、マジックボックスの手入れの仕方を教えてやろう」

それは嬉《うれ》しいけど、作り方が知りたいよ。

私が鶏小屋で火食い鳥《カセウェアリー》の世話をしている奥で、サリーは蜂《キラービー》の世話の仕方を習っていた。

鶏小屋と養蜂箱の間に柵が立てられていた。アリエル師匠とサリーはその柵の外にいるのだけど、大丈夫かな？

「蜂《キラービー》は女王蜂を新しい巣に入れたら良いだけなのよ。他の蜂《キラービー》は、女王蜂のいるところについていくからね」

アリエル師匠が空気のボールの中から女王蜂を空気の指で捕まえて、養蜂箱に入れた。

「空気のボールを解除したら、蜂《キラービー》が落ち着くまでは、放置しておきましょう。サリーは柵の中に入りなさい」

サリーが柵の中に入ると、アリエル師匠がソッと蜂《キラービー》の巣を地面に置いた。

「危ない！」

思わず叫んだ！　蜂《キラービー》がアリエル師匠に向かって飛んでいったからだ。

「アリエルなら大丈夫だよ」

蜂《キラービー》は、アリエル師匠の一メートル以内には入り込めない。

「あれは守護魔法ですよね？　サリー大丈夫かな？」

オリヴィエ師匠は、大丈夫だろうと笑っている。

「ミクも守護魔法を早く覚えなきゃな！」

あの火食い鳥《カセウェアリー》の卵を毎日集めるのだ。守護魔法を覚えた方が良い。

「火を吐かなくても、キック力が凄いからな。当分は私も一緒に世話をしてやるが、守護魔法を練習して、できるようになったら自分でするんだよ。卵は人気があるから、高く売れるよ」

アルカディアでも料理は、芋を茹《ゆ》でる、肉を焼くだけの森の人《エルフ》が多いみたい。卵も茹でるだけで、食べられるから人気があるのだろう。

サリーは守護魔法の掛かった柵の扱い方をアリエル師匠に習っている。

「今日は、外の守護魔法はあのままで良いわ。前の巣に集めていた蜂蜜を運ぶのに忙しいでしょうから」

朝早くから、守護魔法が掛かっている柵を開けて蜂《キラービー》達が蜜を集めに行くようにしないといけないのだ。

「その前にサリー自身が守護魔法を掛けられるようにならないと蜂《キラービー》に刺されてしまうわね」

アリエル師匠はかなり厳しいよ。サリーも頑張って練習しているのだ！　私も頑張ろう！


次の日から、朝の用事が一つ増えた。

初めだから、アリエル師匠も起きてきて、サリーがちゃんと守護魔法を自分に掛けられるか見ている。

「外の守護魔法が掛かった柵を横に退《ど》けるのよ。夕方、暗くなったら、柵を戻しなさい」

ハラハラしながら見ていたけど、サリーはちゃんとできたみたい。

「さて、ミクには私が守護魔法を掛けてあげよう。鶏小屋の掃除と餌やりと水やりだよ。卵を産んでいたら、この籠に入れなさい」

うん、まだ私は守護魔法が掛けられないのだ。オリヴィエ師匠に掛けてもらって鶏小屋の中に入る。水と餌をやったら、五羽とも突進してきた。

「ほら、この隙に卵を集めなきゃ！」

私は、前世では病院のベッドで過ごしていたのだ。学校の飼育委員なんてやったことがない。

「はい！」

卵、あるかな？　昨日、連れてこられて神経質になっているから、産まなかったんじゃない？　なんて考えていたけど、鶏小屋の部屋の中の敷き藁《わら》の上にグリーンのダチョウの卵ぐらいの大きさのが四個並んでいた。

「あった！」

注意しながら、籠に入れ、一旦、鶏小屋の外に置いてから、掃除をする。

「糞は乾かせば、肥料になりそう！」

塵取《ちりと》りにいっぱいの糞、それと何本かの真っ青な羽根！　これはペンにしよう！

掃除を終えて、小屋の外に出たらホッとした。

「ミク、頑張って守護魔法を覚えよう！」

だよね！　サリーに後れを取っているけど、頑張って追いつくぞ！

火食い鳥《カセウェアリー》の卵、グリーンで綺麗《きれい》だけど……食べるのを躊躇《ちゅうちょ》しちゃう色だよね？

前世でも色々な色の卵があったのかもしれないけど、白か薄い黄色か茶色ぐらいしか知らなかった。

「ミク？　どうしたんだい？」

台所で籠のグリーンの卵を眺めている私にオリヴィエ師匠が声を掛けた。

「あまりに綺麗な色だから……」と誤魔化《ごまか》したけど、バレた。

「ははは……中がどうなのか怖いのかい？」

ぶー！　そりゃ少しビビっていたけどさ。

「あれ？　師匠は何故ここに？」

台所にオリヴィエ師匠が来ることは滅多《めった》にない。

「まぁ、用事があったんだよ。火食い鳥《カセウェアリー》の卵殻膜は、傷薬の材料になるのさ」

あっ、それは前世でも同じようなことを聞いたよ。火食い鳥《カセウェアリー》ではなかったけどね。傷に卵殻膜を貼り付けたら、治りが早いとか。

「貼り付けるのですか？」

オリヴィエ師匠は、首を横に振る。

「いや、乾燥させ、砕いて、煎じ薬に入れるのさ」

ふうん？　それで効き目があるんだね。

「だから、なるべく綺麗に割ってほしいんだ。それに火食い鳥《カセウェアリー》の卵の殻は、工芸品として人気があるから、洗って取っておけば行商人に売れるよ」

へぇ、知らなかった。

「木の家《アビエスピラ》にも一つあった筈だが……アリエルの部屋の本に埋もれているのかもな？」

それは、もう壊れているんじゃない？

「卵は、この包丁で真ん中辺りに割れ目を入れるんだ。やってみるかい？」

卵を洗ってから、器の中に置いて、包丁で真ん中を「えい！」と力を込めて叩《たた》く。

「硬いですね！」

何とか割れて良かった。中は白身と黄身だ。グリーンの黄身でなくて良かったよ。何となくね！

今回は贅沢《ぜいたく》に二個使おう！

大きいから、前世のLサイズ卵の四倍はありそう。つまり八個分使うんだ。

「その卵殻膜を取って、洗ってから、乾かすんだ。ザルに並べて、日陰でね！」

卵殻膜を外すのは、所々、千切れたりしたけど、何とかやれた。

「これは、ミクの仕事だから、一個分の卵殻膜で銅貨十枚払う」

下働きが条件で、修業させてもらっているのに、オリヴィエ師匠は私にお駄賃をくれるし、内職を斡旋《あっせん》してくれる。

「良いのですか？」

オリヴィエ師匠が大きなため息をつく。

「ミクもいずれは独り立ちするんだよ。その時にお金がないと困るだろ？　薬師だからって、すぐには食べてはいけないのだよ。ある程度、信頼されないと薬も売れない。宿代や食費も必要だよ」

ぽふぽふと頭を撫《な》でてくれる師匠に「ありがとうございます」としか応えようがない。

「さぁ、卵があれば色々な料理ができるんだろう？　楽しみにしているよ」

うん、自分にできることをしよう。

「今夜はご馳走《ちそう》ですよ！」

芋を湯がいている間に、玉ねぎを薄切りにする。そして、燻製《くんせい》した肉も薄切りにして、脂身で玉ねぎと炒《いた》める。

「ミク？　何か手伝おうか？」

サリーが卵を使って何を作るのか覗きに来た。

「ううん、大丈夫！　それより、守護魔法の掛け方を後で教えて！」

メンター・マグスやオリヴィエ師匠に何回も教えてもらったけど、ぼんやりと温かい感じしか分からないんだ。

「うん、私で教えられるか分からないけど」

「お願い！」

サリーは、頷《うなず》く。

「ミクも火食い鳥《カセウェアリー》の世話をする時に、守護魔法を掛けないと危険だもんね。できるまでは、私が掛けてあげるよ！」

サリーは、やはり親切だよね！

「ありがとう！　でも、早く自分で掛けられるようになりたい。それと、少し考えているんだ。蜂《キラービー》の死骸を、餌や水入れの反対側に投げて、それを食べている間に、補給するでしょ。そして、餌を食べている間に卵を集めるの！」

サリーは眉を顰《ひそ》めている。

「それは危ないわ！　駄目よ！」

そうかな？　いけると思ったんだけど？

「ミクが掛けられるようになるまでは、私かオリヴィエ師匠に掛けてもらうのよ。それが嫌なら、練習頑張らなきゃ！」

うっ、毎回、オリヴィエ師匠に掛けてもらうのが悪いから、あれこれ考えたんだけどな。

「サリーは上達が早いなぁ」

つい、愚痴ってしまった。

「ええっ、ミクはあれこれできることが多いじゃない！」

そう見えるんだ！　びっくり！

「植物育成スキルも凄いし、料理も上手い！　それに、薬師の修業も頑張っているよ」

慰めてもらうと、やる気が湧いてきた。それに、前世と違う丈夫な身体にも恵まれているんだ。

「うん！　頑張るよ！　あっ、このグリーンの卵を使った工芸品をアリエル師匠が持っているって聞いたけど？」

茹でた芋をザルにあげて、玉ねぎと燻製肉を炒めているフライパンに入れる。

サリーは、首を捻《ひね》って考えていたけど、卵を溶き終わった時、大声を出す。

「あああ、もしかしたらアレかしら？　本棚の上で埃《ほこり》を被《かぶ》っていたのよ」

ふうん、壊れてはなかったみたい。

「とても綺麗で……とても火食い鳥《カセウェアリー》の卵の殻だとは思わなかったわ」

えっ、酷いよ！　この卵の殻もグリーンで綺麗じゃん！

「今日は、卵料理よ！」

後で見せてもらうことにして、フライパンに卵を流し入れる。ジュー！　と音がして、卵液の周りが盛り上がる。

ここからは、少し忙しい。グルグルと木のフォークで回して、全体に火が通るようにする。そして、弱火にして、蓋をして蒸し焼きにするんだ。

じっくりと焼いて、蓋を取ったら、大皿を被せてひっくり返す。分厚いスパニッシュオムレツだよ。ここには、スペインはないけどね。

「ああ、良い香りだわ！」

「ひっくり返して表を焼けば出来上がりよ」

皿から、芋入りオムレツを滑り落として反対側を焼く。

「サリー、スープとパンを出して！」

これは最後にしよう！

「焼きたてですよ！」

大皿に芋入りオムレツを載せて、テーブルに運ぶ。

「おお、これは美味しそうだ！」

アリエル師匠も「久しぶりに卵を食べられるわ」と喜んでいる。

四つに切ってあるから、自分の前の皿に取って食べる。

「ミク、美味しいわ！」とサリーが驚く。

「芋と卵は合うのね！」

アリエル師匠が驚いている。アルカディアには芋も卵もあったけど、料理はあんまりしないみたいだね。

オリヴィエ師匠は黙って完食してから一言。

「美味しかった！」

良かった！　火食い鳥《カセウェアリー》の世話は大変そうだけど、卵料理は色々とあるからね。

「そうだ！　アリエル師匠、ミクに火食い鳥《カセウェアリー》の卵の置物を見せても良いですか？」


食後、サリーが置物を持ってきてくれた。

「凄く綺麗！」

何だか、前世のファベルジェの卵みたい。本で読んで、欲しくなったけど、値段を知って言わなかったよ。あれは卵じゃなくて、卵型の宝飾品だったと後から知ったけどね。

「これが火食い鳥《カセウェアリー》の卵なのですか？　キラキラしていて、まるで違うものみたい」

アリエル師匠が嬉しそうに笑う。

「これは若い頃に作ったものの一つよ。開けてみて！」

「えっ、開くの？」

サリーも知らなかったみたい。

「埃を拭いただけだもの」

なら、サリーに開けてもらおう。私が差し出すと『良いの？』と目で訊《き》いてくる。

『うん』と頷くと、サリーが慎重な手つきで、卵をパカッと開ける。

「ああ、中に女の人と男の人がいるわ！」

アリエル師匠が「貸してみなさい」と卵を受け取る。

それを逆さにすると、窪《くぼ》みにはまっていた金属を立てて、ネジを巻く。

「あっ、音がしたわ！」

「踊っている！」

私とサリーの目がまん丸だと、見ていたオリヴィエ師匠とアリエル師匠が笑う。

「人間の町で暮らす時に、ほとんど売ったのよ。他の人と一緒の部屋で寝るのは嫌だったし、高く売れたから」

あっ、アリエル師匠も独立する時に準備金が必要だったんだね。

「サリーもミクもお金はいくらでも貯《た》めておいた方が良いわよ。人間の町ではお金がないと困ることが多いの」

森の中は、魔物がいるけど、それを討伐すれば、ほとんどお金は必要ない。布とか金属を買う必要はあるけど、それも物々交換で何とかなる。

「そうか！　お金を貯めなきゃね」

二歳児の言うことじゃないけど、ここは厳しい世界だからね。

「明日の朝は、早いわよ！　早く寝なさい」

アリエル師匠は、蜂《キラービー》の世話はサリーに任せるつもりだね。早起きは苦手だから、仕方ないよ。

「ミク、当分は一緒に世話をしよう！」

それはありがたい言葉だけど、信頼されているサリーとの差が身に染みるよ。

守護魔法を早く掛けられるようになろう！

火食い鳥《カセウェアリー》の世話の為に早起きする。

サリーは蜂《キラービー》の為に守護魔法の掛かった柵を開けなきゃいけないから、こちらも早起きだよ。

パンを石窯に入れてから、火食い鳥《カセウェアリー》と蜂《キラービー》の世話だ。

「ミク、まだ私は二つ同時には守護魔法を掛けられないの」

サリーが申し訳なさそうに言うけど、そんなの気にすることないよ！

「良いの！　待っているから！」

サリーは自分に守護魔法を掛けて、内側の柵の外に素早く出る。そして、外側の柵を開けて、素早く内側の柵の中に戻った。

「まだ蜂《キラービー》が起きてなくて良かったわ」

さぁ、今度は私に掛けようとしたら、オリヴィエ師匠がやって来た。

「おはよう！　あれっ？　もしかしてサリーが守護魔法を掛けるつもりだったのかい？」

せっかく、起きて来てもらったのに、悪いかな？

「いや、サリーが掛けてくれるなら、それで良いのだけど、ミクも練習してみないか？」

私も早く掛けられるようになりたい。

「はい！」

サリーは、パンが焼けたら石窯から出しておくと言い残し、木の家《アビエスピラ》に戻る。

「光の魔法を感じることはできるんだよね？」

それはできるから、頷く。

「なら、それを自分の中で強くして、身体の周りを囲む感じなんだけど……やってみよう！」

オリヴィエ師匠の手を持って、そこから光の魔法が自分の手に流れ込むのは、何となく感じる。

「うん、光の魔法を感じているね？　それを身体に循環させて強化してごらん。うーんと、手のひらの中の種を育てる感じで、光を育てる感じでも良いかも？」

オリヴィエ師匠、それは違う魔法じゃないかな？　でも、種を育てるのは慣れている。受け取った光の魔法を、育てる感じで、身体全体に巡らせる。

「おっ、その調子だ！」

でも、守護魔法は掛けられなかった。

「かなり良いところまできているから、練習すれば掛けられるようになるさ！」

今朝は、オリヴィエ師匠に守護魔法を掛けてもらって、火食い鳥《カセウェアリー》の世話をする。

餌箱に骨を砕いたのと、野菜クズを入れる。芋の皮も凄い勢いで啄んでいるから、大丈夫みたい。

水も綺麗なのに入れ替える。

「蜂《キラービー》の死骸もやったら良いぞ」

うん、そうだけど、少し苦手だ。鶏小屋の外に出てから、マジックボックスの中から一匹出して、中に投げ入れる。

「わぁ！」凄い勢いで食べているよ。

その隙に、小屋の中の巣箱から卵を集めるけど、三個しかない。

がっかりして、外に出たら、師匠に笑われた。

「三個しかなかったのか？　誰かサボったな。まぁ、こんなこともあるさ。守護魔法を掛けられるようになるまでは、朝に掛けてあげるよ」

師匠に頼らないで一人でできるように、なりたい！

朝は、スープを作るけど、前日の夜のうちに出汁《だし》は取ってあるから、野菜を刻んで入れるだけだ。

今朝は玉ねぎスープだ。これを皿についだ後にチーズを削って入れるとトロトロに溶けて美味しい。


パンは、サリーが焼きたてを持ってきてくれた。

「ヴェルディさんが、明日のパンを頼みに来たわ」

小麦と代金をもらってくれたみたい。

「へぇ、ヴェルディさんは初めてだね！」

よく、乳やチーズは買いに来るけど、パンを買ってくれたことはなかった。

「そろそろ、夏の放牧場の準備をするから、パンを持っていくとか言っていたわ」

そうか、柵を用意しなきゃいけないものね。

卵を一個使って、スクランブルエッグにするよ！　それに、肉の燻製を焼いたもの！

「やはり、卵は美味しいわね！」

残りは四個ある。夜に二個使うとしても、二個は売ろうかな？

「師匠、卵を集会場で売っても良いですか？　幾らぐらいにしたらいいでしょう？」

師匠はニヤリと笑う。

「卵は、料理も簡単だから、狩人達にも人気なんだ。銅貨八枚で売れると思うぞ」

つまりチーズと一緒だね！　乳は子どもがいる家以外はあまり買わないけど、チーズは酒のアテになるから人気なのだ。

学舎に行く前に、集会場に卵を二個置いておく。

籠の前に『卵一個、銅貨八枚』と書いた紙を貼っておく。

「売れたら良いな！」

サリーと学舎に行くけど、アルカディアでは集会場でこうやって物を売るみたい。ヴェルディさんの乳やチーズもほぼこのやり方だ。乳は、柄杓《ひしゃく》が置いてあって、それに一杯が銅貨四枚だ。チーズは葉っぱに包んであるのが銅貨八枚。野菜もよく置いてある。芋が多い感じ。

紙、陶器、ガラス製品、金属製品、布は、直接買いに行く感じなんだ。


「今日は魔法実技の日なんだよね！」

サリーは着々と風と光の魔法を学んでいる。私は、土の初歩はなんとかって感じかな？　頑張らなきゃ！

休憩時間に飲もうと、私とサリーは少しだけ蜂蜜を溶かしたお茶を水筒に入れてきた。

「甘くて美味しいね！」

こっそり話していたつもりだけど、甘い物が好きなエレグレースに気づかれた。

「木の家《アビエスピラ》の奥で蜂《キラービー》を飼い始めたのよね！　蜂蜜はいつから売るの？」

森の人《エルフ》が蜂蜜好きなのは本当だね。だって、美味しいもの！

「昨日、巣箱に移したばかりだから、ひと月は蜂蜜を集めさせるとアリエル師匠は言っていたわ」

エレグレースは、ひと月後に蜂蜜を買いたいと迫ってきた。

「お酒を作るかも？」

お茶を飲んでいたメンター・マグスが話を聞きつけた。

「蜂蜜酒《ミード》を作るのか？」

メンター・マグスはお酒が好きみたい。

「ええっ！　お酒ならワインがあるのに！」

甘党のエレグレースが不満そうだ。

「多分、全部はお酒にしないと思うわ」

アリエル師匠も蜂蜜が好きだからね。


なんて呑気《のんき》な話をしていたが、休憩が終わったら、魔法実技だ。

光の魔法を感じて、渡せないのは私だけになった。渡せないってことは、それを出せない。つまり守護魔法の前の段階で躓《つまず》いているんだよね。

居残りになった私は、メンター・マグスと対面授業だ。

「ミクは火食い鳥《カセウェアリー》を飼うのか？　卵は皆が欲しがっているから、良いことだと思う」

昨日の今日なのに、よく知っているね。驚いていたら、笑われた。

「何日も前から、鶏小屋や養蜂箱が置いてあったからな。それにしても、火食い鳥《カセウェアリー》は扱いが難しいから、守護魔法を掛けられないと世話が大変だろう」

そうなんだよね！

「早く掛けられるようになりたいです！」

こんな時、光の魔法のスキル持ちのリュミエールが羨ましいよ。

「なら、頑張ろう！」

メンター・マグスの手から光の魔法が私の手へと流し入れられる。

「光の魔法を感じます」

メンター・マグスが頷く。

「その受け取った魔法を私に流してみなさい」

これが難しいのだ。確かに手には光の魔法がある。それをどうやって、メンター・マグスに返すのか？

「ミク？　すぐに返せないようなら、身体の中で循環させても良いのだよ。そして、増やしてから、身体から溢れる感じで戻してくれたら良い」

なるほど！　今朝、オリヴィエ師匠が教えてくれたやり方に似ている。

手で受け取った光の魔法を身体に巡らせる。どんどん広がって、身体中に光の魔法が満ちた。

「それを押し出す感じで、守護魔法を掛けるのだ」

蔦を作る感じで、光の魔法を押し出す。

「ミク……それは光の攻撃魔法、光の鞭《ライトウィップス》だよ」

パッとメンター・マグスによって解除されたけどね。

「蔦を作るイメージで掛けたのです」

メンター・マグスは、植物育成の魔法はあまり知らないみたい。

「一度、見せてくれないか？」と言うので、学舎の外に出て、ポシェットから取り出した木苺を持って、蔦を投げる！

木と木の間の橋に絡まったから、そこに蔦を使って飛ぶ。

「なるほどな！　ミクは土の魔法だと思っていたが、植物育成の方が上手いな」

学舎に戻って、岩に生える苔《こけ》のイメージで、自分の周りを囲んでみろと言われた。

「私が岩で、苔が光の守護魔法？　つまり苔で身を護る感じ？」

緑の苔に覆われるのって、あまり防衛力は強くなさそうだけど、やってみる。

「ふん！」と身体の周りに苔を生やす感じで、光の魔法を出す。

「ミク……何か光が針のように出ているが……守護魔法とは言えないな」

がっかり！　苔はやめておこう。髪の毛も逆立っているよ。まだ学舎に残っていた皆に笑われちゃった！

「何か他のイメージの方が良さそうだ」

メンター・マグスも笑いを噛《か》み殺《ころ》している。

サリーは、今は火の魔法に挑戦しているけど、こちらにやって来た。

「ミク、いいところまでは来ていると思うの。頑張りましょう！」

うん、優しいね！

「そうだ、サリーがミクに光の魔法を流してごらん」

サリーが私の手を取って、光の魔法を流す。

「ミク、分かる？」

「うん！　分かるけど……これを身体に巡らせて……ここからが分からないの」

守護魔法を掛けられないと一人で火食い鳥《カセウェアリー》の世話ができない。それに蜂《キラービー》の世話をするサリーの手伝いもできないのだ。

養蜂箱の周りに花が咲く果物の木を植えたい。蜂《キラービー》が蜜を集めるし、受粉もしてくれるからね。

守護魔法、守護魔法、そうだ！　森に出迎えに来たリュミエールが神父さんに掛けた時、薄い緑色の膜に包まれた感じがしたんだ。

「守護魔法！」

そのイメージを思い出して、自分の周りに守護魔法を掛けた。

やった！　できたよ！　サリーが絶対できるようになると励ましてくれたおかげだよ。

「おお、ミク、守護魔法が……ああ、もっとキープする練習をしなくてはな！」

掛けられたのは一瞬だった。

「ミク、練習すれば長い時間掛けられるようになるわ」

「おチビちゃん、頑張っているな！」

相変わらずリュミエールは赤ちゃん扱いするけど、その後、光の守護魔法を何回も掛けてくれた。

「なんとなく、分かったような？」

ふぅ、何とか第一歩、踏み出せた気がするよ。

第五章　アルカディアの夏

アルカディアに来たのは春だった。遅い夏が来た頃、木の家《アビエスビラ》の生活にも慣れてきた。

「ミク、ぎりぎりじゃん！」

横で見ていたサリーがヒヤヒヤしたと怒る。

「ぎりぎりでも大丈夫だったから、良いの！」

火食い鳥《カセウェアリー》の世話、今日から自分で守護魔法を掛けると宣言したんだ。で、まぁ、やってみたけど、餌と水をやり、その間に掃除をして、蜂《キラービー》の死骸を投げて、卵を集めて素早く出る！　その瞬間に守護魔法が解けちゃったんだ。

「もう少し長く掛けられるようになるまで、私が掛けるわ！」

「それじゃあ練習にならないの！」

珍しくサリーと言い争いになった。ぷんぷんしながら木の家《アビエスビラ》に戻り、朝食の準備だ。

「今日はトマトスープとサンドイッチです」

この世界にサンドイッチ伯爵はいないけど、パンにスクランブルエッグを挟んだのを、そう呼ぶことにする。マヨネーズはまだ作っていない。ビネガーがないからだ。ワインを作る時に、少しだけ作るみたい。

「これ、美味《おい》しいわね！　本を読みながら食べられるわ」

相変わらず、ソファーで本を読んでいることが多いアリエル師匠だ。

「これも、集会場で売るつもりなのです」

オリヴィエ師匠が小麦の余っている森の人《エルフ》から買ってくれたから、木の家《アビエスビラ》には小麦が十分ある。

だから、パンも一工夫して売るつもりなんだ。

「これなら、狩人《かりゅうど》達も買うだろう」

そう、パンをあまり狩人達は買わないんだよね。肉食中心なのかも。

「肉の燻製《くんせい》を挟んだのもあります」

スクランブルエッグ、肉の燻製、二種類のサンドイッチを葉っぱに包んで集会場で販売する。

私は野菜サンドも好きだけど、売れるかは分からないからね。

「サリー、そろそろ蜂蜜を集めましょう」

それ、エレグレースが喜びそう！

「はい！　昼から作業しますか？」

アリエル師匠が少し考えて首を横に振る。

「午前中の方が良いかも？　サリーは、今日は学舎《まなびや》を休みなさい」

私も手伝いたい！　でも、アリエル師匠に指摘されちゃった。

「ミクは、守護魔法を掛けられるようになったのかしら？」

うっ、今のレベルだと邪魔になるだけだね。


この日は、一人で集会場に火食い鳥《カセウェアリー》の卵を置いて、横にサンドイッチを四個置いておく。サンドイッチは一個銅貨三十枚にした。

「おっ、今日は卵があった！」

まだ火食い鳥《カセウェアリー》は四羽だけだし、自分達でも卵を食べるから、二個ぐらいしか売りに出さないんだ。

「あのう、このパンに卵を炒《いた》めたのと、燻製肉を挟んだのも美味しいですよ」

狩人達は基本的には、昼は食べないけど、チラリと見て、卵と一緒に買っていった。

「美味しかったら、明日も買うよ！」

お客が増えるのは歓迎だ。

学舎で、エレグレースにサリーが今日は休んで蜂蜜を集めていると伝える。

「そうなのね！　なら、学舎が終わったら買いに行かなきゃ！」

他の子も聞いていたから、買いに来そう。サリーがいないと少し寂しい。他の子とも話すけど、やっぱりね！

その上、今日は武術訓練で散々だよ。

「ミク、夏になったら森歩きが増えるのに、それじゃあ困るだろう」

リュミエールに心配された。

「えっ、そうなの？」

知らなかったよ！　各自、時々は学舎を休んで、親や師匠と森歩きをしたり、訓練をしていたけど。

「七月の半ばから八月の末までは学舎は休みだよ」

メンター・マグスが笑いながら教えてくれる。今は七月になったばかり！　あと少ししたら夏休みなんだね。

「そうか、なら頑張らなきゃ！」

薬師の仕事のほとんどは薬草採取だと師匠は言っていた。まだ数回しか連れていってもらっていない。夏休みは、毎日行くのかな？　色々な薬草を教えてもらいたい。

授業が終わって、集会場に寄ってから帰る。卵もサンドイッチも完売していた。

「サリー、蜂蜜は取れた？」

帰ったら、サリーが疲れた顔でソファーに座っている。珍しいな。

「ええ、でも蜂《キラービー》が途中で帰ってきて、追い出すのに疲れたわ」

風の魔法を使いすぎてグロッキーみたい。

「学舎ももうすぐ夏休みになるんですって！」

私も知らなかったから、サリーに教えてあげる。

「わっ、ならアリエル師匠に風の魔法をいっぱい教えてもらえるわね！」

だよね！　今は、昼からしか教えてもらえないもの。

昼食は、チーズとトマトがあるから、ピザを焼くつもり！

「サリー、今日のは、美味しいわよ！」

手伝おうか？　と訊《き》くサリーを座らせておく。きっと、魔力がなくなってだるいだろうから。

生地は朝から作っていたので、それを四つ小分けにして、薄く伸ばす。それにトマトソースを塗って、チーズをパラパラ！　燻製肉と玉ねぎのスライスを散らしたら、ピザって感じになった。

後は、サラダ！　飲み物はミントティー！

外の石窯でピザを焼く！　取り出す木の棒は、パンを焼く時に使っているもので代用する。

ピザは薄いから、すぐに焼けた。

「お待ちどおさま！　熱いうちに食べて下さい」

ピザはどうかな？　私は前世ではあまり食べたことがないんだよね。食事制限があったからね。

「美味しいわ！　チーズがとろとろだし、トマトとよく合うわ」

サリーも元気になって、良かったよ。

「ミク、これは美味しすぎるよ！」

オリヴィエ師匠、それは褒めすぎ！

「これはお酒と合いそうね」

アリエル師匠、昼間からお酒ですか？　師匠も疲れたのかも？

ピザは好評だったけど、これは熱いうちが美味しいから、集会場には置かないつもり。

そのつもりだったのに、その後蜂蜜を買いに来たエレグレースやヘプトスやリュミエールに「いい匂いがする！」と問い詰められた。

「ここで食べるだけよ！」と残ったピザ生地で一枚焼いて、切り分けてあげる。

「こんなに美味しいのに、売らないの？」

エレグレースも、甘党ってだけじゃないんだね。

「だって、焼きたてじゃないと美味しくないのよ」

全員が、また食べたいと言い出した。

「また、焼く時には声を掛けるわ」

これで、ピザの話は終わりだと思っていた。

それなのに後から蜂蜜を買いに来たガリウスとマリエールもピザについて聞いてくる。

「私は、夏休みまでで学舎は卒業なんだ」

ガリウス、それとピザは関係ないよね。

私が首を捻《ひね》っているから、マリエールが補足説明してくれる。

「ミクは知らないだろうけど、卒業する時に仲間からプレゼントをするのよ」

知らなかったよ！　でもピザで良いの？　記念品とかじゃなくて？

「本人が好きに選べるけど、銅貨五十枚程度にするのが良いんだよ」

ふうん、なら焼いてあげても良いよ！

「もうピザ生地はないから、明日の昼に食べに来てね！」

これで、私は良いけど、サリーはどうするのかな？　蜂蜜をプレゼントしたら良いの？

でも、ガリウスは蜂蜜を買って帰った。

「サリー、知っていた？　卒業する時にプレゼントをあげるんですって！」

「えっ！」とサリーが驚く。

サリーも知らなかったみたい。

「ガリウスは何が好きなのかな？」

蜂蜜を買いに来たぐらいだから、甘い物が好きだよね。

「蜂蜜で何か作ってあげたら良いんじゃない？」

「ううん？　前にミクが作っていた蜂蜜レモンはお湯に溶かしたら美味しかったけど……レモンはまだだよね」

そう、レモンはまだだけど、生姜《しょうが》はあるよ！

「生姜の蜂蜜漬けは？　あれも美味しいよ！」

生姜は、狩人の村から持ってきて、植えたから、もう収穫できるはず。

「作り方を教えて！」

教えるほどのことでもない。

「生姜をスライスして、瓶に入れて、蜂蜜を入れるだけ」

そのガラス瓶は、今度オリヴィエ師匠から作り方を習う予定なんだ。調合薬を入れる薬瓶を作らないと、薬師は困るからね。

「ガラスの作り方、アリエル師匠が習ったら良いと言うのよ」

蜂蜜も瓶に入れるからね。

「私も習うから、一緒に習おうよ！」

サリー的には、どちらかというと火食い鳥《カセウェアリー》の工芸品の方に興味があるみたい。とても綺麗《きれい》だし、材料はあるからね。ただ、オルゴールとかは錬金術を習わないとできない。

「アリエル師匠が火食い鳥《カセウェアリー》の卵の殻にガラスコーティングするだけでも、かなり高価になると言うの」

ふむ、ふむ、火食い鳥《カセウェアリー》の卵の殻だけでも買ってくれるけど、ガラスコーティングしてある方が割れにくくなりそうだし、良いよね。

「私は、風の魔法と光の魔法を習得するのに集中したいけど、蜂蜜を売る瓶も必要なのよね……。良いわ！　ミクと一緒にガラス作りを習いましょう」

どうも、アリエル師匠もオリヴィエ師匠も、本来の修業以外にも色々とやらせたがる気がするよ。

私はガリウスに大きなピザを焼いてあげ、サリーは師匠にガラス瓶をもらって生姜蜂蜜をあげた。

「学舎に来なくなっても、困ったことがあったら言えよ！」

ガリウスは、鍛冶《かじ》の修業をするみたい。

「作ってほしい道具ができたら、頼みに行っても良い？」

ガリウスが笑って頷《うなず》く。

「小さな物なら、ピザと交換で作ってやるよ」

ピザは学舎で大評判だ。ただ、焼きたてじゃないと美味しくないのが、少し厄介なんだよね。

「簡単な魔導具とピザ十枚を交換しても良いわ」

マリエールは、錬金術を習っている。少し、興味があるけど、夏休みは薬師の修業と菜園も忙しい。それにガラス作りを習わないと薬瓶ができないからね。

「十枚も食べるのか？」

リュミエールが驚いている。

「違うわよ。ミクがピザを焼く時に十回食べるの」

それ、ちょっと面倒くさいな。

「夏休みは、薬師の修業で忙しいから、ピザを焼くかどうかは分からないよ」

ブーイングが起きた。

「学舎も休みだから、焼けば良いよ！」

「そう言うリュミエールだって、狩人の修業をするんでしょう？　昼にはいないじゃん！」

ガリウスやマリエールはアルカディアにいると笑う。

「ピザを焼く日は、旗を立てたらどうだ？」

メンター・マグスは、ピザをアテに酒を飲みたいみたい。

「それ良いわね！」

エレグレースまで、そんなことを！

「何枚もは焼けないわよ」

たまには焼いても良いけど、ずっと焼くのは嫌だからね。

「私の家は木の家《アビエスビラ》の横だから、すぐに買いに行けるよ」

ヘプトスが余裕を見せつける。リュミエールが後ろでベーと舌を出しているよ。

こうして、学舎は夏休みになった。成績表とかはない！　やったね！　勉強はかなり頑張っているけど、魔法実技と武術訓練は酷《ひど》いもの。


「そうか、夏休みになったのなら、ひまわりを収穫しよう」

それで油を搾って石鹸《せっけん》を作るのも薬師の修業だけど、もっと薬師っぽいこともしたいな。

「ふふふ、ミクも焦りすぎだわ。サリーも、もっと他のこともしたら良いのよ」

アリエル師匠に笑われたけど、薬師に早くなりたいんだもの。

「石鹸は、身体《からだ》を清潔にするから、薬師の仕事の一部だよ」

「はい！」と答えるけどね。

「それと、そろそろトレント狩りもしよう」

えっ、そちらより薬草採取がしたい。

「薬草も採取するさ。それをしながらトレントに遭ったら討伐するのさ」

それなら良いかも？

師匠達が夏休みの課題を決める。

先《ま》ずは、ひまわりの収穫、乾かして種を取って、油を搾る。サリーも収穫は手伝うけど、石鹸作りは手伝わない。

それと、私とサリーはガラスの作り方を教わる。これも基本の瓶作りは一緒だけど、私は薬瓶を習い、サリーは火食い鳥《カセウェアリー》の卵の殻にガラスコーティングするのを習う。

後は、森歩き！　私は薬草採取しながら、トレント狩り。

サリーは、風の魔法で狩りをするみたい。アリエル師匠って狩りが好きなのかな？

ひまわりの収穫は、狩人の村でもやっていたけど、ここでは魔法の練習も兼ねる。

「サリー！　風の魔法で茎を切るのよ！　ウィンドカッター！」

アリエル師匠がザザザッとひまわりの一列を刈った。サリーは、それを真似《まね》しているけど、一本ずつだ。

私は、ナタで切った方が早いと思うけど、土の魔法の練習だ。

「まぁ、ひまわりはトマトと違うから気楽にやってみよう。ストーンバレット！」

オリヴィエ師匠のストーンバレットって、普通の石礫《いしつぶて》じゃないよ。石の円盤が、ひまわりの茎をシュパパパパッと切断していく。

「ストーンバレット！」

私のは一本も切れず、茎が折れただけだ。

少しオリヴィエ師匠が腕を組んで考え込んでいる。

「これで薔薇《ばら》の鞭《むち》を出してみよう」

薔薇の実を渡してくれた。

「薔薇の鞭《ローズウィップス》！」

トゲトゲのついた鞭なんて、痛そう。それでひまわりを刈っていくけど、どう見てもナタの方が早い。

「うん、今日はナタで刈ろう」

つまり、練習だっただけだね。

ナタは割と上手《うま》く使える。

「ミクは、他の武器よりもナタなのかな？」

オリヴィエ師匠が考え込んでいる。ナタって武器なの？　まぁ、叩《たた》けば怪我《けが》をしそうだけどさ。

ひまわりの花の部分は種を取る為に乾かす。これはサリーが手伝ってくれる。

私は残った茎をナタで切って、土に耕す。これは土の魔法で、かなり上手《じょうず》にできるようになった。

ついでに鶏糞《けいふん》を乾かしたのも混ぜ込んでおく。

「ちょっと休ませてから、ひまわりの種を蒔《ま》こう！」

午前中でひまわりは収穫したので、昼からはガラス瓶を作る準備だけど、何をするのかな？

昼食は簡単に済ませたよ。パンとオムレツ。オムレツにはトマトと玉ねぎを刻んだのを入れた。

「火食い鳥《カセウェアリー》を飼って良かったけど、もう少し数を増やす必要があるわね」

それは集会場でもよく言われるんだ。

「火食い鳥《カセウェアリー》を見かけたぞ」

なんて親切に言葉を掛けてくる森の人《エルフ》もいる。卵は人気だからね。

「ミクは、あと何羽ぐらいなら世話できる？　冬には全部は飼い続けられないと思うから、あまり増やしたくはないのだが」

うっ、それはエバー村の山羊《やぎ》で分かっているけど、潰すのは少し嫌だ。だって、今のところ火食い鳥《カセウェアリー》が火を吐くことはないんだもん。満足そうに鶏小屋《とりごや》で餌と水を啄《ついば》んでいるのを見ると、何とはなくね。

「冬の餌はとうもろこしになりますか？」

アルカディアも冬は、菜園はできない。キャベツとかは塩漬けにするみたいだけど、火食い鳥《カセウェアリー》にはあげられないよね。

「うん？　私は火食い鳥《カセウェアリー》に詳しくないが、ヴェルディに訊いておいてやるよ。うむ、野菜をマジックボックスに入れておく手もあるな」

だよね！　でも、それは私達用にするつもりだったんだ。時間が止まるマジックボックスの中には、まだ蜂《キラービー》の死骸が少し残っている。

夏休み中に手入れのし方をオリヴィエ師匠に教えてもらって、秋に食糧を詰め込む予定だった。

昼からオリヴィエ師匠と私とサリーは森歩きに行く。

「サリーは弓、ミクはこれを持っていきな」

これ？　斧《おの》じゃない？　でも、パパが持っていたような大きさじゃない。

「これは手斧だよ。ほぼナタと同じ使い方で良いし、根っこを切断できるから慣れておくと良い」

根っこを切断って、トレントだよね？

「はい」と腰のナタと交換する。少し重いよ。

森に入って、オリヴィエ師匠はずんずん奥へと進む。木から木へと跳んで移動するのだけど、時々止まってついて来ているか確認してくれる。

かなり、奥まで来た気がするけど、まだまだみたい。

「師匠、何処《どこ》まで行くのですか？」

枝の上で休憩して、サリーと水筒の水を飲む。

「あの山の麓にある滝までだよ」

立ち上がって、かなり遠くの山を見る。

「遠いですね！」

「まぁ、大丈夫だろう」

朝から出発すれば良かったね。

そこからは、師匠についていくのに必死だったよ。ラメイン川を見ながら、木を跳び移りながら山を登っていく。

「もう少しだよ！」

ぜいぜいと息が上がっている私達に、師匠が声を掛ける。

木の間を跳んで移動するから、山道も同じだろうと思ったけど、上の枝へ、上の枝へと跳ぶから、やはりしんどい。

「降りるよ！」

オリヴィエ師匠が地面に飛び降りる。私は、数本下の枝に降りてから、飛び降りるよ。

森からラメイン川に出たら、滝が見えた。崖から一筋、水が落ちている。

「あの滝壺《たきつぼ》付近にある砂がガラスの素材になるのさ。ウィトレウムにガラス窯を使わせてもらう代わりに、多めに砂を取っていこう」

砂を師匠のマジックバッグの中に詰めていく。サラサラで手触りが気持ち良い。

「さて、帰ろうか！」

アルカディアに帰る頃には、夕方だったよ。疲れたから、今日は肉を焼いて食べる。

「明日はガラスを作ろう！」

オリヴィエ師匠は疲れないのかな？　私もサリーもこの夜は本も読まずに眠ったよ。


ウィトレウムの家に行く前に、師匠が私に何か美味しい物がないかと訊く。

「まぁ、ちょっとしたプレゼントがあると良いなと思ったんだ」

今朝はまだサンドイッチを作っていない。

「サンドイッチかお焼きならすぐにできますよ」

お焼きも好評なんだよね。

「お焼きかぁ、それも良いな」

サリーに手伝ってもらってお焼きを作る。パン種を使うから、中の具だけだよ。かぼちゃ餡《あん》と肉とキャベツ炒め餡にする。

「これを作ってマジックボックスに入れておくと、焼くだけで良いわよね」

サリーの言う通りだけど、今は蜂《キラービー》の死骸がまだ残っているし、綺麗にしないと食品を入れる気にはならない。

「うん、あれがなくなったらね」

でも、昼食の分は作っておくよ。

「美味しそうだな！　これならウィトレウムも快く窯を貸してくれるだろう」

うん？　貸してもらうために砂を多めに取ってきたのでは？

サリーと顔を見合わせる。ウィトレウムって気難しいのかも？


「やぁ、ウィトレウム、窯を借りに来たよ」

ウィトレウムの家は木の上にあるそうだけど、ガラス工房は地上に作ってある。

師匠が声を掛けて扉の中に入ると、暑かった。

「オリヴィエ、あんたが弟子達にガラス作りを教えるだなんて、明日は雹《ひょう》が降るんじゃないか」

ああ、気難しそうな白髪のお婆《ばあ》さんが椅子に座っていた。

「これ、お焼きと言うんだ。それと砂は何処に置いたらいいかな？」

オリヴィエ師匠にしては低姿勢だよね？

「砂はいつもと一緒だよ。あんたがガラス作りを習った時からね」

ははん、オリヴィエ師匠はウィトレウムにガラス作りを習ったんだ。

「そちらのは、アリエルの弟子だろう？　工芸品作りまで教える気なのかい？」

アリエル師匠もウィトレウムの弟子なのかも？

「砂は置いておくよ。さぁ、ミク、サリー、よく見せてもらうんだよ」

気難しそうなウィトレウムだけど、指導は丁寧だった。

「先ずは、基本のガラス瓶を作るよ」

ドロドロに溶けたガラスを鉄の棒で絡めとり、筒を吹く。

「わぁ、綺麗！」

魔法みたいに、膨らんだガラスの球が瓶になっていく。

「ここからは、形を整えるのさ」

革を鞣《なめ》したのに押し当てながら、棒をクルクル回す。

「そして、このヤットコで切り離して出来上がりだ」

あっという間にガラス瓶ができた。

見ているとなんそうだったけど、私もサリーもやってみると苦戦したよ。

オリヴィエ師匠は、横で薬瓶をいっぱい作っている。

「同じ形、同じ大きさにしないといけないんだ」

ふぅ、歪《いびつ》なガラス瓶しか作れない。それに、めちゃくちゃ暑い！

「少し、休憩しよう！」

外に出たら、涼しい風が気持ちよかった。

「まぁ、一回ではできないさ」

薬の瓶は全部同じ大きさだ。それを作れるようになるのかな？

「何度も練習していればそのうちできるようになるから、心配しなくて良い」

休憩して、またガラス作りをしたけど、歪になっちゃうね。

「オリヴィエ、あんたもなかなか厳しいね。アレは使わせないのかい？」

ウィトレウムが面白そうに笑う。

「ウィトレウムがアレを使っても良いだなんて、丸くなったもんだねぇ。私が使った時は、棒を持って追いかけてきたくせに！」

アレ？　何かな？　サリーと二人で首を捻る。

「これで型を取ると同じ瓶が作れるのさ」

オリヴィエ師匠がマジックバッグから瓶の型を取り出した。

「ふん！　そんなのは邪道だよ」

ガラスの球を型に入れて膨らませると、同じガラス瓶ができた。

「今回は、これで作ろう。でも、慣れたら自分で作れるようになるさ」

ふぅ、初めからこれを使いたかったよ。

私は、トマトソースをいっぱい保存したいから、ガラス瓶と蓋を作る。

サリーは、少し作ったけど、火食い鳥《カセウェアリー》の卵の殻の工芸品を作りたいみたい。

「それはアリエルに教えてもらった方が良さそうだ。だが、今日は暑いから来ないだろう」

確かに夏の午後は暑い！　特にガラス窯の前はね。

この薬瓶はオリヴィエ師匠が作った。勿論《もちろん》、型なんか使わずにね。

「サリーはもう帰っても良いよ。明日の午前中にアリエルから火食い鳥《カセウェアリー》の卵の殻のガラスコーティングを習うと良い」

くすくすとウィトレウムが笑っている。

「火食い鳥《カセウェアリー》の卵の殻のガラスコーティングは、難しいよ。さて、何個できるかな？」

えっ、そんなに難しいの？

「ははは、ミク。サリーに卵の殻を売った方が良さそうだな」

「でも、失敗したらサリーは損をしちゃうわ」

ウィトレウムが、けたけた笑う。

「アリエルがついているから、まるまる損はさせないさ。あんたに払った額程度は儲《もう》けさせるよ」

ふうん、そうなのかな？

「まぁ、半分売って、後は取っておいても良いさ」

この日は、いっぱいガラス瓶を作って終わった。

サリーは早く帰ったので、お風呂を沸かしてくれていたよ。アリエル師匠以外は、汗だくになったからね。

次の日、私はサリーに火食い鳥《カセウェアリー》の卵の殻を半分売った。

「お金なんか良いのに……」

でも、サリーは頑固だからね。

「初めは失敗することが多いとアリエル師匠が言っていたもの。でも、ガラスコーティングできれば、倍の値段で売れるから！」

そうなると良いな！

「ミクは今日、森歩きでしょ！　頑張ってね」

「うん！」

ガラス瓶作りも薬師の仕事だと思うけど、やはりメインの薬を作る方をやりたい。

「ミク、行くよ！」

師匠と森の奥まで行く。

「今日は、上級薬草と毒消し草と痺《しび》れ草を探すよ」

上級薬草は、前に教えてもらっている。

「毒消し草は、水辺に群生しているんだ」

ラメイン川の近くを探す師匠の後ろをついていく。

時々、上級薬草を採取するけど、なかなか毒消し草は見つからない。

「もっと森の奥に行かないとないかもな？」

ラメイン川を越えたら、亜竜や竜が住む地区になる。これは学舎で森の地理で習ったんだ。

リュミエールは、親と狩りに行くけど、ラメイン川を越えていないと言っていた。親だけの時は、勿論、越えているよ。

「竜と遭遇しませんか？」

オリヴィエ師匠が笑う。

「竜がいたら、ミクは木の上に逃げるんだよ。でも、そうそう竜には遭遇しないさ」

だと良いけど……。

ラメイン川は狩人の村の近くも流れていたけど、そこよりは幅も狭いし、大きな岩がゴロゴロあるから、師匠の後を跳んでついていく。

「ああ、これが毒消し草だよ。葉っぱの裏が紫色なのだ」

なんだかドクダミみたいな匂いの薬草だね。でも、どんなのか分かったから、毒消し草を探す。

薬草探しは、目に魔力を集中させると見つけやすい。

「これも育ててみるつもりかい？」

オリヴィエ師匠に笑われた。下級薬草は、少し増やせたけど、上級薬草は枯れちゃったんだ。

「はい！　試してみても良いですか？」

トライしなきゃね！　一株、根っこから掘って籠に入れる。

「そういえば、ここら辺で火食い鳥《カセウェアリー》を見たという情報があったね」

狩人達は、卵を増やしたいみたい。茹《ゆ》でるだけで食べられるからね。

「卵を温めさせたら、火食い鳥《カセウェアリー》は増えませんか？」

雄もいるのだから、有精卵じゃないの？

「どうかな？　生け捕りの方が早くないか？　まぁ、見つけたら捕まえよう。それと、油が搾れるトレントを見つけたいな」

私は、まだトレントが見分けられない。

「普通の大木とトレントの違いは、何処でしょう？」

師匠に笑われたよ。

「トレントは歩く！　普通の木は歩かない。明らかに違うよ」

えっ？　歩いてなかったよね？

「あれは、まだ春で寝起きだったからな。冬は歩かない。じっとしているが、夏は歩いているぞ。より日当たりの良い場所を探しているのだけどなぁ」

師匠は見つけられなくて残念そうだったけど、私はホッとしてアルカディアに帰った。


「ミク、ごめんなさい！　私は全部失敗したの。アリエル師匠が三個はやってくれたけど……」

やはり難しかったみたいだ。

「良いのよ。でも、またやりたかったら言って。火食い鳥《カセウェアリー》の卵の殻ならいくらでもあるから」

サリーは、少し迷っていたが、買いたいと言ってきた。

「あげても良いのだけど」

「それは駄目！　ちゃんと買わないと、駄目な気がするの」

それは、何となく分かる。


この日は、サリーは一人でウィトレウムの所に行って、何とか一つ成功させた。

「ガラスコーティングしたら、よりグリーンが鮮やかに見えるわね！」

「ありがとう！　それと失敗した卵の殻の欠片《かけら》で、これも作ったのよ」

グリーンの卵の殻の欠片が閉じ込められた花瓶、なかなか綺麗だよ。

「これに花を飾りましょう！」

アルカディアは、花盛りだからね。


今日は一日中農作業になりそう。

「放牧地を耕すから、ミクも手伝ってくれ」

サリーは、今日もウィトレウムさんのところで火食い鳥《カセウェアリー》の卵の殻のガラスコーティングを続ける。

「やっと一個できたから、もっと頑張ってみたいの。それに、失敗したもので色々と作ってみたいから」

今日もサリーとは別行動だ。

「昼は簡単に済ますけど、夜にはピザを焼くから、ウィトレウムさんにも持っていくと良いわ」

アルカディアでは、子どもは大人をさん付けして呼ぶ。

師匠は師匠、そして長老会メンバーは様付けだ。少なくとも大人の前ではね！

大人同士は、基本は呼び捨てだけど、メンター・マグスはメンターと付ける。それが呼び名になっているみたい。

「ウィトレウムさんは、何故《なぜ》長老会に入っていないのですか？」

あんなに素敵なガラスを作れるのに不思議だ。

「彼女は、私達より偏屈なんだよ。長老会だなんて嫌だと拒否したのさ」

ふうん、変人と呼ばれている師匠達より、偏屈なんだね。でも、師匠達がウィトレウムさんを気にかけているのは分かる。

若い頃にガラス作りを教えてもらったのもあるだろうけど、アリエル師匠も蜂蜜を持っていっていたからね。

「ピザを焼くなら、旗を立てないと皆が文句を言うわよ」

サリーに忠告される。うっ、そうかも？　特に、マリエールとかエレグレースとかにね。

「夕方に立てるわ。昼は焼かないもの」

多めにピザ生地を作っておこう。

放牧地だった場所には、ヘプトスや狩人達も来ていた。

「やぁ、ミクも手伝いなんだな」

リュミエールが農作業？　土の魔法じゃないよね？

「親に言われたんだ。昨日は当番だったたし、二日も狩りに行けないんだ……」

なるほど！　アバウトにだけど、各家から一人出している。耕すのが苦手な狩人は収穫をするみたい。

それとリュミエールは、五歳だから物見の塔の当番もあるみたい。

「物見の塔の当番って退屈なんだよなぁ。半日、ぼぉと見ているだけだから」

ヘプトスに呆《あき》れられた。

「見張るのが仕事だろ！」

「それは、分かっているし、ちゃんと見張ってるさ」

でも、退屈だと愚痴るのも、少し分かるな。

「夕方にピザを焼くから、食べに来たら良いわ」

リュミエールが喜ぶ。

「私も食べに行くよ！」

ヘプトスも来るみたい。何人か、周りで聞いていた人も来るかも？　木の家《アビエスビラ》の前に椅子とテーブルを出した方が良いかな？

ロフトから下ろせるかな？　サリーとロフトを掃除した時に、折りたたみの椅子やテーブルを見つけたんだ。

師匠のマジックバッグを借りたら、楽に運べるかもね？　そんなことを考えているうちに、農作業が始まった。

もう、鋤《すき》はいらない。

「先ずは、糞と寝藁《ねわら》をすき込んでくれ！」

ヘプトスは、やはり上手い！　リュミエールは、まぁまぁだね。私は、二人の間ぐらいかな？

皆でしたから、農作業はあっという間に終わった。一日中、農作業だと思っていたよ。

「お疲れ様！」と解散したけど、私とヘプトスとリュミエールは、少し遊ぶことにする。

「森の奥に行ってはいけないよ！」

前まではアルカディアの外には出てはいけないと師匠に言われていたけど、ヘプトスとリュミエールが一緒だから、許可がおりた。

「ミクは、あまり森歩きはしていないのだろう？」

リュミエールは、やはり少し偉そうだ。

「師匠と薬草採取には出かけるわ」

へぇと驚いたみたい。

「まだ小さいのにね！」

お兄ちゃんぶりたいのかな？

「何処に行くの？」

二人は木の枝に立ち止まって考える。無計画だったんだね。

「ミクがいるから、森の奥は駄目だ。そうだ、火食い鳥《カセウェアリー》を生け捕りにしよう」

卵を増やしてくれとは言われているけど、三人だけで生け捕りにできるのかな？

「野生の火食い鳥《カセウェアリー》は火を吐くわよ。キックされると怪我をするわ」

ヘプトスも反対する。

「生け捕りにしても、運べないよ！　それより夏の放牧場に行ってみないか？　ミクは行ったことがないだろう？」

やはりリュミエールより、ヘプトスの方がしっかりしている。

「行きたい！」

どんな所か見てみたかったんだ。

「なら、そうしよう！」

二人はよく知っているみたい。私も学舎で地図は見たけど、行ったことがないからね。

「ミク、遅いぞ！」

リュミエールは、やはり速い！

「遊びなんだから、ゆっくりでも良いさ」

ヘプトスは、優しい。

「あっちだよ！」

先に行っているリュミエールが木の上から指す方向には、小高い丘があった。

「まぁ！　お花畑もあるのね！　サリーも連れてきたかったわ」

今の時期、花を付ける植物は多い。

「火食い鳥《カセウェアリー》の餌にもなりそうだな」

男の子って花に興味はなさそう。

恐ろしそうな山羊や羊や牛は、柵の中で草を食べているから、近づかないよ。

「ヴェルディさんは、何をしているの？」

かなり離れたお花畑で、持って帰る花を摘んでいるのだけど、忙しそうに棒を振っている姿が気になる。

「ああ、あれは干し草を作っているのさ。冬に食べさせないといけないからな」

そんなことも知らないのか！　とリュミエールが教えてくれる。

「私の村では家畜は飼っていなかったのよ。エバー村やニューエバー村では飼っていたけどね」

ヘプトスは少し考えて口を開いた。

「なぁ、火食い鳥《カセウェアリー》は、冬の間どうするんだ？　秋に潰すのか？　干し草は食べないかな？」

三人とも、顔を見合わせるけど、誰も知らない。

「ヴェルディさんに訊けば良いんじゃない？」

リュミエールとヘプトスが微妙な顔をする。

「えっ？　何か？」

リュミエールが小さな声で教えてくれた。

「アルカディアの七変人の一人なのさ」

「それって、私の師匠も含まれているんじゃないでしょうね！」

ぷんぷん怒ったら、リュミエールが慌てて言い訳をする。

「私が言っているわけじゃないよ。それにオリヴィエ様とアリエル様は弟子を取ったから、変人じゃなくなったし」

そうなら良いけど……ヘプトスの顔は微妙だよ！

「ヴェルディさん、ウィトレウムさん、カルディさん、あと誰だっけ？」

カルディさんって、紙漉《かみす》きをしている人だよね。

「もしかして、物を作る人を悪く言っているのかしら？」

ヘプトスが慌てて、リュミエールを窘《たしな》める。

「私の師匠も大工や木工細工をしているけど、変人じゃない。ええっと、長老会に入らないから、そう言われているだけだよ。後、性格的に難しい人ってことかな？」

後の二人は、今はアルカディアにいないみたい。放浪の吟遊詩人だそうだ。それは、少し変人っぽいかな？

「ヴェルディさんに訊いてみるわ」

二人は微妙な顔をしたけど、一緒に丘を登ってくれた。

近づくと、ヴェルディさんが長い棒の先の鎌で、リズミカルに草を刈っているのが見えた。

「ヴェルディさん！」

声を掛けたら、作業をやめてこちらを見る。うっ、少し怖い。

「なんだ！」

口調も怖い！　思わずヘプトスの後ろに隠れちゃった。

「火食い鳥《カセウェアリー》は干し草を食べるでしょうか？　冬に食べさせたら、潰さなくても良いかなぁと思って……」

睨《にら》まれている？　いや、考えているようだ。

目つきが悪いから、怖い人に見えるけど、私の質問に真面目《まじめ》に答えようとしてくれている。ヘプトスの後ろから出る。

「どうだろうな？　野生の火食い鳥《カセウェアリー》は、雪の下の枯れた草や木の皮や葉を食べて冬を越すのだから、干し草も食べるかもな。少し作って与えてみたら良い」

やはり、見た目よりは親切だ。

「ありがとうございます！　帰って、師匠に相談してみます」

ヴェルディさんは、草刈り作業に戻ったので、私達はアルカディアに帰ることにした。

「師匠！　干し草を火食い鳥《カセウェアリー》は食べるでしょうか？」

オリヴィエ師匠が首を捻っている。

「さぁ、どうかな？　今、やっても食べそうにはないけど、試しても良さそうだ」

そりゃ、干し草より草や野菜や虫の方が好きそうだよね。

「ははは、夏の放牧場に行ったのだな。その花は、早く水切りしないと萎《しお》れるぞ！」

摘んできた花を水切りして、サリーが作った花瓶に生ける。

昼食は、簡単に肉を焼いてパンと食べた。トマトのサラダは切るだけだからね。

サリーは、午前中に三個、コーティングに成功したそうだ。

「昼からは、少し休むわ。暑くて！」

だよね！　水浴びした方が良さそう！　私もだけどさ！


サリーと二人で水浴びをする。夏は水もぬるいから、気持ち良い！　着てた服を二人で洗濯するよ！

「ミクはピザを焼くのよね？」

くるくる回る洗濯樽《だる》を見ながら、座って話す。

「うん、何だかいっぱい人が来そうなんだ。あっ、師匠にマジックバッグを借りて、ロフトから椅子とテーブルを運ばなきゃいけないんだ」

サリーは少し考えてから口を開いた。

「ミクのピザを食べる時に一緒にレモネードを出しても良いかな？　レモンはミクのだけど……」

「うん！　良いと思うよ！　大人はお酒を飲みたがるだろうけど、それは持って帰ってもらうから」

火食い鳥《カセウェアリー》の卵の殻を私から買ったから、サリーのお小遣いは減っているものね。

「アリエル師匠にレモネードを冷やしてもらうわ！」

私は、オリヴィエ師匠にマジックバッグを貸してもらわなきゃ！

洗濯物を干して、木の家《アビエスビラ》に急ぐ。乾かすのは、後でサリーがしてくれるよ。まぁ、夏だからほっておいても乾くけどね。

「冷たいレモネード！　良いわね！」

アリエル師匠は、快諾してくれた。というより、自分が飲みたいからかもね。

「マジックバッグなら使えば良いさ」

こちらも簡単に許可が出た。

サリーも一緒にロフトに上がってくれる。私は、まだライトが使えないからだ。

「あの折り畳み椅子とテーブルよね？」

いつ見ても不思議だよ。マジックバッグの中に椅子やテーブルが入る光景はね。

下に下ろして、レモンを採りに行く。これは、少し緊張するよ。だって蜂《キラービー》の養蜂箱の近くに果樹を植えているからね。

「私が守護魔法を掛けてあげようか？」

サリーが言ってくれるけど、頑張る。

「ううん、良いよ。さぁ、レモンを採りましょう」

まだ青いのもあるから、黄色いのを選んで十個採る。

「ふぅ！」

蜂《キラービー》の柵の外に出たら、ホッとしちゃう。

「ミク、だから私が掛けてあげると言ったのに！」

サリーに笑われちゃったよ。

サリーが作った大きなピッチャーとコップ。どれもグリーンの火食い鳥《カセウェアリー》卵の欠片が細かく砕かれて入っていて、なかなか綺麗。それを二人で洗って乾かす。

「テーブルと椅子を出すのを手伝うわ」

二人ですると早い。それに楽しいよね！　それに、前世ではできなかったバイトを友達としているみたい。

テーブルの上を拭いて、外の用意はできた。

「ミク、旗を忘れているわ！」

「うん、それは材料を揃《そろ》えてからにするよ」

すぐに来られたら、バタバタしそうだもの。

私が玉ねぎや燻製肉を切っている横で、サリーはレモンをスライスする。それをピッチャーに入れて蜂蜜と水を加えて出来上がり。

「冷たくなれ！」

アリエル師匠に冷たくしてもらって、少し味見だよ。

「夏は冷たい飲み物が美味しいわ」

今日は、特に暑かったからね。

「そろそろ、旗を立てるわ」

ピザ生地を何枚か作ってあるし、トッピングもセットしたからね。夕食もピザだから、師匠達のは先に焼いておこう！

旗を立てて、師匠達のピザを焼いて、私達のも焼こうかな？　と思ったけど、ヘプトスがやって来た。

「サリー、これを師匠達に渡して！」

ここから、忙しくなった。学舎の知り合いだけでなく、大人も多くやって来たからだ。

「レモネードも美味しいな！」

ガリウスも来て、皆と食べている。

大人はお持ち帰りが多い。メンター・マグスもお持ち帰り派だった。お皿は持ってきてもらうよ。

ピザは一枚銅貨五十枚、レモネードは二十枚！　レモネードもよく売れた。

「焼けるまで待っている間に、冷たいレモネードは如何《いかが》ですか？」

サリーの販売が上手いんだ。それに夕方だけど、まだ暑いからね。

私は、ピザを焼くのに集中していたけど、サリーは何回か追加でレモネードを作ってアリエル師匠に冷やしてもらっていたみたい。

「そろそろ、ピザ生地がなくなるから、旗を下ろすわ」

サリーに旗を下ろしてもらい、今日のピザ販売は終わりだ。

「えっ、終わったのか？」

何人か遅れてきた人に文句を言われたけど、オリヴィエ師匠が出てきて「終わりだよ！」と言うと大人しく帰った。

オリヴィエ師匠って怖がられているのかな？　お客様は神様です！　の日本とは全く違う接客態度だけど、ここではこれで良いみたい。

私とサリーのと、もう一枚焼く。これは、早めに食べた師匠達に半分ずつ皿に載せる。

「あら、嬉《うれ》しいわ！　今度はワインと食べましょう」

私とサリーはレモネードで食べるよ。

「なぁ、夏休みの間に何回かピザを焼いてくれないか？　メンター・マグスにも頼まれたのだ」

今日はかなりお小遣いを稼げたから、それは嬉しい！　けど……。

「でも、修業もあるし……」

オリヴィエ師匠が、笑う。

「それもやるさ！　明日は乾かした薬草を薬研《やげん》で細かく潰したり、石臼でひくのを手伝ってもらうよ」

おお、薬師っぽい！　しっかりと覚えなきゃ！

結局、ピザは数日おきに焼くことになった。不定期なのは、雨の日には開きたくないからだ。

夏は時々、嵐みたいな雨が降る。ザーザーとね！

「今日は、薬草を調合するのはやめておこう！　湿気《しけ》そうだ」

うっ、そうだけど、薬師っぽい修業を楽しみにしていたんだよぉ。

「ミク、本を読もう！」

それは、良いけどさ……。

「あれ？　この本は？」

作者がオリヴィエと書いてある。

「そう、私が若い頃に書いた薬草の本なんだ」

それは、読みたい！　今日は読書の日だね。

「読むのも疲れるね」

うーんと背伸びする。アリエル師匠はよく一日中読んでいられるね。

外には出られないから、何か凝ったものを作ろう。それと、前から欲しかった道具をガリウスに頼みに行こうかな？

「師匠、出かけてきます！」

サリーはまだ本を読んでいるけど、私は気分転換をしたくなった。

「良いけど、雨が酷いよ」

それは平気！　革のコートを頭から羽織っていく。

「ガリウス？　いる？」

こんな雨の日だけど、鍛冶場の煙は上がっているから、覗《のぞ》いてみる。

「ああ、ミク！　何か用かい？」

ガリウスは、鍛冶師のルシウス師匠の手伝いをしていたみたい。

「すみません、仕事中でしたか？」

ガリウスが笑って手招きするから、鍛治場に入る。ここも暑いね！

「前に小さな道具なら作って下さると言っていたので……」

ははははと笑う。

「どんな道具なんだい？」

簡単に泡立て器の図を描いてきた。ママがケーキを焼く時に使っていた泡立て器だよ。

「これは、料理に使う道具だね」

うん！　と頷く。こんなのを頼んだら悪かったのかな？

「見せてみろ！」

ルシウス師匠が紙を見て、唸《うな》っている。

「これで、何を作るのだ？」

「卵を泡立てて、甘いケーキを作るのです」

ふむ、ふむと聞いていたルシウス師匠は、森の人《エルフ》にしては筋骨隆々なゴツイ身体だけど、甘い物！と聞いてさらに真剣になる。お酒より甘い物が好きなのかも？

「人間の町でケーキを食べたことがある。四角い金属の箱で焼いていた」

あっ、パウンドケーキだね。

「石窯で焼けるでしょうか？　私はピザのように平たいケーキを考えていたのですが……」

ルシウス師匠の甘味《かんみ》魂に火がついた！

「冬になったら、外でパンを焼くのも寒いだろう。貴族の台所には薪《まき》オーブンがあった。それなら、ケーキも焼ける筈《はず》だ！」

えっ、それは高価そうだよ。

「あのう、私はガリウスにこれを作ってもらって、代わりにピザをあげるつもりだったのです」

つまり、お金がないと伝えた。

「金ならオリヴィエからもらう！　いや、大丈夫だ。ケーキを十個くれたら良い」

オリヴィエ師匠に迷惑をかけたくないと首を横に振ったら、言い直された。

ケーキ十個と薪オーブンが対価として妥当なのか？　前世では違ったよ！

「まぁ、受けておきなよ！　今日は私が泡立て器を作ってあげる。今度のピザを焼く日は、朝に教えてくれ。昨日は危うく食べ損ねかけたからな」

ガリウスは、泡立て器をすぐに作ってくれた。

「使ってみて不具合があれば言ってくれ。こんなのを作るのは初めてだからな」

「ありがとう！」と言って木の家《アビエスピラ》に帰る。

「師匠、ルシウス師匠に薪オーブンを作ってもらえることになったのですが、良いのでしょうか？ケーキ十個で良いと言われたけど？」

オリヴィエ師匠とアリエル師匠に爆笑された。

「良いさ！　ルシウスがそれで良いと言ったのだからね。私達は、美味しい物を食べられるし、ありがたいよ」

この日、泡立て器で卵の白身をふんわりさせて、ホットケーキを焼いた。

「蜂蜜とバター！　美味しいわ」

アリエル師匠は、三枚食べたよ。バターは乳を買ってきて、サリーに攪拌《かくはん》してもらって作ったんだ。

「これをルシウス師匠とガリウスに持っていきます！」

ガリウスには、ピザもあげるけど、薪オーブンを作ってもらえるお礼だよ。

ルシウス師匠は、蜂蜜をたっぷり掛けて、満足そうに食べた。

「うん、早く薪オーブンを作らなければな！」

アルカディアでの生活、薬師の修業はまだまだだけど、他のことは順調だよ。

第六章　薬師の修業の始まり

次の日は、朝からいい天気だった。

「今日は、乾燥させていた薬草を纏《まと》めよう」

うん、薬師の修業だ！

「頑張ります！」

オリヴィエ師匠に、そんなに張り切らなくても良いと笑われた。

先《ま》ずは陰干ししている下級薬草、上級薬草、毒消し草を師匠の部屋に運び込む。

「ミク、これは薬研《やげん》。薬草を細かくする時に使う。こちらは石臼。粒状のものはこちらで細かくする」

先ずは、葉っぱだけをちぎっていく。

「茎も使えないことはないけど、私は葉っぱだけを使うんだ」

ふむ、ふむ、後でメモしておこう。

「葉っぱだけをちぎったら、この薬研で細かくする」

ゴリゴリ、ゴリゴリ！　ゴリゴリ、ゴリゴリ！

「ミク、粉にするほどは細かくしなくて良い。あっ、粉になったのは調合薬に使うから、そこのザルで篩《ふる》ってくれ」

煎じ薬は、葉っぱを少し砕いた程度で良いみたい。ゴリゴリして、篩いにかける。またゴリゴリする。手が痺《しび》れてきたよ。

午前中ずっと、こんな感じだった。

「粉にしたのをこの引き出しに入れるんだ。調合薬を作る素材になるからね」

オリヴィエ師匠の部屋の壁一面には引き出しがずらっと置いてある。

「あっ、これも！」

細かくした下級薬草の粉を引き出しに入れようとして気づいた。

「ああ、これは劣化を防ぐために時間を止めたマジックボックスにしているのさ」

今回、私が細かくしたのは下級薬草と上級薬草だけだけど、師匠は毒消し草と竜の肝を細かくしていた。

「こちらの粗く砕いたのは、こちらの引き出しだ。これを量って、煎じ薬を作るのは、明日にしよう。紙袋を作らないといけないからね」

調合薬はまだ私には無理なのかも？　でも、煎じ薬も習いたいと思っていたんだ。

「昼から紙袋の紙を師匠の所に買いに行こう！　ミクは、紙漉《かみす》きは習わないかい？」

紙漉きには興味はあるけど、今は薬師の修業をしたい。

「そんなに焦らなくても、時間はあるんだよ」

ぽふぽふと頭を撫《な》でられる。

昼は簡単にトマトオムレツとパンと冷たいレモネード。

「ミクとサリーが来てから、美味《おい》しい物が食べられるわね」

アリエル師匠が作ったープの嫌な匂いを思い出しそうになった。

「昼から、サリーは何をするの？」

またガラスを作りに行くのかな？　と思ったけど、違うみたい。

「木の家《アビエスピラ》の養蜂箱を増やすつもりなの。それで依頼しに行くのよ」

へぇ、木工細工はヘプトスのポルトス師匠だよね。

「私は師匠さんの所に紙を買いに行ってから、煎じ薬の袋を作るのよ」

養蜂箱を増やすってことは、蜂蜜も倍取れるね。

「そろそろ蜂蜜酒《ミード》を作ってくれってプレッシャーが強くなっているから、仕方ないわ。蒸留所も作ってもらわないといけないの。ワイン蔵でも良いけど、遠いから」

オリヴィエ師匠がクスクス笑う。

「ついでに樽《たる》も発注した方が良いぞ。ワイン樽より小さ目の方が良さそうだ」

蜂《キラービー》ってあの大きさなのに花粉や蜜しか集めないのかな？

「蜂《キラービー》は、肉は食べないのですか？」

アリエル師匠は、ギョッとした顔をする。

「食べないわよ。でも、あの身体《からだ》を維持するのは大変だから、一日中飛び回っているの。冬には活動は少なくなるわ。でも甘い樹液も集めるのよ」

へぇ、蜂《キラービー》と呼ばれる割には、平和的なのかな？

「いや、巣を攻撃したら怒って刺すぞ。だから蜂《キラービー》と呼ばれているのさ。アリエル、養蜂箱を増やす時は手伝うよ」

蜂蜜を取る時も養蜂箱を開けたら、大変だったとサリーは言っていた。

「どうやって養蜂箱を増やすのですか？」

アリエル師匠が説明してくれる。

「夏になると、蜂《キラービー》は次の女王蜂を育てて巣を分けるの。その次の女王蜂を新しい養蜂箱に移せば、半分の蜂《キラービー》はそちらに移るわ」

ほう！　それは知らなかった。

「そちらが蜂蜜の生産を増やしたら、こちらにも卵を増やすように要求が強くなりそうだな。ミク、あと何羽ぐらいなら育てられる？」

あと五羽程度なら、世話はあまり変わらない。

「でも、冬の食料が……」

増やすと、冬の餌が足りなくなりそう。潰すのは最低限にしたい。

「私のマジックボックスに野菜クズを溜《た》めておいても良いのだよ」

もう少しで蜂《キラービー》の死骸はなくなる。秋になったら、そこに野菜や肉やチーズを保存しておくつもりだった。

「干し草も食べると思うわ」

アリエル師匠は、卵料理が気に入ったみたい。

「それより、もう一個マジックボックスを作ろう。ミクも作り方を覚えたら、凄《すご》く良い内職になるぞ」

それは習いたいけど、できるのかな？

「いきなり時間を止めるマジックボックスは無理じゃない？　先ずは小さなマジックバッグから作ったら？　それも何人かに頼まれている筈《はず》よ」

そうか、初歩から始めても良いね。

「マジックバッグは縫うのが面倒なのだ。箱ならポルトスに作ってもらえば良いのだが……」

「バッグなら私が縫います！」

内職で小袋を縫っていたもの。

「そうか、なら昼から紙袋を作って、そのあとマジックバッグを作ろう」

師匠の所で紙を買って、煎じ薬の袋を作る。

「一枚で一袋なんだよなぁ」

オリヴィエ師匠が私に紙漉きを習ってほしいとばかりの口調で、独り言を大きな声で言う。

「薬師の修業がある程度終わったら、紙漉きを習っても良いです」

こちらが優先だ。

「ふむ、まぁそれでも良いけどさ。紙漉きの技術が失われると困るのだが、人気がなくてね」

畜産もガラスも後継者がいないのだけど、それはしんどいのと師匠が少し性格的に難しいからかも？

ヴェルディさんなんか、見た目よりは優しいと思うけど、怖くて近寄りがたい。それに、あの魔物達の世話はちょっとね。

袋はいっぱい作ったので、今からマジックバッグの作り方を教わる。

「先ずはバッグを縫うのだけど……これが面倒で……」

嫌なのが見え見えなので、私が縫うことにする。

「革なのに、速く縫うな。それに糸をクロスして縫うだなんて、凄いじゃないか！」

だって、縫い目が解《ほど》けたら壊れるって言うから。師匠のマジックバッグは、二重に縫ってあるけど、少し縫い目が雑だ。

私は、前世のママが見ていたフランスのバッグメーカーのやり方を真似《まね》る。元々馬具メーカーだったので、上と下から糸をクロスさせるのだ。それと、目打ちで穴を開けておくと縫いやすい。

「師匠、バッグは縫えました」

よくある肩から下げるバッグだよ。

「うん、上出来だよ。ここから空間魔法を内側に描き込むのだ」

ひっくり返した方が描きやすいと思うけど、それは駄目なんだってさ。

「このインクには竜の肝の粉を混ぜてある。魔法の伝達に優れているのさ」

魔法陣をオリヴィエ師匠はスラスラと描いていく。

「魔法陣を描くだけで良いのですか？」

手を止めて、オリヴィエ師匠が笑う。

「それなら、誰でもマジックバッグを作れて良いのだけどな。出来上がった後、この魔法陣に空間魔法を掛けないと意味はないのさ」

オリヴィエ師匠は、私の手を取って魔法陣の上に置いた。その上から師匠が空間魔法を掛ける。

「マジックバッグになれ！」

グニャと手の下の空間が捩《ねじ》れて、膨れていった。

「ミク、何か感じたかい？」

手をマジックバッグの中から引き出す時、少しだけ膜を感じる。

「捩れて膨れた感じがしました」

師匠がぽふぽふと頭を撫でてくれた。

「ミクがバッグを作ったら、そこに描く魔法陣を教えてあげるよ。空間魔法を掛けるのは、何度か練習が必要だね」

初めて手伝ったマジックバッグは、私にくれた。

「これから森歩きで遠くまで行く時に便利だからね。それと野菜の収穫にも使えるよ」

それは嬉《うれ》しいけど、高価そうなのに良いのかな？

「マジックボックスも作るから、火食い鳥《カセウェアリー》を増やそう！　卵で美味しいスイーツも作ってくれるのだろう？」

うん、まだホットケーキぐらいしか作ってないけど……プリン、できそう！　それだと蒸し器が欲しい！

「ポルトス師匠の所に行ってきます！」

ポルトス師匠もピザが好きだから、物々交換してもらおう。ヘプトスに私が欲しい蒸籠《せいろ》を作ってくれるよう頼みに行く。

ポルトス師匠は養蜂箱を作っていた。ヘプトスはその手伝いをしているみたい。

「ミク？　何か用かい？」

ヘプトスは作業の手を止めた。

「後で良いから、こんな感じの蒸籠を作ってほしいの」

木製の蒸篭でも、金属の蒸し鍋でも良かったけど、泡立て器と薪《まき》オーブンをルシウス師匠の所で作ってもらうから、こちらに頼みに来たのだ。

「ふうん、鍋の上に置いて、蒸気で蒸すのだな。下は穴が開いている感じか！　上の蓋も蒸気が少し出た方が良いのかな？」

これができたら、プリンと肉まんが作れる。お焼きも好きだけど、ふかふかの肉まん！　食べたいな。

「これで作った肉まんをあげるわ！」

肉まんを食べたこともないのに、ピザの方が良いと文句を言いながらも、ヘプトスは作ると約束してくれた。

この日の午後からは、粉末にした薬草を量って、紙袋に入れていく作業だ。

「師匠、初めに、腹痛の薬を混ぜてから、紙袋に入れたら早くなるのでは？」

師匠が笑う。

「いくら混ぜても、偏りがあったら困るだろう。一袋ずつ調合するのが、私のやり方だよ」

腹痛と言っても、何種類もの煎じ薬がある。メモを取りながら、覚えていく。

「下痢止めは、下級薬草五、毒消し草三、上級薬草一」

量って袋に入れていく。今日は下痢止めだけを何袋も作る。紙袋には、ちゃんと下痢止めと書いておくよ。

「今日は、このくらいにしよう！」

師匠は胃痛の煎じ薬を作っていた。私の知らない薬草も混ぜている。少しずつ覚えたい。


まだ夕食には早いから、菜園に行って、あれこれ作業する。収穫は朝するようにしているけど、夏はすぐに成長するからね。

「トマト、きゅうり……」

トマトは需要があるけど、きゅうりはねぇ。ピクルスを作りたいけど、酢はワイン作りの秋まで少ししかないんだ。でも、塩はあるし、ハーブもある。

「きゅうりの一本漬け、お祭りで売っていたな」

体調の良い時、夏祭りに一度連れていってもらったんだ。細い木の枝をナイフで削ればできそう。ナイフは〇歳から使っているから、扱いが上手《うま》いんだ。

夕食は肉のトマト煮込みにする。煮込んでいる間、木の枝を台所の椅子に座って削る。きゅうりは、洗って塩揉《しおも》みしてから、ハーブと一緒に漬けてある。

「ミク？　何をしているの？」

サリーは、今日は養蜂箱を頼みに行った後は、風の魔法の特訓で森歩きしていたみたい。

「これを細く削って、きゅうりに刺して売ろうと思うの」

ちょっと変な顔をされたけど、私が作るのだから美味しいのだろうと笑う。

「ふうん、きゅうりは狩人《かりゅうど》には不人気だと思うけど、手伝うわ」

できれば、アリエル師匠に冷やしてもらいたいな。

十五本ほど削れたので、きゅうりに刺していく。これをサリーの作ったガラスの器に持ち手を上にして入れたら出来上がり。

「味見したいけど、アリエル師匠に冷やしてもらいたいな」

サリーが頼んでくれる。

「これを冷やすのね！」

簡単に冷やしてくれた。この魔法も使えるようになりたいな。

「きゅうりの一本漬けです。食べてみて下さい」

オリヴィエ師匠もやって来て、皆できゅうりをポリポリ食べる。

「美味しいな！」

簡単だけど、美味しいよね！

「これを集会場で売りたいのですが、幾らで売れるでしょう？」

オリヴィエ師匠が銅貨五枚かな？　と笑う。

「集会場の中じゃなく、前で売ると良い。狩人達は、中には滅多《めった》に入らないからな」

そうだよね！

「冷たいきゅうりの一本漬けです。さっぱりしますよ」

サリーに手伝ってもらう。

「ふうん、きゅうりはそんなに好きじゃないけど、今日は暑かったから食べてみるか」

狩人が一本買ってくれた。その場で一口食べて「美味《うま》い！」と言ったので、次々と買う人が増えた。

「これは、酒のアテにも良さそうだ」

メンター・マグスも買ってくれたよ。

「明日も売ってくれ！」

きゅうりは、毎日、大きくなるからね。

「はい！」と返事をしておく。

今夜は、肉のトマト煮込みときゅうりのサラダとパン！

「きゅうりのサラダは、一本漬けとは違う感じね」

きゅうりを薄く切って塩揉みして、レモンと蜂蜜で味付けしている。

「これも美味しい」

トマト煮込みがこってりしているから、シャキシャキきゅうりのサラダが口直しになる。

「ミクは、料理屋を開いたら良いのかもしれないな」

うっ、アルカディアなら、オリヴィエ師匠がいるから、変なちょっかいを出す森の人《エルフ》もいないし、良いのかも？　それに二歳だと知られているからね。

「でも、それは薬師の修業を終えてから考えます」

オリヴィエ師匠が「真面目《まじめ》だね！」と笑うけど、その為《ため》にここに来たんだもん。料理屋は、人間の町へ行ったり、あれこれ経験してからでも良いと思う。

「それはそうと、真夏になれば人間の町に行っている森の人《エルフ》も帰ってくる。長老会のメンバーが揃《そろ》ったら、狩人の村の問題を話し合うつもりだ」

あっ、それはお願いしたい。

「でも、狩人の村の森の人《エルフ》は頑固だから、こちらの言うことを聞くかしら？　それに、大人はもう光の魔法を習得するのは無理かもしれないわ」

うっ、パパとママにも長生きしてほしい。

「それは、あちら次第だ。こちらは、提案して受け入れてくれなければ、どうしようもない」

それは分かるけど……。

「先ず、ミクは光の魔法を習得しないとな！」

オリヴィエ師匠に言われちゃったよ。

「そうね！　スキルがなくても習得できると理解してもらわないといけないわ」

サリーが少し考え込んでいる。

「私やミクが光の魔法を習得できたとしても、狩人の村の森の人《エルフ》達は、元々、私達は変わっていたからと思うかもしれません」

あっ、そうなんだよね！　オリヴィエ師匠も難しい顔をする。

「ミクもここに来た時は、スキルを持っていないことはできないと考えていたからな。勿論《もちろん》、向き不向きもあるが、森の人《エルフ》には光の魔法は備わっているのだが……それを納得させられるかが問題だ」

アリエル師匠も難しい顔だ。

「人間の町で出会った狩人の村の森の人《エルフ》も、かなり頑固な考え方だったわ。狩人としてのスキルを優先するのよ。魔法を使おうとは考えてもいなかったわ」

人間の町に出ていった森の人《エルフ》は、狩人の村に残っている森の人《エルフ》よりは、少しは新しいものを望んでいる感じがしたんだけど？

「それと、紙漉きや畜産やガラス作りの技術の後継者が不足している件も話し合わなくてはいけない」

師匠達が、私やサリーにやらせたがっているのは、知っているけど、本業を終えてからだね。

「アルカディアの子も派手な狩人に憧れるけど、一応は何らかの職を身につけるように指導されている」

学舎《まなびや》の友達を思い浮かべる。

「あれ？　リュミエールは？」

光の魔法のスキルを持っているし、狩人の親と森歩きもしているけど？

「リュミエールは、治療師といずれはアルカディアの結界の保護をする修業だな。錬金術にも興味があるようだが……空間魔法のセンスはなさそうだ」

スキル以外の魔法も習うけど、なかなか習得できないのもある。光の魔法は全員がある程度は習得できるが、やはりスキル持ちは一段違う感じだ。

私は、やっと守護魔法を掛けられるようになった程度だけど、サリーは安定しているし、ライトとかも使える。

「長老会の集会に、ピザとかを焼いてほしい。機嫌が良いと、光の魔法を忘れた狩人の村へ手を差し伸べる気になるかもしれないからな」

それなら頑張るよ！　でも、アリエル師匠は少し懐疑的だ。

「多分、長老会は賛成する人が多いと思うわ。ただ、私が心配するのは狩人の村が、こちらの提案を拒否するのではないかってことなのよ」

えっ、寿命が長くなるのに拒否するの？　まさかね！

「今までの生活が間違っていたと受け入れるのは、大人には難しいのよ。それに……習得できない森の人《エルフ》もいるかもしれないから……」

つまり子どもは習得できる可能性があるけど、大人は難しいってことだね。ママやパパには習得してほしい！　ミラとバリーは勿論だ。

「私にできるお手伝いなら、何でもします！」

勢い込んで言ったら、オリヴィエ師匠に頭をぽふぽふされた。

「ミクは、料理をしてくれるだけで十分だよ。それと光の魔法を習得するのを頑張ってくれ」

オリヴィエ師匠は、料理をしてくれたら良いと言った。勿論、それも頑張るよ！　美味しい物を食べたら誰でも機嫌が良くなるからね。

でも、光の魔法を習得するのも、もっと頑張らなきゃね！　身近な子どもが習得できたなら、自分達もできると思うだろうから。

サリーが、夏休みの間、光の魔法を教えてくれることになった。

「オリヴィエ師匠やアリエル師匠に習っても良いけど……そちらは、薬師のことを習いたいものね」

そうなんだよ！　夏は薬草も多いから森歩きもしないとね！　ひまわりの種も二回目を蒔《ま》いたよ。

だから朝の火食い鳥《カセウェアリー》の世話をした後、毎日、少しずつ練習している。

「火食い鳥《カセウェアリー》を捕まえに行こう！」

オリヴィエ師匠が狩人から火食い鳥《カセウェアリー》の目撃情報を得たみたい。

「薬草も採取もしなきゃいけないしな！」

うん、そちらが大事だと思う。

「今回はミクも捕獲してみよう」

どうも師匠と意見が噛《か》み合《あ》わない気もするけど、薬草を採取しながら森歩きをする。下級薬草は畑で何とか成長させられたけど、上級薬草と毒消し草は枯れちゃったんだよね。

「また、試してみるんだな？」

上級薬草を根から採取していると、オリヴィエ師匠に頑張れと激励された。

「下級薬草が栽培できたのだ。上級薬草もできるようになるかもしれない」

そうだと良いな！

この日は火食い鳥《カセウェアリー》を捕獲しに来たのだけど、その前に歩いているトレントにでくわした。

「木が歩いている！」

聞いてはいたけど、大きな木が根っこを引っこ抜いては、前に進んでいる姿を見て、驚いた。

「シッ！　あれは油が取れるトレントだ。討伐するぞ」

ヒバの木と松の木に似ている気がするけど、前世の木は歩いたりしないからね。針葉樹っぽいのは分かったよ。

「ミク、あの根っこを薔薇の鞭《ローズウィップス》で捕縛しろ！」

薔薇《ばら》の実を小袋から取り出し、丁度、歩こうとしているトレントの根っこに絡みつける。

「上手いぞ！　引っ張るんだ」

グッと引っ張るけど、相手の力が強い。こちらが引きずられてしまう。

「一旦、根っこから鞭《むち》を外して、もう一回巻きつけるんだ」

そんなことを言いながら、オリヴィエ師匠は、次々と根っこを斧《おの》でぶった斬っていく。

「そろそろ、足も止まったな。ミクも手斧で攻撃してみろ」

えっ、直接攻撃ですか？　薔薇の鞭《ローズウィップス》をしまって、腰の手斧を構える。

「根っこなら、何処《どこ》でも良いさ」

でも、枝も振り回して怒っているんだけど？

「枝は避《よ》けろ！」

簡単に言うけど、難しい。でも、何とかタイミングを計って、根っこに手斧で斬り付ける。

「ふむ、良い攻撃だ。あとは任せるよ」

えええええ！　そんなぁ。

「早く倒さないと逃げられるぞ」

何本か残っている根っこで、後ろに下がっている。

「ええい！」

一本ずつ、枝攻撃を掻《か》い潜《くぐ》って攻撃していく。ぜぃぜぃ、目に見える根っこはなくなった。

「ミク、あの木の根元をよく見てごらん。少し出っ張りがあるだろう。あそこを攻撃したら、討伐できるのさ」

はぁ、はぁ、なら最初からそこを攻撃したら良かったのでは？

「さぁ、やってみよう！」

枝の攻撃も緩やかになっているから、木の根元に難なく近づけた。

「えいぃ！」

根元の出っ張りに渾身《こんしん》の力を込めて、手斧を振り下ろす。

「ミク、逃げろ！」

師匠に手を引っ張られて、倒れてくるトレントの下敷きを免れた。

「今度からは、素早く逃げるか、守護魔法を掛けた方が良いな」

はぁぁ、疲れたよ。

「これをどうやって持って帰るのですか？　狩人達に手伝ってもらうのですか？」

倒れたトレントは、もう動かないから木と同じだ。つまり大きい。

「先ずは枝を切り落とそう！」

枝を師匠と切り落としていく。

「この枝からも良い油が取れるのだ」

切った枝は師匠のマジックバッグに入れていく。

「このくらいで良いだろ。ミク、少し離れておけ」

師匠からかなり下がって見ている。

「ストーンバレット！」

前にひまわりを刈ったように、回転する円盤がトレントを一メートルぐらいにカットしていく。

「さて、マジックバッグにしまおう。次までに、根っこを枯らす魔法を覚えておけば、簡単に討伐できるぞ」

それって、簡単に覚えられそうにないんだけど？

もう少し森の奥まで移動する。まだ私はアルカディアの近くの森しか分からないから、師匠の後ろからついていくよ。

「ああ、あそこだ！」

目的の火食い鳥《カセウェアリー》は、狩人が言った場所に六羽いた。

「雄はいらないけど、どうする？」

それって、食べるってことかな？

「このまま放置しては駄目ですか？」

腕を組んで考えている。

「雌を捕獲するのを邪魔しそうだな。まぁ、秋までは飼っても良いかも？」

ふぅ、数が増えるけど、一度卵を温めさせたいと考えていたから、雄が二羽になるのは良いのかも？

「はい！　私は雄を捕まえます」

身体の大きな雌五羽は師匠に任せるよ。

「薔薇の鞭《ローズウイップス》！」

雄を鞭でぐるぐる巻きにする。後は、鋭い爪を切らないといけないけど、火を吹いたよ！

「ミク、もう一度ぐるぐる巻きにしろ！」

はぁ、はぁ、まだ小さな雄一羽でも汗だくだ。何とか、鋭い爪をナイフで切り落とす。

「よく頑張ったな！　さぁ、帰ろう！」

私の新品のマジックバッグに火食い鳥《カセウェアリー》六羽が入っている。早く帰らなきゃ！　中で糞《ふん》をされたら嫌だもの。

鶏小屋《とりごや》の前まで来て、ふと心配になった。

「師匠、今いる火食い鳥《カセウェアリー》と喧嘩《けんか》にならないでしょうか？」

どうだろう？

「まぁ、中に放つ前にたっぷりと餌と水を置いておくことだな」

忠告に従い、いつもの三倍の餌と新鮮な水を入れておく。

「さて、中に入れてから鞭を解こう」

マジックバッグから火食い鳥《カセウェアリー》を出すと、今までいた火食い鳥《カセウェアリー》が何事だ？　と少し振り向いたが、餌を食べる方が重要みたい。

「鞭よ！　解け！」

六羽の火食い鳥《カセウェアリー》は、一瞬、火を吐きそうだったけど、前からいる五羽が啄《ついば》んでいる餌箱に突進した。

「ガァー！　ガァー！」

「ギャー！　ギャー！」

何だか、うるささが倍増したけど、卵が増えるのを期待するよ。

「さて、ひまわりの種も乾いただろうし、そろそろ油を搾ろう」

ふぅ、それもあったね！

「このトレントも油を搾るのですよね？」

当たり前だと笑われた。

「ミクは、料理に油を使いたいかい？　なら、トレントの油だけで石鹸《せっけん》を作っても良いんだよ」

悩むなぁ！　フライドポテトとかは、ラードというか魔物の脂でも作れる。椿《つばき》油は匂いが良いから、髪や身体に塗りたい。

「トレントの油は食用に向かないのですか？」

「いや、食べられないことはないとは思うが、匂いがスースーした感じだ」

確かに枝を切っている時も、ヒバのような松のような香りがしていた。嫌いな匂いじゃないけど、食用に向くかは分からない。

「なら、ひまわり油は少し残してほしいです。トレントの油は、ちょっと試してみます」

師匠は、笑って頷《うなず》く。

「トレントの油は、頭痛の軟膏《なんこう》にも良いのだ。食べるには、ちょっとキツいとは思うが、ミクなら何か思いつくかもな？」

ああ、そんな香りだよね。

「頭痛の軟膏ですか？」

頭痛薬なら分かるけど？

「まぁ、目を使いすぎて疲れた時とかは気持ちがリラックスして良いのさ。他にも精製すれば、傷の軟膏にもなる」

ふうん、色々とあるんだね。覚えることがいっぱいだ。

「ああ、そうだ！　マジックバッグの中を綺麗《きれい》にしたいです！」

バッグを覗《のぞ》き込《こ》んで、糞はしてなかったけど、なんかね！　食料を入れる気にならない。

「ふうん、中を掃除するのは、少し面倒なんだけど、やってみるか？　私も、そろそろ掃除しないといけない時期だからな」

師匠！　ちょっとズボラだよ。

油を搾るのは水車でするみたい。私のマジックバッグにはひまわりの種を入れて持っていく。

「ここで油を搾る間に、マジックバッグの掃除をしよう」

ひまわりの種を大きな布袋に詰めて、水車の杵《きね》の下に置く。そこは石の器になっていた。

「ほら、そこのストッパーを外すのさ」

杵を止めている木の杭《くい》を外すと、ドスン！　ドスン！　と凄い音がし始めた。

外に出て、マジックバッグを肩から下ろす。

「トレントは、ここに立てかけておこう」

何度見ても、変な気持ちになる。マジックバッグの中から、切ったトレントが何本も出てくる。

「師匠？　枝は？」

枝も入れたよね？

「枝や葉っぱの油は蒸留したいのだ」

軟膏の材料かな？

「それは、横に置いておこう」

枝も小山になったよ。

「さて、マジックバッグの中のものは全部出したよな？」

師匠は、手を肩まで突っ込んで中を確認している。

「私のは、薬草と火食い鳥《カセウエアリー》だけだったから、何もないと思います」

薬草は木の家《アビエスピラ》に置いてきた。師匠も中を覗いて、ないのを確認する。

「マジックバッグの中は見た目より広い空間になっているのは知っているだろ？」

うん、不思議だけどね。

「それを掃除するには、ひっくり返さないと駄目なんだ」

えええ！　無理じゃないの？

「普通にしたらできないが、空間魔法を使えば、何とかできる。ただ、凄く面倒くさいのだ」

ふぅ、できるのかな？

「先ずは、見ていてごらん！」

師匠は、マジックバッグの口を持って、ぐんぐんひっくり返していく。

「この時に空間魔法を逆に掛けないと、延々とひっくり返さないといけなくなるんだ」

それ、私には無理じゃないかな？

ひっくり返されたマジックバッグは、元と同じ大きさに落ち着いた。中にはマジックバッグの魔法陣がインクで描いてあったけど、少し薄れている。

「やはり描き直さないといけないな。先ずは、拭こう！」

腰につけていた小さなポシェットもマジックバッグだったみたい。中から布を取り出して、丁寧に拭いていく。

「魔法陣の上は、ゴシゴシ擦《こす》らないように！」

私に教えながら、拭き終わる。結構、汚れていたよ。トレントの木屑《きくず》や土もついていた。薬草採取の時のかな？

「これから、またひっくり返すのさ。勿論、空間魔法を掛けながら」

そりゃ、師匠がマジックバッグの掃除が面倒だと言う筈だ！

ひっくり返して、ペンとインクをポシェットから取り出すと、薄れていた魔法陣を描き直す。

「これで、マジックバッグの掃除は終了さ」

ふぅ、これほど大変だとは思わなかったよ。ズボラだなんて思って悪かった。

「私にはできそうにありません」

マジックバッグを作ることもできなかったんだもん。

「ははは……いきなり一人ではさせないよ。一緒にやってみて、何らかの感覚を摑《つか》めれば良いのさ」

そうだよね！　私のは、そんなに中は汚れていなかった。

でも、空間魔法の反対を掛けるのって、変な気持ちがしたよ。マジックバッグの口から、ひっくり返していくのだけど、指先の所で妙な上滑りをしている感じがしたんだ。

「ははは、この変な感触を覚えておくんだな。これが空間魔法の逆だよ。これをマスターできれば、成長魔法を逆に掛けることも簡単さ」

うっ、それは難しそう。指先の妙な上滑りの感じだけだもん。

「夏休み中に、アリエルのも手入れするから、コツを摑めるさ。それに注文されていたのもあるから……縫ってくれないか？」

ははは……、オリヴィエ師匠ときたら、マジックバッグの魔法を掛けるより、縫う方が苦手なんだね。これは夏休み中の内職になったよ。

「そろそろ油も搾れただろう」

水車小屋に入って、杵を止める。

「わぁ、油だ！」

狩人の村でもひまわりの種から油を搾ったけど、こんなに多くは取れなかった。人力で叩《たた》いて搾るだけだったからね。

師匠と二人で袋の両端を持って、残った油を搾る。師匠がポシェットから大きな樽と柄杓《ひしゃく》を出して、油を入れる。

「この残った搾りカスを火食い鳥《カセウェアリー》は食べないかな？」

試してみることにする。

やはり、ひまわり油は澄んでいて、美味しそうだから、多めに食用に回してもらうことにする。油がいっぱいあれば、料理方法が増える。サラダのドレッシングにも使えるし、それに酢があればマヨネーズも作れる。

水車小屋には大きな木の箱が置いてあって、そこには小麦を脱穀した籾殻《もみがら》とフスマが山になっていた。

「オリヴィエ師匠！　このフスマはもらっても良いのでしょうか？」

行商人が持ってくる小麦は、脱穀しただけの玄麦だ。それを石臼でひくから、狩人の村で焼いたパンは薄い茶色だった。アルカディアの小麦は白色だ。つまりフスマが出る！　こんなことに気づかなかった。

「それを食べるのか？」

オリヴィエ師匠が少し眉を顰《ひそ》める。

「火食い鳥《カセウエアリー》に食べさせるのです！」

「フスマを火食い鳥《カセウエアリー》が食べるかな？　不味《まず》い物をやると火を吐かれるぞ」

師匠が心配そうにしながら、ポシェットから大きな布袋を出してくれた。

「これと野菜クズを脂で固めて餌を作るのです」

前世では鶏を飼ったこともなかったけど、とうもろこしの粉とかの配合飼料を与えていた筈。

狩人が狩ってくる魔物の肉は、集会場で売られているけど、食べやすい部位は高い。すじ肉とかは安いし、脂身は蠟燭《ろうそく》作りの季節以外は人気がない。蠟燭も、植物油の方が臭くないから人気みたい。つまり脂身はとっても安いのだ。これまでも買ってきたら、フライドポテトを作った。

つまり小麦のフスマや野菜クズ、動物の骨を砕いたもの、干し草とかを脂で固めたいのだ。

「それなら食べるだろう。ひまわりの種の搾りカスも与えてみたら良い」

蜂《キラービー》の死骸がなくなりそうなので、何か栄養のあるものをあげなきゃと思っていたけど、虫を捕まえるのはちょっと嫌だったので、フスマと脂の混合飼料を思いついて良かった。

狩人の村にいた頃、巨大芋虫《キャタピラ》を一度見たことがある。マジ無理だったから。

トレントは大雑把《おおざっぱ》にだけどオリヴィエ師匠と私とで細かく切って大きな布の袋に入れてから水車で油を搾る。

オリヴィエ師匠が斧でガンガン丸太を割っていったのを、私が手斧で細くしていく感じだ。手斧で薪を作るのは、慣れている。上からコンコンと手斧で細くしていく。

広葉樹より針葉樹の方が柔らかくて割りやすい。この油が採れるトレントも針葉樹っぽかったから楽だね。

「ミク、そこまで細くしなくても良い」

つい料理に使う時のように細くしちゃった。

「一気にはどうせできないから、後は葉をこの袋に入れながら待つことにしよう」

パパだったら、すぐに割り終えたのかもね。水車の横で、枝から葉をナイフで取り、袋に入れる。

「細い枝なら入っていても構わない。太い枝だけ除く感じだよ」

太い枝は、幹と一緒の袋に入れる。

トレントの油は、少しだけ薄緑がかっていて、松のようなヒノキのような匂いがした。

「どうかな？　料理に使えるか分かりません」

香りが強いから、気になるかも？

「試してみたら良いさ。アリエルのスープよりはマシだろう」

ひまわり油より多いからね。ちょこっと試してみても良いかも。

次の日、搾ったトレント油で石鹸を作ることになった。灰を前の晩に水につけておいたよ。

「この上澄みを油に混ぜて、この型に入れるのだ」

ふうん、なんか夏休みの研究セットみたいだけど、型が平たくてデカい。

「師匠？　大きくないですか？」

使っている石鹸は、もっと小さい。

「固めてから切るんだよ。まぁ、小さい型をいっぱい作ってもらっても良いのだけど……乾燥するのは、そちらの方が早いけど、面倒なんだ」

どうやら師匠は面倒なのは嫌いみたいだ。

石鹸が固まるのに時間が掛かるから、今日もオイル搾りかな？

「水車は私が回すから、ミクはしたいことをしたら良い」

えっ、そんな下働きをするのは弟子の仕事では？　なんて思ったけど、どうやらピザを焼いてほしいと他の森の人《エルフ》に頼まれたみたいだ。

「ああ、ミク！　ヘプトスがこれを持ってきたわよ！」

私が木の家《アビエスビラ》の裏で師匠と石鹸を作っている間に、ヘプトスが蒸篭を持ってきてくれたみたい。

「ああ、これがあるならお昼は肉まんにしよう！」

サリーがお焼きとは違うの？　って顔をしている。ちょっと違うよ！

「夕方にピザを焼くから、ヘプトスとガレウスに言っておかなきゃ」

それと、ピザ生地をいっぱい練っておこう。

「サリーもレモネードを作る？」

このところ、一緒の作業が少ない。

「ええ、今日は何も予定がないから、レモネードを作って売るわ！」

それに、チーズを買いに行ったり、色々手伝ってくれる。

「来週あたり、蜂蜜を集めて、蜂蜜酒《ミード》を作るとアリエル師匠が言ってたの」

それ、楽しみだね！　えっ、お酒は飲まないけど、少し分けてもらってお酢を作りたいんだ。

今残っているワインビネガーが少なくなってきたから、お酒に蜂蜜と酢を混ぜて、お酢を作りたい。

料理スキルができると教えてくれたから、作ってみる。気温が高い方がお酢は作りやすいみたいだからね。

肉まんは、パン生地で肉とキャベツと玉ねぎの細切れのタネを包んでいく。

「何か手伝おうか？」

サリーに手伝ってもらって一緒に包む。

「お焼きに似ているけど？」

まぁ、材料は同じだと思う。

「蒸すから、もっと膨らむのよ」

二十個ほど作った。木の家《アビエスピラ》では一人二個ずつかな？

残りはヘプトスとガリウスとその師匠達に持っていこう。と思ったけど、美味しすぎて三個ずつ食べちゃった。

「これ、美味しいわ！　お焼きとも違うわね」

人間の町でも食べたことがないと、アリエル師匠が絶賛してくれた。

「これは人気が出そうだな」

うっ、ピザだけでも用意が大変なんだよ。でも、肉まんの方が売りやすいかな？　蒸篭を積み上げても良い。

「冬になれば、より美味しく感じるかも？」

コンビニでも冬場に売っていたよね。買ったことないけどさ。あれこれ食事制限が厳しかったから。


ヘプトスとガリウスの所に四個ずつ持っていく。

「ヘプトス！　蒸篭で肉まんを作ったの。それと、今日はピザを焼くわ」

二人は肉まんを一瞬で食べちゃった。

「これ、美味しいな！」

好評で嬉しいけど、今日はピザだよ。

「今日は新作のピザにするの」

とうもろこしのピザ！　採れたてのコーン、甘くて美味しいんだ！

ガリウスも肉まんを喜んで食べたけど、ルシウス師匠は甘いものを一瞬期待したみたい。

「もう少しでオーブンができるぞ！」

パウンドケーキの型は、もう作ってあるみたい。石窯で試してみようかな？

この日の午後は、脂身を買ってきて、フスマや野菜クズや骨粉と混ぜて配合飼料を作る。

脂身を一旦溶かしてからの方が混ぜやすいかも？　師匠じゃないけど、石鹸の型を貸してもらって平たく伸ばして、冷やして固めてから、切っていく。売る石鹸と違って、こちらの大きさは適当で良い。

「試してみよう！」

おやつにあげたら、ギャーギャー喜んで食べていたので、冬はこれで越せるかも？

干し草も作りたいな。こちらは、ヴェルディさんに教えてもらいたい。

「ひまわりの搾りカスも、フスマで作った飼料も食べましたけど、干し草も作っておきたいのです」

オリヴィエ師匠がヴェルディに頼んでやると笑う。

夕方までにとうもろこしを芯から切り取ったり、玉ねぎを薄くスライスしたり、燻製《くんせい》肉も切っておく。ついでにきゅうりの一本漬けも売ろう！

木の家《アビエスビラ》の前に椅子やテーブルを並べているうちから、ゾロゾロと集まってきた。

「まだ旗を立ててないのに……」

まぁ、用意はできているから、焼くけどさ。

とうもろこしを入れると甘くて美味しい！　でも、ピーマンとかパプリカとかも欲しいな。

「このきゅうりも美味しいな！」

ガリウスがピザが焼けるまで、ポリポリ食べている。

「レモネードも美味しいわよ」

しまった！　レモネードを飲みながら待ってもらえば良かったな。

「それは、ピザと一緒にもらうよ」

なんとかピザを焼き終えた時は、へとへとだった。

第七章　長老会は宴会？

師匠達が言っていた通り、真夏になると人間の町で暮らしている森の人《エルフ》が里帰りしてくる。

「このままアルカディアに住む森の人《エルフ》もいるし、また人間の町に戻るのもいる」

師匠達も、毎年ではないけど、夏にはアルカディアに帰っていたそうだ。前世のお盆みたいな感じかな？　と思ったけど、冬は寒いから帰ってきたくないという理由だった。

「人間の町も寒い場所もあるが、魔の森よりはマシだからな」

そうなんだね。その分、夏は暑いから、里帰りしたくなるみたい。

「人間の町の夏は暑いし、臭いわ」

アリエル師匠が思い出して、眉を顰《ひそ》める。

「師匠？　人間の町もスライムでトイレは清潔にできる筈《はず》なのに、臭いの？」

オリヴィエ師匠が肩を竦《すく》める。

「石鹸《せっけん》が高いから、汗臭いのさ。それに服を何枚も持っている人間は金持ちしかいないから」

うっ、それは嫌だな。サリーと顔を見合わせる。修業が終わったら、人間の町で暮らしてみたいと思っていたのだ。

「夏場はアルカディアに帰るか、避暑地に行くかして過ごしていたわ」

避暑地って、リゾート？　行ってみたい。海で泳いでみたいけど、泳げるかな？

「ミクとサリーが人間の町で暮らすなら、清潔にすることを広めてほしい」

それは、絶対だね！

「あれっ？　師匠は？」

オリヴィエ師匠は苦笑する。

「私も頑張ってみたんだけど、石鹸より食べ物を優先するのは仕方ないと諦めた」

それは、そうかも？　でも、不潔にしていたら病気になりそう。

「人間は森の人《エルフ》よりも弱い。すぐに病気になるから、薬師も治療師も必要なのだ」

ああ、そういえば生まれて二年、一度も病気になったことがないよ。雪の降る中、ワンナ婆《ばあ》さんの小屋まで駆けていっても風邪一つひかなかった。

「森の人《エルフ》には薬師や治療師は必要ないのでは？」

師匠達に大笑いされた。

「ミクはまだ幼くて、光の魔法に護《まも》られているから、病気にならないのよ。年を取れば病気にもなるわ」

そうなんだ！　光の魔法は、成長を促すだけじゃないんだね。あっ、細胞を成長させているから、病が入り込む隙がないのかも？

「光の魔法をちゃんと使えるようにならなくては！」

前世では身体《からだ》が弱かったから、今度は元気で長生きしたいからね。

「その件を長老会で話し合わなくてはな」

狩人《かりゅうど》の村の森の人《エルフ》が光の魔法の使い方を忘れているとは、アルカディアは知らなかったみたい。

村長さんが一度来ただけで、交流なんてないからね。

「こちらは提案するけど、あっちが受けるかは分からないわ」

アリエル師匠が難しい顔をする。

「やってみなければ分からないさ」

オリヴィエ師匠は、楽天的だね。

「この件は、長老会でも意見が割れそうだな」

楽天的なオリヴィエ師匠も、他のメンバーがどう考えるかは分からないみたい。

「お願いします！」

ママやパパやミラやバリーにも長生きしてほしい。

「お願いします」

サリーも頼んでいる。家族に長生きしてほしいのは誰でも一緒だよ。

「ああ、頑張ってみるよ！」

オリヴィエ師匠が私とサリーの頭をぽふぽふと撫《な》でた。


七変人と噂《うわさ》されている放浪の吟遊詩人アオイドスとトルヴェールの二人がアルカディアに帰った次の日、長老会が開かれた。

この二人は、変人と言われているけど、長老会に入っているみたい。

長老会のメンバーは、人間の暮らしに詳しい二人が帰ってくるのを待っていたのかも？　昨年の戦争みたいなことが起こるなら、早目に知っておきたいから。

私は、なんとなく長老会って、国会をイメージしていたけど、違った。まぁ、国じゃないのは分かっているし、市議会に近いものだと思っていたけど、全然違うよ。集会場で、長老会が開かれたのだけど、雑談している感じなんだよね。

何故《なぜ》、それが分かるのか？　発言はできないけど、長老会を見学はできるからだよ。サリーと私は、狩人の村の件が気になるから、集会場に行ったんだ。

吟遊詩人のアオイドスは、白髪の老人で、去年の戦争を仕掛けたリドニア王国を旅したみたい。そこの状況を話していた。

「戦争で敗北して、莫大《ばくだい》な賠償金を支払うことになり、リドニア王国の財政は逼迫《ひっぱく》している。このままでは済まないな」

ええっ、また戦争になるのかな？

「ハインツ王国も疲弊している。戦争なんか、ろくでもない！」

アオイドスよりもかなり若そうなトルヴェールが声を荒らげた。

議長っぽいリグワードとメンター・マグスが話を進める。

「なら、また戦争になりそうなのか？」

アオイドスは、首を横に振る。

「今は、両国とも戦争をする財力はないだろうが、数年先には分からないな。特にリドニア王国は、元々、ハインツ王国の東部は自分達の領地だと主張する者が多いから、諦めないだろう」

トルヴェールも頷《うなず》く。

「賠償金を取ったが、かなりの土地が荒らされた。その上、農民もかなり亡くなったから、ハインツ王国も数年は内政重視だろうが……」

住むとしたら、この二国は避けたいな。

それから、色々と質問したり、議論が続いたので、私とサリーは木の家《アビエスピラ》に戻った。

「早く四の巻を勉強したいわ」

地理が分からないから、色々な国の名前が出てきても、理解できなかったのだ。

「狩人の村のことより、人間の国のことばかり話していたわね」

サリーもやはり心配みたい。

「光の魔法を大人でも習得できるのかしら？」

私は、それが一番心配なのだ。ミラとバリーはまだ一歳だから、光の魔法を使って成長している。

「ミクのお父さんやお母さんは、まだ若いから大丈夫だと思うけど、うちの両親は……」

そう、サリーは三番目の子なのだ。

「でも、まだ三十歳にはなっていないでしょ？」

サリーは頷く。どうだろう？　大丈夫だと思いたい。

「オリヴィエ師匠の提案を快く受け入れてほしいから、美味《おい》しい昼食を出そう！」

お腹《なか》が空《す》いているより、機嫌が良い方が人に優しくなりやすいよね？

ワインを出すと聞いていたから、そのアテになるものも考えていた。

トマトがいっぱい生《な》るから、カットして石窯で低温で長時間焼いて、セミドライトマトにしたんだ。それをハーブとひまわり油に漬けたら、かなり美味しい！

小さなビスケットもどきをいっぱい焼いてあるから、その上にセミドライトマトのオイル漬け、チーズ、コーンバター、燻製《くんせい》肉などを置いていく。

「これをお皿に並べたらいいのね」

サリーに手伝ってもらってオードブルはできた。

きゅうりの一本漬けも何箇所かに分けて置く予定だから、後はメインだね。ピザが好評なので、焼いて持っていくことにする。

オードブルを運んだら、もうワインを飲み始めていた。やはり、議会というより宴会？　に近い？

吟遊詩人のアオイドスが年寄りなのに素晴らしい声で歌っていて、つい聞《き》き惚《ほ》れちゃった。オリヴィエ師匠とアリエル師匠も配膳を手伝ってくれるので、ピザを焼きに戻る。

どんどんピザを焼いては、サリーに運んでもらう。途中から、ヘプトスやリュミエールも手伝ってくれた。

ピザだけでは寂しいから、ローストビーフならぬ、ロースト亜竜を出す。これは大皿に盛り付けて、各自で取ってもらうから、これで終わりだね。

「手伝ってくれてありがとう！」

ヘプトスとリュミエールとサリーと私で、焼きたてのピザを食べる。

「夜は、吟遊詩人の歌が聴けるな」

リュミエールが嬉《うれ》しそうに笑う。

「ずっとアルカディアに居てくれたら良いのに、皆、心配しているんだ」

ヘプトスはため息をつく。若いトルヴェールは、ヘプトスの従兄弟《いとこ》みたい。戦争があった国にいたみたいだからね。そりゃ、心配するよ。

「狩人の村の件も話し合ったのかしら？」

最初は人間の国の近況報告だったし、昼食の用意もあったから、その後は知らないんだ。

「ああ、リグワード師匠が話題にしていたよ。何人かは、各村の自治性が云々《うんぬん》と反対していたけど、種族として放置するべきではないと決まった」

良かった！　八十歳でも長生きだけど、三百歳まで生きられるなら、そっちの方が良いよね。

「ただ、狩人の村が受け入れるか？　光の魔法を大人が習得できるか？　うちの師匠が難しい顔をしていたな」

ああ、それはアリエル師匠も同じだよ。でも、長生きできるなら、習いたいと思うよね！


長老会の夜は、アルカディア全体の宴会みたいになった。

吟遊詩人のアオイドスとトルヴェールの歌を聴きながら、ワインを飲んで踊り騒ぐ。

私達は、最初は少し聴いていたけど、木の家《アビエスビラ》に戻ったよ。ワインは飲まないし、段々と大人は酔っ払ってきたからね。

次の日の朝は、オリヴィエ師匠もアリエル師匠も二日酔いだった。あっさりとしたトマトスープしか飲まなかったよ。

狩人の村の件がどうなったのか？　これからどうするのか聞きたいけど、昼からにしよう。

サリーは洗濯してから、ガラスを作りに行くと言うので、私は卵とセミドライトマトの瓶詰めを集会場に置いてきて、菜園の手入れだ。

真夏になったので、スイカも植えたんだ。そろそろ、食べられるんじゃないかな？　それと、とうもろこしを全部収穫して、二回目を植えたい。火食い鳥《カセウェアリー》の飼料にもなるしさ。

真夏の菜園、午前中に作業しようと他の人も同じように考えるみたい。

「やぁ、ミク。おはよう」

ヘプトスとはよく会うよ。

「ヘプトス、おはよう」

今日は、野菜の収穫だけみたいだから、ヘプトスの作業はすぐに終わったみたい。

「ミクは、とうもろこしを抜くのかい？」

そうだけど……？　ははん！

「手伝ってくれたら、スイカをあげるわ」

アルカディアにはスイカはなかったみたい。私が植えている時に、甘いと聞いて覚えていたのだ。

ヘプトスは土の魔法のスキル持ちだから、私より上手《じょうず》に。ザザザ……ととうもろこしを抜いてくれた。

これを細かく切って、すき込むか、火食い鳥《カセウェアリー》にやるか、悩ましい。

「火食い鳥《カセウェアリー》は食べるかな？」

ヘプトスも知らないみたい。

「まぁ、試してみるわ」

引っこ抜いたとうもろこしの茎をマジックバッグに入れていく。採った野菜は籠に入れているよ。一緒にするのは、ちょっとさ。

「マジックバッグ、良いなぁ」

そうなんだよね。これがあると凄《すご》く便利なんだ。

「師匠も頼まれているみたいだけど、ヘプトスも注文すれば？」

ヘプトスに呆《あき》れられた。

「マジックバッグ、金貨百枚以上するんだぞ！」

えええ、そんなに高価なの？

「返した方が良いのかしら？」

ヘプトスがケラケラ笑う。

「オリヴィエ師匠がくれたんだろう？　弟子だから良いんだよ」

そういうものかな？　ヘプトスは畝を作るのも手伝ってくれたから、スイカを叩《たた》いて美味しそうなのを一個あげる。勿論《もちろん》、木の家《アビエスピラ》にも一個持って帰るよ。

冷たい水にスイカをつけて、とうもろこしの茎を火食い鳥《カセウェアリー》の小屋に投げると、ギャーギャー喜んで食べている。

「何でも食べるわね」

これも細かく刻んで、脂身で固めたら食べそう。

汗をかいたから、水浴びして着替える。農作業は、生成りの服でしているけど、やっと凄いダボダボではなくなった。まだ、大きいけどさ。

薄い茶色の服に着替えて、昼食を作る。師匠達はまだ二日酔いかな？　あっさりしたものにしよう！　きゅうりのサラダと、コールドチキンならぬコールドワイバーンだ。

アルカディアには、時々、ワイバーンがやって来る。物見の塔の当番も気が抜けないね。まぁ、瞬殺されちゃうけどさ。こうして美味しいコールドワイバーンになっている。

冷やしたスイカは甘くて美味しかった。

やっと師匠達も頭痛が治ったみたい。オリヴィエ師匠の二日酔いの薬、今日は大売れだね。

「ミクとサリーも気になっているだろう」

昼食の後、オリヴィエ師匠とアリエル師匠が会議の内容を話してくれた。

「狩人の村、東の九村と西の三村に光の魔法の使い方を教えることになったの。基本的に若者に使者を頼むつもりよ」

この若者っていうのは百歳以下ってことなんだよね。本当に若い森の人《エルフ》もいるけど、年寄りもいそう。

「嬉しいです！」

私とサリーは喜ぶけど、師匠達は少し微妙な顔だ。

「まぁ、やってみないとな！」

オリヴィエ師匠は、アリエル師匠よりは前向きだね。

私は、これでミラやバリーや両親も長生きできると安心していた。だって、長生きできるのに習わないとは思わないもの。

「ミクももっと練習しなくちゃダメよ」

サリーに言われて、私も毎朝練習する。火食い鳥《カセウェアリー》の小屋に入るには、守護魔法が必要だからね。それに、蜂《キラービー》の養蜂箱の側《そば》に果樹を植えたから、レモンや桃を収穫しないといけないんだ。ここでも、守護魔法は必須だよ。養蜂箱が二つに増えて、蜂《キラービー》も増えたからね。

「そろそろ蜂蜜酒《ミード》を作るわよ。もうすぐワインも作る時期だから」

朝、アリエル師匠がそう言うので、私も手伝う。少しミードを分けてもらってお酢を作りたいからね。

ミードを作るのを手伝って、お酢を作った。生酢があれば、これからお酢を作りやすい。でも、発酵が進みすぎたら困るから、火を入れるか、首の細い瓶に入れて保存する。半分は火を入れて発酵を止めた。真夏だからね！　半分は、細い首のガラス瓶を使って保存している。

「おおい、できたぞ」

鍛冶《かじ》師のルシウス師匠がオーブンストーブを持ってきて、台所に設置してくれた。冬になったら暖かいし、良いと思う。

「ケーキを焼いたら持っていきます」

嬉しそうにルシウス師匠は笑って帰っていった。

今日は、マヨネーズを作る予定だったけど、パウンドケーキを作ろう。卵を卵白と卵黄に分けて、卵白を泡立てる。

本当はバターと砂糖を混ぜて、卵を少しずつ入れ、そこに小麦粉を混ぜて焼くのだけど、砂糖がないんだ。蜂蜜でもできるけど、バターと混ぜて膨らむか、少し不安だから、卵白も泡立てる。

パウンドケーキというより、カステラの作り方に近い。蜂蜜は温めて牛乳と混ぜておく。タネができたら、長方形の金属の型にバターを塗ってから、流し込む。クッキングシートが欲しいな。もう一つの型には、バターを塗って紙を敷いておく。燃えないかな？

後は、温めておいたオーブンで焼くだけだ。途中で、真ん中だけ膨らんで生焼けにならないようにナイフで切り込みを入れたよ。

「良い香りだわ！」

ケーキって食べるのも美味しいけど、焼いている時の香りが良いんだよね。

前世でも、ママがたまに焼いてくれたよ。脂肪分の少ない健康的なケーキを。その時は、家中に甘い香りがして、とても幸せな気分になったな。

「アリエル師匠、今日のお茶に出します」

今日も暑いから、ミントティーを冷やしても美味しそう。

焼き上がった二つのケーキ。やはり紙を敷いた方が型から綺麗《きれい》に取れたので、そちらをルシウス師匠の所へ持っていくよ。あと九個、あげなきゃいけないけどさ！

「おお、これだ！」

お皿を返してほしいけど、今度にしよう。

「少し、冷ましてからの方が美味しいですよ」

注意したけど、焼きたては、焼きたての美味しさがあるよね。もう切って食べている。

「師匠、一切れ！」

ガリウスがねだって、薄い一切れをもらってたよ。

「ミク、こんなの初めて食べたよ。美味しい！」

良かった！　でも、卵、蜂蜜、バター、ミルク、小麦粉！　凄く材料費が掛かる。ルシウス師匠にはあげるけど、これは集会場では売れないな。

木の家《アビエスピラ》でもケーキは好評だった。

特にアリエル師匠は、一気に全部食べたいと駄々《だだ》を捏《こ》ねたよ。

「夕食のデザートにするつもりです」と断ったけどね。

「そうだ！　アリエル師匠の魔法で夏らしいデザートを作りたいので、協力して下さい」

スイーツに目がないアリエル師匠は、協力をすると約束してくれた。ふふふ、なら二重樽《だる》を作ってもらわなきゃね！　明日は、ポルトス師匠に頼みに行こう。


私が呑気《のんき》にアイスクリームを作る樽を考えていた頃、アルカディアから狩人の村に行ったリグワードは、不信の目に晒《さら》されていた。

どうやら、アルカディアが自分達を馬鹿にしに来たと感じたみたい。リグワードは、最初に使者を任された若者じゃないよね？　そう、第一回目の使者の説明は失敗したのだ。

リグワードは、森の人《エルフ》は無意識に光の魔法を使って成長を早めているのだから、習得可能だと説得したが、途中から喧嘩《けんか》になったみたい。

「光の魔法なんか、誰も使えない！」

「子どもをアルカディアに寄越《よこ》せとでも言うのか！」

長老会で、光の魔法を覚えやすい子どもから教えて、それで習得可能だと大人にも分からせるって話になっていたのだけど、それが誤解される元になった。

それに、アルカディアとしては、親切心からの提案なのに、狩人の村の森の人達《エルフ》が喧嘩腰なのが腹立たしく感じたみたい。リグワードって、ちょっと堅い感じだからさぁ。

この件が一旦、保留になったことを、私もサリーも知らなかった。


レシピをノートに纏《まと》めている。薬師のノートより多いのが気になるけど、オリヴィエ師匠はゆっくりと教える方針みたいだから仕方ない。

だって、まだ二歳だよ！　そう言われると当たり前の気もする。

ルシウス師匠にはあと九個ケーキを渡さないといけないけど、今は夏だから、ひんやりスイーツが食べたい。だから、ヘプトスに頼みに行くんだ。アイスクリームメーカーを！

前世ではベッドで生活していたから、よくママとテレビを見ていた。カナダのとある島の暮らし、読んでいた本の世界が広がっていて、うっとりとして見ていたんだ。

主人公の女の子が日曜学校の催し物で初めてアイスクリームを食べるんだけど、それを当時の道具で再現していたのだ。

樽を二重にして、ハンドルで回して中の溶液を冷やし固める感じなの。中の容器は金属で、掻《か》き回《まわ》す羽根もあった方が良さそう。うんうん唸《うな》りながら、設計図を描く。

「ミク、何をしているの？」

サリーに質問されて、アイスクリームを説明しようとしたけど、難しいね！

「とにかく、冷たくて、甘くて、美味しいの！」

金属の部分はガリウスに頼んで作ってもらおう。樽はヘプトスに頼もう。お礼は、ピザで大丈夫だよね？

二人に注文して木の家《アビエスビラ》に帰ってから、冷たいデザートを作る。卵とミルクと蜂蜜、それを掻き混ぜて、小さな容器に入れて蒸すだけだけど、カラメルソースで悩む。

プリンにはカラメルソースが必要だよね！　砂糖なら火にかけてカラメルになるけど、蜂蜜しかないんだ。

料理スキルに頼ろう！　蜂蜜にバターを混ぜて、火にかけたら、ぶつぶつ泡が立ってきた。

「カラメルソースになったわ！」

本当に料理スキル、良い仕事するよ。

「容器にカラメルソースを入れて、少し冷やしてから、プリン液を入れて蒸したらできるわ！」

冷蔵庫がないから、アリエル師匠に冷やしてもらわないといけないかも？　温かいプリンもあり？　いやなしでしょう！

ふんふん、鼻歌交じりでプリンを蒸す。台所には甘い香り！

「ミク、今日は何を作っているの？」

サリーは、アリエル師匠と風の魔法の練習をしていたみたい。私も、もっと薬師の修業と光の魔法を練習しなきゃ！

「プリンというスイーツなんだけど、アリエル師匠に冷やしてもらいたいな」

ふふふ……とサリーが笑う。

「今日、丁度、冷やす魔法を習ったの。レモネードを毎回師匠に冷やしてもらうのが悪いから」

えっ、凄いよ！

「サリー！　頑張っているね！」

褒めたのに、サリーは首を横に振る。

「まだ氷は作れないの。私は風の魔法で冷やしているだけなのよ。本当は水の魔法の方が良いの」

凄い話で、クラクラするよ。

「私も頑張って光の魔法を練習するよ！」

それは、サリーも励ましてくれた。守護魔法がちゃんと掛けられないとアルカディアの外に出られないからね。それに、長生きしたいもん！

プリンを蒸して、それをサリーに冷やしてもらう。

「お世話になった方達に配ってきます」

このところ、スイーツの道具を色々と作ってもらっているからね。

この日のお茶の時間にプリンを出した。

「美味しいわ！」

アリエル師匠に絶賛されたよ。

「ミクの料理スキルは凄いな！」

オリヴィエ師匠、褒めてくれるのは嬉しいけど、薬師の修業ももっとしたいんだ。

「これは、とても美味しいから、売れば良いと思うわ」

サリーは、お小遣い稼ぎになると目を輝かせている。

お茶を飲んで、夕方のピザの準備をしていたら、ヘプトスとガリウスがプリンの容器を持ってきてくれた。

「凄く美味しかったよ！　また食べたい！」

ヘプトスも大好きになったみたい。

「師匠が、凄い勢いで食べるから、自分の分を死守するのに必死だったよ」

ガリウスに愚痴られた。

「師匠が、これもケーキの一つに数えて良いと言っていたよ」

あと九個という約束だったけど、八個になったみたい。夏は、ケーキより、プリンの方が食べたいな。

「それで、ミクが頼んだ道具で何が作れるのか師匠が気になっている」

ルシウス師匠は、甘い物に目がないからね。

「ヘプトスの樽とガリウスの容器と混ぜる羽根とハンドルで、アイスクリームという氷菓を作るつもりなの。ただ、私は氷を作れないから、アリエル師匠頼みになるんだけどさ」

アリエル師匠も美味しいスイーツの為《ため》なら、協力を惜しまないとは思うけど、自分で氷が作れたら良いなぁ。

「氷かぁ！　私は火が得意だから、真反対だからなぁ」

ガリウスががっかりしている。

「私もやっと水の魔法を習い始めたばかりだから、氷はまだ作れないんだ。作れたら協力できるのに……」

ヘプトスは、土の魔法のスキル持ちで、光の魔法と水の魔法を習っているんだね。

「私も光の魔法を習得できたら、次は水の魔法を習いたいわ」

ちょっとガリウスが微妙な顔をした。

「ガリウス？　私には無理だと思ったの？」

前だったら、狩人の村の森の人《エルフ》を馬鹿にしたのかな？　と勝手に思って落ち込んだけど、今は友達になっているから、素直に質問できる。

「いや、ミクなら頑張り屋だし、土と水は相性が良いから、いつかは習得できると思うよ。でも……」

えっ、何？　ヘプトスも微妙な顔をしている。

「何があったの？　もしかして狩人の村に光の魔法を教える件なの？」

第八章　アルカディアと狩人《かりゅうど》の村

私達が木の家《アビエスビラ》の玄関先で騒いでいたら、オリヴィエ師匠が顔を出した。

「ミクにも伝えないといけないな。狩人の村に光の魔法を教えようとしたけど、拒否されたのだ」

えっ、なんで？

「光の魔法を覚えないと、長生きできないのに、何故《なぜ》なのですか？」

オリヴィエ師匠は、二人を帰して、木の家《アビエスピラ》の中で私とサリーに経緯を説明してくれた。

「最初に若い森の人《エルフ》を派遣したのが間違いだったのかもしれない。相手は、アルカディアが狩人の村を馬鹿にしたと感じたのかも」

オリヴィエ師匠が辛《つら》そうな顔をして説明してくれた。

「それで、次はリグワードに行ってもらうことにしたのだ。彼は長老会のメンバーだし、光の魔法の第一人者だからな」

アリエル師匠が肩を竦《すく》めている。

「リグワードは、悪い人じゃないし、光の魔法に一番詳しいから良いと思ったけど、少し頭が固いところがあるのよ。狩人の村の森の人《エルフ》と口論になったみたい」

ああ、それはまずい！

「でも、長生きできるのに覚えたいと思わなかったのかしら」

サリーも親や兄弟達に長生きしてほしいと願っている。

「それは、狩人の村の森の人《エルフ》も同じだろうが、アルカディアに頭を下げて教えを乞いたくなかったのだろう」

それ、間違っているよ！

「リグワード師匠は、狩人の村の森の人《エルフ》でも光の魔法を習得できると考えているのですか？」

私もまだ少ししか使えないから、それをはっきりと聞きたい。

「勿論《もちろん》さ！　特に若い成長期の森の人《エルフ》は、無意識だけど光の魔法を使っているのだからね。ああ、でもそれが余計に誤解を与えたのだ」

オリヴィエ師匠が頭を抱え込んだ。

「リグワードは、狩人の村の森の人《エルフ》が光の魔法を習得できれば、説得が上手《うま》くできると考えて、痛恨のミスを犯したのよ」

ミスって？　私とサリーは顔を見合わせる。

「つまり、子どもから教えようとしたの」

その方が教えやすいと考えたのだろう。

「何が問題なのですか？　私達もまだ子どもだけど？」

理解不能だよ。

「アルカディアが子どもを攫《さら》おうとしていると感じたみたい」

えっ、何故、そんな感じに思われたのかな？

「リグワード師匠は、どう話したのですか？」

師匠達は肩を竦める。

「何人かずつ、アルカディアで預かって、光の魔法を習得したら返す。そして、その子から光の魔法を習うと良いと言ったのよ」

うん、良いんじゃないかな？

「狩人の村の大人達は、子どもを取られると怒ったのよ」

「返すのに？」

不思議だね？

「アルカディアがここまで嫌われているとは思わなかったわ」

アリエル師匠はショックを受けたみたい。

「少し狩人の村の森の人《エルフ》の気持ちが理解できます。私は、一歳の時に風の魔法スキルがあると神父さんに言われた時、アルカディアで修業するか、人間の魔法使いのもとで修業するかどちらかだと言われた時、人間の町を選んだのです」

アリエル師匠が少し驚いた。

「まぁ、サリー！　知らなかったわ」

サリーが慌てて説明する。

「それは、神父さんの説明を聞いてアルカディアを誤解したからかも。アルカディアの森の人《エルフ》は、魔法が使えるのが普通で、私は下っ端になる。それに下働きをしながら修業しなくてはいけないと言われたのですもの」

アリエル師匠とオリヴィエ師匠が怒る。

「神父さん！　なんて説明をしているんだ。ミクもよくそんな説明を聞いてアルカディアに来てくれたね」

私は初めからアルカディアを望んだと伝える。

「人間の薬師はいい加減な人が多いと聞いたのと、まともな薬師の弟子になるには入門料がいると言われたから、私は初めからアルカディアに来ようと思っていました」

オリヴィエ師匠が複雑な顔をした。

「ミクは幼いのに、薬師の修業を急ぐのは、そんな覚悟をしてここに来たからなんだね。だけど、まだまだ修業は続くのだから、色々なことを経験しながら成長した方が、ミクの為《ため》になると私は考えている。竜を倒さないと薬師の修業は終わらないのだから、時間が掛かるんだよ」

ゲッ、竜を倒さないと、薬師になれないの？　一生無理かも？

私がショックを受けている間に、アリエル師匠がサリーと話していた。

「サリーは、私が師匠で良かったのかしら？」

ああ、アリエル師匠は弟子を取ったのは初めてだし、本当は来たくなかったと言われてショックなのかな？

「アリエル師匠で良かったです。それにアルカディアに来られて、光の魔法や養蜂の技術、ガラスの作り方を覚えられて、とても楽しいです。下働きと聞いて、心配していたけど、狩人の村でもやっていることは同じだし、洗濯とかも楽だもの。それに、ミクと一緒で楽しいです」

アリエル師匠は、ホッとしたみたい。

「狩人の村に行かせて下さい。ママやパパを説得したいのです」

オリヴィエ師匠が難しい顔をする。

「ミクは、まだちゃんと光の魔法を使えないだろう。それができてからだよ」

うっ、その通りだ。

「私は使えます！　私を行かせて下さい」

アリエル師匠も考え込んでいる。

「まだサリーは幼いわ。今は、これ以上拗《こじ》らせたくないのよ」

確かに、狩人の村の森の人《エルフ》はプライドが高い。

それと、気になっていることがあるんだ。

「あのう、年を取った森の人《エルフ》はどうなるのでしょう？」

七十歳までの森の人《エルフ》は、老化が始まっていない。でも、ヨハン爺《じい》さんやワンナ婆《ばあ》さんは、どうなるの？

「老化も光の魔法で遅くできると思うけど、分からないな」

オリヴィエ師匠が腕を組んで考えている。

「それより、光の魔法を習得できるかが問題だと思うわ。もう、成長してからは使っていないし、老化が始まっているならば、使えていないということだから」

そうなんだ……何だかショック。

「光の魔法を覚えるのは、若いうちの方が良いとは思うが、それが狩人の村の森の人《エルフ》に誤解される元になるなら、大人から教えても良いかもな」

そうなると良いけど！

「でも、狩人の村の大人は狩りが好きなんです。狩りを中断してまで、光の魔法を習得する為にアルカディアに来るかしら？」

ああ、そうだった。パパもママも食べる為でもあるけど、基本的に狩りが大好きなんだよ。

「狩りは好きでも、長生きした方が良いと思うよ！」

そう言ったものの、光の魔法を習得するのにどのくらいの期間が必要なのかも分からない。

「サリーは割とすぐに習得したけど、ミクはまだだからな。やはり半年は掛かるかも？」

半年！　食べていけないよ！

「それは無理だわ。狩人の村は貧しいのです。小麦を得る為には、革を売らなくてはいけないの。半年も狩りができなかったら、飢えてしまうわ」

師匠は考え込んだ。

「やはり、子どもから教えた方が良いと思う。ただ、攫うのではないと説得してもらう必要があるな」

「神父さんは？」

私の発言に、師匠も、ハッとしたみたい。

「それは、名案だ！」

でも、神父さんは春にしか来ないのでは？　今は夏だから、来年の春まで待つの？

「アルカディアには、夏の終わりに行商人が西の村を通ってくるのよ。その時に、神父さんも連れてくるわ」

神父さんは、春になると東の村を半分通ってアルカディアに来て、西の村に行き、人間の町で夏を過ごす。そして、夏の終わりにアルカディアに行商人と来て、東の村の残り半分を通って、ハインツ王国で冬を過ごすみたい。

知らなかったよ！　西の村の外にも人間の国があるんだね。早く四の巻を勉強したいな。

「西の国の行商人と一緒に神父さんが来られるのですね！」

神父さんは、皆に尊敬されているから、聞く耳を持ってくれるんじゃないかな？

「まぁ、神父さんも光の魔法について知らなかったと思うから、そこから説明しなくてはいけないな」

　ふぅ、ちゃんと説明できたら良いな。


　私は、光の魔法を使えるように、毎日練習した。

　朝は、火食い鳥《カセウェアリー》の世話があるから、守護魔法を掛けるし、養蜂箱の横の果樹の世話をする時もね。

　でも、やはり風の魔法のスキル持ちのサリーと比べて、私は魔法が少し苦手だと思う。植物育成スキルのお陰で、土の魔法とは相性が良いのだけどさ。

「植物育成スキルで土の魔法が使えるなら、光も育成には必要だし、水も必要だと思うわ」

　サリーに駄目出しされたけど、なかなか上達しない。

「でも、前みたいに柵の中にいる時に守護魔法が切れそうになることはなくなったわ」

「当たり前よ！」

　サリーに危険だと叱られる。

「私は薬師になれるのかな？」

　弱気発言にサリーが驚いた。

「ミクは、薬師になると張り切っていたのに、何故、そんなことを言うの？」

「オリヴィエ師匠に、竜を倒せないと薬師の修業は終わらないと言われたのよ」

　サリーは、あの時はアリエル師匠と話していたので、よく聞いていなかったみたい。

「えっ、本当に？　それ厳しすぎると思う」

　だよね！

「オリヴィエ師匠が作る薬には竜の肝が必要なのもあるから、そう言われたのかも？　でも、私が竜を倒せるようになるとは思えないのよ」

サリーも考え込む。

「もしかして、私の修業も竜を倒さないといけないのかも……ちょっと無理な気がするのだけど……」

アリエル師匠は古竜《エンシェントドラゴン》を倒したドラゴン・スレイヤーだからね。弟子も普通の竜ぐらいは倒せて当然だと思われているかも？

それは、まだ先の話だろうから、先《ま》ずは、光の魔法を習得することと、西からの行商人に売る物を作ることに集中する。

「サリーは、ガラスコーティングした火食い鳥《カセウェアリー》の殻を売るの？」

サリーは、かなり腕を上げていて、近頃は三回に二回は成功するようになった。

「半分は売るけど、残りは加工しようと考えているの。でも、そうなると金属加工も習わないといけないかも？」

それって、甘党のルシウス師匠なのかな？

「細かい作業は、錬金術になるみたいなの。でも、火の魔法は使えないから、当分は置いておくことになりそうだわ」

火の魔法を覚える気満々のサリーに触発されて、私も頑張ろう！

ピザを時々焼いているし、卵を集会場で売っているから、お金は貯《た》まっているけど、自立する時はもっと必要だと思う。

だって、人間の町の汚い宿とかには泊まりたくないんだもん。師匠達も泊まらなかったと言っている。ノミとかシラミとか嫌だからね。

私は、前世で薬剤師さんにはとてもお世話になった。だから、薬師になって病気の人を助けたいと思っているのだけど、その前に清潔な暮らしが必要だよ。

「石鹸《せっけん》をいっぱい作れば、少しは値段が安くなるのでしょうか？」

オリヴィエ師匠に相談するけど、首を捻《ひね》られた。

「どうだろうなぁ。まぁ、少しは安くなるかもな」

植物性の石鹸は高価だ。匂いも良いしね。動物性の石鹸は、ちょっと臭くて、木の家《アビエスピラ》では掃除や洗濯に使っている。

「庶民は、動物性の石鹸しか買わないですよね」

ちょっと躊躇《ためら》ってから、オリヴィエ師匠は頷《うなず》いた。

「だけど、夏場に動物性の石鹸を作るのは臭いぞ」

あっ、そうなんだ。

「なら、木の家《アビエスピラ》の外で作ります」

集会場には、魔物の脂身が残っている。秋とかは、蠟燭《ろうそく》を作るのに脂身を買う森の人《エルフ》も多いみたいけど、夏場は人気がない。

脂を溶かすのに火を使って暑いからね。そりゃ、やりたくないのも分かるよ。

「ああ、失敗したかも？」

木の家《アビエスピラ》の裏で、簡単に石を積んだ竈《かまど》に鍋を掛けて、薪をくべていると、汗がだらだら流れてくる。

脂身が溶けて、カスを取って塩水を入れて不純物を取る。これは、オリヴィエ師匠に教えてもらったんだ。狩人の村で蠟燭を作る時も、これをしたら良かったね。燃やすと臭かったんだ。

脂に灰を浸《つ》けていた水を加えて掻き混ぜる。それを石鹼を作る容器に入れて、冷やしたら石鹼の出来上がりだけど、冬より時間が掛かる。やはり、秋から冬に作るのが正解なのかも？

下級薬草は、わっさりと生えているから、それをついでに摘んでおく。上級薬草は、まだ増えていない。枯れないだけマシだけど、毒消し草は枯れちゃった。

「師匠、上級薬草と毒消し草を採りに行きたいです」

オリヴィエ師匠も、行商人が来るから、調合薬も作りたいと考えていたみたい。

「そうだな！　森に行こう！」

夏休みだから、いっぱい森歩きして薬草を採取したい。最近はあれこれ雑用ばかりしている気がするよ。

「ミクは、畑に下級薬草が育っているなら、上級薬草を採りなさい」

つい、見たら下級薬草も摘んでしまうけど、そうだよね。目に魔力を籠《こ》めて、上級薬草を摘んでいく。

「ミク！」師匠が小声で注意する。私は、上級薬草を摘むのに集中していて、周囲を警戒するのを忘れていた。

「これなら、ミクでも倒せるよ。やってごらん」

えっ、鹿？　というか角が大きなビッグエルクだ。とはいっても子鹿かな？　親離れしたばかりみたいだ。

こちらには気づかず、むしゃむしゃと草を食べている。

「先ずは、脚を止めるんだ」

つまり、薔薇の鞭《ローズウイップス》を脚に巻き付けて身体《からだ》を拘束し、トドメを刺すのだ。

「薔薇の鞭《ローズウイップス》！」

手のひらの薔薇《ばら》の実から鞭《むち》を出して、ビッグエルクの脚に巻きつける。

「キュン！」

暴れて逃げようとするビッグエルクの身体を鞭でぐるぐる巻きにして、素早く駆け寄って首を手斧《ておの》で切り付ける。

「偉いぞ！　ミクもできるじゃないか！」

はぁはぁ、息が荒い。

「ビッグエルクがこちらに気づいてなかったから……」

ビッグエルクは、師匠のマジックバッグに入れてくれた。私のは薬草が入っているからね。

帰り道で、トレントにも出会った。

「あれも討伐しよう！　甘い樹液が取れるんだ」

それは、欲しい！　スイーツを作ると蜂蜜がすぐになくなっちゃうんだ。蜂蜜酒《ミード》や酢も作るからね。

「ミク、枯らす魔法を使ってみないか？」

えっ、それは使ったことがないんだけど？

「いつも、植物を成長させる時の反対をすれば良いのさ」

えっ、オリヴィエ師匠も植物を成長させられるの？

「手を重ねてごらん」

手を重ねて「枯れろ！」と師匠が唱える時の感覚を掴《つか》もうと集中する。

あっ、マジックバッグの掃除をした時の、バッグをひっくり返した感じに似ている。魔法を反転させているんだ。

師匠に励まされて、やってみる。

「やってごらん！」

「枯れろ！」

木の根っこを一本枯らすことができた。

「その調子だよ！」

褒められると、調子に乗っちゃう。

「根っこよ、枯れろ！」

「おお、良いぞ！」

根っこが枯れたトレントがドスン！　と倒れた。

「ほら、急所を叩《たた》くんだ」

手斧で根元のコブを思いっきり叩きつける。

「やったな！」

トレントの枝を落としたり、マジックバッグに入る程度に切ったりと、疲れたよ。

「これで甘い樹液が取れるな！」

葉っぱや細い枝は火食い鳥《カセウェアリー》の大好物だった。

「ギョエー！　ギョエー！」

争うように啄《ついば》んでいる。

「樹液を搾るのは、明日にしよう」

流石《さすが》の師匠も疲れたんだね。それにビッグエルクの解体もある。解体の仕方も習ったけど、内臓を取り出すのは、ちょっと苦手かもね。


色々と売る物を準備していたら、物見台の鐘が、カン、カンとのんびり鳴った。

「ああ、西のアウル村を行商人が出たんだな。誰か迎えに行かせないと！」

前に、ラング村から神父さんと来た時は、リュミエールだったなぁ。

「私じゃ駄目ですか？」

オリヴィエ師匠は、腕を組んで考える。

「ミクかぁ……ちょっとまだ無理かもな」

やっぱり、まだ駄目なんだね。

「守護魔法を行商人全体に掛けるのは、できないだろう」

そうだよね。まだ自分にしか掛けられない。

「それより、行商人に売る石鹸や薬を纏《まと》めるのを手伝ってほしい。あっ、それと料理も多めに作らないといけないな。きっと、ミクに頼みに来ると思うよ」

えっ、前は竜のすじ肉のシチューを作ったけど、あれは私の料理スキルを知っている行商人だったからだ。

「西からの行商人とは会ったことがないのですが？」

オリヴィエ師匠は、ハッとした顔をする。

「そうか！　まだミクがアルカディアに来て四ヶ月しか経《た》っていないんだな。もう、二度とアリエルのスープは飲めないよ」

アリエル師匠が横で聞いていて、怒っている。

「オリヴィエのスープだって、変な薬草が入っていて不味《まず》かったわ。でも、ミクの料理を食べたら、他の人の料理は食べられないわね。えっ、ミクが弟子を卒業したら、どうしたら良いのかしら？」

十歳で卒業できるかどうかも分からないよ。竜を倒せるのは、何歳になるんだろう？　まだ二歳だから、ずうっと先に思えるね。

石鹼や薬を箱に詰めていく。

「この石鹼の売上は、ミクが取れば良い。それと、火食い鳥《カセウェアリー》の殻もな」

サリーにも殻を渡すけど、毎日はガラス工房に行かないから、何十個もある。毎日、九個ずつ増えるからね。まぁ、売った卵の殻はないけどさ。

それと、この前、初めて狩ったビッグエルクの皮と角、これも売ろうかな？

「それは、置いておいて、バッグにしたら良い。ミクの初収穫物なんだから、記念にマジックバッグにして使えば良いんじゃないか？」

「でも、これもあるのに？」

師匠にもらったマジックバッグもある。

「そちらは、時間停止がついていない。今度のは、時間停止をつけたら良いさ。使い分けたら、便利だよ」

確かにね！　ああ、それなら保存箱が欲しいよ。

「オリヴィエ師匠、秋になる前に保存箱も欲しいです」

「箱を作ってもらえたら、それは簡単なんだけど、バッグは縫わないといけないからな」

それは、私が縫うことにする。

「そろそろ、ミクもマジックバッグを作っても良い頃だからな。手入れのやり方も覚えないといけないし、ちょっと落ち着いたら、やろう！」

アルカディアに戻ってきた森の人《エルフ》達に、マジックバッグの手入れを頼まれているみたい。それと、マジックバッグもいっぱい注文されているし。

「あのう、行商人から元となるバッグを買ったら良いのでは？」

私も縫う予定だけど、買っても良いのでは？

「ああ、そうだけど、何故かしっくりこないんだよな。人間の町に住んでいる時に、売っている鞄《かばん》に魔法陣を描いて、魔法を流そうとしたけど、破裂してしまったんだ。ミク、縫う時に魔法を流しているか？」

えっ、どうだろう？　硬い革を縫う時に、予《あらかじ》め穴を開けてはいるけど、糸を通しやすいように魔法を使っているのかも？

「さぁ、もしかして使っているかも？」

「だろう？　私も無意識に使っているのかもしれない。だから、空間魔法で膨らんでも耐えられるのかも？　とにかく、買った鞄では上手くいかないのさ」

やれやれ、冬の内職にしよう！　その前にビッグエルクの革でバッグは縫うけどね。

案内は、リュミエールの兄弟子が行ったみたい。

サリーも、売る物を纏めて箱に詰めている。ガラスだから、気をつけなきゃね。

「手伝おうか？」と言ったけど「料理をしなきゃいけないのでしょう」と笑われた。

オリヴィエ師匠の予想通り、リグワードが神父さんに出す料理を頼みに来たんだ。

「何を作ろうかしら？」

サリーが「冷たいトマトスープが飲みたい！」と言ったから、一品はそれにする。

「私は、ポテトサラダが食べたいわ」

ソファーに寝そべったままのアリエル師匠の声が聞こえる。マヨネーズを作ったら、ハマったんだよね。

「私は、肉まんが食べたい！」

何だか、無茶苦茶《むちゃくちゃ》な取り合わせだね。

「オリヴィエ師匠、肉まんは明日で。今日は、ビッグボアのローストにしようと思います」

後は、朝焼いたパンがあるから、デザートだね。

「プリンが食べたい！」

ああ、またアリエル師匠だ。でも、プリンは作って冷やしておけるから、良いかも？

「では、それにしますけど、行商人は何人ぐらいなのかしら？」

オリヴィエ師匠が「行商人の分は、良いんじゃないか？　いっぱい作るなら、売り物にしてしまえばすぐに売れるぞ！」と唆《そそのか》す。

なので、頑張って作りました。ポテトサラダもプリンもトマトスープも冷やしておけば良いから、楽だね。

「良い匂いね！」

サリーもマヨネーズを作るのを手伝ってくれたよ。あれは一人だと、少し面倒なんだ。

「ビッグボアのロースト、このオーブンで焼くと、凄《すご》く美味《おい》しそう」

脂を掛けながら焼いているけど、なかなか良い感じ。それに付け合わせの焼き野菜も、美味しそう。

荷馬車が一緒だから、行商人が到着したのは、夕方だった。狩人の村は一泊二日か、二泊三日しかいないけど、アルカディアには数日滞在するから、皆は慌てない。

それに、ここには商品を売るだけでなく、買うのも目的で行商人は来ているからね。狩人の村でも、魔物の皮や角を売っていたけど、ここには竜の素材があるし、紙やガラス製品や魔導具などもある。

そして、オリヴィエ師匠の薬もメインみたい。

「ラリック、今年も来たんだな」

西からの行商人は、少し浅黒い肌をしたラリックという商人だ。

「オリヴィエ様、是非、薬をお願いします。もう、在庫がないのですよ」

ここでも、オリヴィエ師匠の薬は値切られずに購入される。石鹸も同じ値段だった。私の作った動物性のもね。

「煎じ薬は多いですが、調合薬はもっとないのですか？」

オリヴィエ師匠は肩を竦める。

「今年は、まだ竜を討伐していないからな」

あっ、私がいるから、対岸の森の奥にはあまり行かないからかも。あそこは危険地帯だからね。

「そうですか……また、冬になる前に来たいと思います。それまでに何とかお願いします」

えっ、また来るんだ！

「船に乗せたいのか？」

ラリックさんは、はっきりとは答えなかったが、にっこりと笑った。

「まぁ、あちらには、こんなに効能が大きい薬はないみたいですからね」

オリヴィエ師匠が難しい顔をする。

「交易で儲《もう》けるより、病人や怪我人《けがにん》に使ってほしいのだが！」

ラリックさんは、頷いている。

「島にも病人や怪我人もいますでしょう」

そう言われると、オリヴィエ師匠は弱い。

「それは、そうだろうが……」

どうやら、魔の森の西の人間の国は、どこかの島との交易で儲けているみたいだね。えっ、もしかして、見たことない植物の種や知らないスパイスもあるかも？

でも、初日は売る物が多いから、明日にしよう。それと、神父さんにも挨拶しなくちゃね！

行商人の荷馬車から離れて、集会場の前にいる神父さんの所に駆けていく。

「神父さん！」

先に、サリーが話していた。ガラスは、明日売るのかもね？　今日は、師匠達が売っているから。

「おお、ミクも元気そうだな！」

サリーと一緒に神父さんと話す。

「修業はちゃんとやっているかい？」

二人で頷く。真面目《まじめ》にしているもんね。

「ええ、風の魔法と光の魔法を使えるようになりました」

神父さんが驚いている。

「サリー、凄いじゃないか！　アルカディアに来て、良かったな。アリエルは、優れた使い手だから」

それは、本当にそうだと思う。掃除と料理はできない師匠だけどね。

「私は、菜園を作っているし、火食い鳥《カセウェアリー》を飼っているの。料理も上手くなったし、植物の魔法と土の魔法が使えるようになったわ」

ここで、光の魔法を使えると言えたら良かったのだけど、まだちょっとね。

「ミクは、光の魔法も少し使えるのですよ」

サリーがフォローしてくれた。光の魔法を狩人の村に教える件は、今晩、神父さんに長老会のメンバーから伝えることになっているから、私達からはこのくらいしか言えないんだ。

つまり、豪華な夕食は、長老会と神父さん用になったんだよね。勿論、私とサリーの分は取ってあるよ！

神父さんが、理解して、狩人の村を説得してくれたら良いなぁ。

第九章　狩人《かりゅうど》の村を説得しよう！

長老会は見学できたのに、長老会のメンバー何人かと神父さんの話し合いは見学できないんだよね。何だか不思議な気分。

ただ、食事は集会所に運んだから、少しだけ聞き耳を立てちゃった。

冷たいトマトスープ、ポテトサラダ、ビッグボアのロースト焼き野菜付け、そしてデザートのプリン！

ワインも誰かが持ってきたみたい。

「ミク、サリー、お疲れ様！」

長老会メンバーからお小遣いと食事代をもらったけど、このまま残って話を聞くのは駄目みたい。

「神父さんなら、きっと狩人の村の森の人《エルフ》を説得できると思うわ」

サリーと二人で話し合っていると、お隣りさんのヘプトスがやってきた。

「なぁ、ミクはご馳走《ちそう》を作ったんだろ？　余ってないか？」

ヘプトスには菜園を手伝ってもらったり、木工品をちょこちょこ作ってもらっているから、残りのご馳走を一緒に食べる。

夏の気持ちの良い夜なので、外にピザを焼く時に出す椅子とテーブルを運んで、三人で食べていると、他の学舎《まなびや》のメンバーもやって来た。

「ヘプトス、抜け駆けだなんてずるい！」

リュミエールが騒いでいるけど、アルカディアに連れてきてくれただけで、手助けはしてもらってないよね。

「一緒に食べましょう」

女の子達は、それぞれ何か食べ物や飴《あめ》とかを持ってきている。その心遣いが嬉《うれ》しい。

「今度、竜を討伐したら、肝をあげるから！」

リュミエールが竜を討伐できるようになるのが、何年後かは分からないけど、私よりは早そうだから、それで手を打つよ。

「気長に待っているわ」

余ったら行商人に売っても良いと多めに作ったから、全員が食べられた。

「プリン、残ってないか？　師匠に持っていきたい」

鍛冶《かじ》の師匠にはお世話になっているから、保存庫に残しておいたプリンを一つガリウスに渡す。

「えっ、まだ残っていたのか？」

リュミエールが騒いでいるけど、本当はサリーと二人で、後でゆっくり食べようと残していたんだよ。

「それにしても、ミクの料理は凄《すご》く美味《おい》しいな。やはりスキルのお陰なのか？」

ヘプトスが一番よく食べているかも？　お隣さんだからね。

「どうかしら？　学舎ではスキル以外の魔法も身につけるようにと言われているけど……」

そうだ、他の子に訊《き》いておきたかったことがあるんだ。

「ねぇ、もし狩人の村の子が来たら、仲良くしてくれる？」

一瞬、間があった。

「それは、その子次第だよ」

リュミエールの言葉に全員が頷《うなず》く。

「私達もそんな感じだったの？」

それは、ヘプトスが一番に謝ってくれた。

「学舎に来た時、挨拶しなくてごめん！　外から子どもが来ることなんてなかったし、どんな子かも知らなかったから。それに、私は少し人見知りなんだ」

それは、分かるよ。ヘプトスは、親しくなったら、凄く優しくて良い奴《やつ》なんだけど、黙っていると無表情で少し怒っているように見える。

森の人《エルフ》って顔が整っているから、笑顔じゃないと少し怖いんだよね。だから、大人達は少し笑顔を意識的に作っているけど……畜産の師匠とか、ガラスの師匠とかは、もろ怖い。そういえば、うちの師匠達も笑顔は作らないタイプで怖がられているのかも？

鍛冶の師匠も顔は怖いけど、甘味《かんみ》が好きなのはバレているし、私の顔を見ると笑顔全開で、まぁ、それでも少し怖い顔なんだけどさ。

「もし、神父さんが狩人の村を説得できたら、多くの子どもがアルカディアに来るかも？　仲良くしてほしいわ」

サリーの方がやはり言葉で訴えるのが上手《うま》いね。言っていることは、私と一緒なのに、お願いするって感じが出ている。

「ええ、なるべく優しくするわ」

女の子のリーダー、エレグレースが言うと全員が賛成する。

「誰が来るか、分かるのか？」

リュミエール、無茶《むちゃ》を言うね。他の村の子なんか分からないし、バンズ村だって知らないよ。

「多分、若者小屋の子じゃないかな？」

サリーは、そう言うけど、どうかな？　あの子達は、自分では自立している気だから。

「若者小屋？　何なの？」

全員が食いつく！　アルカディアにはないシステムだからね。

「狩人の村では、三歳になったら、親から独立して若者小屋に移るの。大人達との狩りには参加できなくても、若者同士で協力して狩りをして暮らすのよ」

へぇ！　と興味津々だ。

「それって、女の子も一緒なの？」

エレグレースの言葉にヘプトスの頰《ほお》が赤くなる。

「ええ、でも狩人の村では同じ村の子は結婚できないから、兄弟姉妹みたいな感じなのよ」

また、全員が驚いた。

「結婚できないなら、どうするの？」

マリエールは少しオシャマだね。恋愛関係に熱心だ。

「だから、夏になると他の狩人の村の若者小屋に泊まりに行ったり、来たりするの。そこで、共同生活しながら、将来の伴侶を見つけるのよ」

サリーの説明に、何故《なぜ》か全員が頬を赤らめる。

「アルカディアにもそんなシステムがあれば良いのに！」

リュミエールには、親の監視が必要な気がするよ。

「でも、自分で狩りをして、菜園も作り、掃除や洗濯もしないといけないのよ！」

全員が、それは大変そうだって顔になった。

「それより、もし狩人の村の子が来たら、何処《どこ》で暮らすのかしら？」

アルカディアの木の上の家は、狩人の村の小屋よりは広い気がする。それでも、今のスペースを他の子が使うと、狭く感じるのかも？

「私とサリーが一部屋で寝れば、一部屋は空くわ」

ベッドは、親のベッドの下に収納していたのより大きいし、二人でも十分だよ。

「集会場に寝泊まりするんじゃないかな？」

神父さんや行商人は集会場の二階に泊まっている。

「そうなるのかしら？」

私とサリーは、少し気の毒だと思っちゃう。だって、自分の村から離れてアルカディアに来て、集会場の上で生活するのって寂しくない？

「それより、光の魔法をどのくらいの期間で習得できるかが問題よ。サリーはもう習得できているけど、ミクはまだ十分とは言えないわ」

うっ、それを言われると辛《つら》い。

「ミクは、土の魔法が使えるのに、習得するのに時間が掛かっているのよね。なら、狩人のスキルしか持っていない子は、もっと時間が掛かるかもね」

ふぅ、やはり早く光の魔法を習得しよう。

「でも師匠達からは、森の人《エルフ》は基本的に光の魔法を持っていると言われたわ。それを意識的に使う方法を学べば良いだけなのよ」

うっ、サリー！　胸に突き刺さるよ。

「ええっと、では私の光の魔法のスキルは意味なくないか？」

リュミエールが不貞腐《ふてくさ》れる。

「違うと思うわ。だって、凄く簡単に光の魔法を使っているでしょう？　私よりも上手いもの」

美人のエレグレースに褒められて、リュミエールの機嫌が直る。単純だね！

「私も師匠に弓を練習するように言われているの。スキルがないからと言ったら、人間のほとんどはスキルを授かることがないのに、弓を使っていると叱られたわ」

竜を倒すには、手斧《ておの》では怖い。遠距離から弓で弱らせなきゃね。

「オリヴィエ師匠は厳しいのね」

エレグレースに同情された。良い機会だから、他の子にも聞いておきたい。

「あのう、オリヴィエ師匠から、竜ぐらい倒せないと弟子は卒業できないと言われたの。そんなの無理じゃないの？」

サリーも横で頷いている。

「えっ、そのくらいできないとアルカディアから出ていけないのは常識だよ？」

リュミエールの言葉に全員が頷く。

「えええ、やはり師匠は本気でそう言ったのね！」

「一生、弟子のままだわ」

プッと笑われた。

「何も一人で討伐しろとは言われてないだろ。何人かで討伐しても良いのだし、何なら私が手助けするよ」

リュミエールは、自分で竜を討伐する自信があるんだね。

「リュミエールより、私が手伝うほうが良さそうだけどな」

ガリウスの言葉に、全員が笑いながら同意する。

「私は、まだまだだけど、ミク達が十歳になる頃には、竜ぐらい討伐できると思うよ」

ヘプトスにも言ってもらえた。何だか安心したよ。女の子達にも「私の時も手伝ってね！」と約束させられている。

「ふぅ、竜の討伐が弟子の卒業試験なのね……アルカディアから出ていくには、そのくらいできないと安心できないってことなのかしら？」

皆が口々に意見を言う。

「人間の国にも竜はたまに出るし、そんな時は森の人《エルフ》に討伐要請が来る。その時に怖くて逃げ出すなんて森の人《エルフ》として格好悪いからじゃないか？」

「いや、そのくらいじゃないと親は安心できないのよ」

「アルカディアから出ていかせたくないのかも？　うちの親は過保護で困るわ。若者小屋があれば……掃除と料理には困るけど」

一番年長のガリウスが笑う。

「竜の討伐ができても、鍛冶師として未熟なうちはアルカディアは出ていかないよ」

それもあるのか！　竜だけでなく、薬師として合格もしなくちゃね。


結構、夜遅くまで皆でわいわい話をしていたみたい。

「おや、まだ寝ていなかったのか？」

師匠達が木《アビエスビラ》の家に戻ってきたので、他の子達も、それぞれの家に帰った。急いで食器を片付ける。

集会場の食器も師匠達が持って帰ってきたから、一緒に洗うよ。

「神父さんは、引き受けてくださったのですか？」

オリヴィエ師匠が苦笑する。

「神父さんも、初めは驚いていた。彼も光の魔法で成長していることや、意識的に老化を遅らせることも知らなかったみたいだ」

えっ、神父さんって何でも知っている気がしていたよ。

「当たり前よ！　神父さんは、人間の町で育ったんですもの。それにしても、狩人の村の森の人《エルフ》も人間の町でアルカディアの森の人《エルフ》と会うと思うのに、お互いにそんな話はしなかったのかしら？」

アリエル師匠の言葉に、オリヴィエ師匠は肩を竦《すく》める。

「私達が人間の町に住んでいた頃も、薬を買いに来る狩人の村出身の森の人《エルフ》もいたけど、そんな話はしなかっただろう？　当たり前だと思っていたからかもな」

そんなものなのかな？　よく分からないけど、そうなのかもしれない。エバー村の森の人《エルフ》だって木の間の移動方法も忘れていた。

「あのう、狩人の村の森の人《エルフ》とアルカディアの森の人《エルフ》は仲が悪いのですか？」

サリーの質問に、師匠達は微妙な顔をする。

「仲が悪いことはないが、良いとも言えないな。冒険者ギルドに属して、同じ仕事を引き受けることもあったけど……グループを組むことはないかも？　普通は、狩人の村の森の人《エルフ》同士でグループを組むことが多い。それは、アルカディアの森の人《エルフ》もだな」

たまに、人間とも組むそうだけど、基本はアルカディアの者同士が多いみたい。

「私とサリーは、どうなるかな？」

師匠達は、ケラケラと笑う。

「誰と組もうとミク達の勝手だけど、きっと学舎の連中が放さないと思うぞ」

「本当に、餌付けしているから、離れてくれないと思うわ」

それは、それで良い。学舎に初めて行った日は、ちょっと距離感があったけど、今は友達だからね。

「神父さんは、狩人の村の森の人《エルフ》を説得できるでしょうか？」

サリーが心配そうにアリエル師匠に質問している。

「神父さんは、皆の信頼を得ているから、多分、説得できるとは思うわ。その後、どうするかは、話し合わないと分からないけれど……上手くいってほしいわね」

アリエル師匠が優しくサリーの肩に手を置いている。

「ミク、頑張って見本になれるようにしないとな！　そうしたら、神父さんと一緒に狩人の村を説得しに回っても良さそうだ」

そうなんだよね！　サリーは風の魔法のスキルがあるから、できて当然だと思われそうなんだよ。

「ミクだって、植物育成スキルは土の魔法の一部なんでしょう？」

サリーは、両親を説得したいと焦っているみたい。私の両親より年上だからかも。

「まぁ、それも神父さんが説得してからになりそうだ。サリーも狩人の村生まれだから、親近感は持ってもらえるだろう」

だよね！　上手くいくといいな！

「明日は、サリーはガラスコーティングした火食い鳥《カセウェアリー》の殻を売るのでしょう？　他のガラス製品も売るなら、早く寝た方が良いわよ」

私も西の行商人がスパイスや知らない植物の種を持っているかもしれないから、早く寝よう！

次の日、朝から火食い鳥《カセウェアリー》の世話をして、パンを焼く。少し多めに焼いたのは、行商人が買ってくれるかもしれないからだ。サンドイッチにして、集会場で売っても良いしね！

「ミク、今日は運ぶのを手伝ってくれる？」

サリーはまだマジックバッグを持っていない。

「良いよ！　それにマジックバッグを貸してあげる」

ガラス製品をそのままマジックバッグに入れたら壊れそうだけど、もう梱包《こんぽう》してあるなら大丈夫だと思う。

前世で読んだ本のマジックバッグには、インデックスみたいなのが付いていて、ごっちゃにならないし、壊れたりしないのにね。でも、こちらのも重くならないから、とても便利！

師匠達と朝食を食べてから、サリーと行商人の荷馬車に行く。

初めての行商人だから、少し緊張するけど、昨日、オリヴィエ師匠と一緒だったから、あちらは覚えてくれていた。商人って顔を覚えるのも必須なのかもね。

「やぁ、昨日、オリヴィエ様と来た子だね。また、石鹸《せっけん》を売りに来たのかい？」

ラリックさんが愛想よく話しかける。

「いえ、今日は友達のサリーがガラス製品を売りに来たのです」

行商人の近くの木陰でマジックバックからコソッと箱を出して、そこから二人で何個も運ぶ。ここからの交渉は、サリーに任せる。

エレグレースとマリエールもやって来て、飴を見ている。

「昨夜はありがとう！　とても美味しかったわ」

エレグレースは、プリンが気に入ったみたい。

「東の行商人とは違う飴があるのよ！」

マリエール、飴が好きなのは分かるけど、食べすぎ注意だよ。でも、一緒に見ちゃうけどさ。

「あっ、これは果物の砂糖漬けなのね！」

黄色やオレンジ色、薄い緑色の砂糖漬け。私も欲しくなる。

「あのう、砂糖漬けだけじゃなく、果物とか、苗木や種はないのですか？」

ラリックさんは、サリーと値段交渉中だから、他の若い商人に訊く。

「種なら、こちらにあるよ！」

木の小さな棚にいっぱいある。

「見ても良いですか？」

勿論《もちろん》！　と言ってくれたので、夢中になっちゃった。何種類かは、もう持っている種だけど、何個かは知らない種がある。

「このマッカって何ですか？」

知らない種も育てたいけど、どんなものかは聞いておきたい。

「ううん、甘い瓜《うり》だよ。だけど、南部でしか育たないかもな」

やった！　スイカも好きだけど、瓜も欲しかったんだ。

「お嬢ちゃんは、植物に興味があるのかい？」

サリーとの交渉を終えたラリックさんが、こちらにやって来た。植物育成スキルは、人間には教えてはいけないとママやパパ、そして師匠達からも言われている。

「ええ、だって薬師になりたいから！」

「そうだな！　オリヴィエ様の弟子なのだから、植物も色々と勉強しなくてはいけないな。早く、調合薬を作れるようになっておくれ」

まだ煎じ薬しか作れないけど、いつかはね！　でもその前に竜の討伐という高い壁が聳《そび》え立《た》っているけどさ。

ラリックさんのお陰で、色々な珍しい種と、苗まで買えた。

「これは、育てられるか分からないけど、オリヴィエ師匠にラリックからのプレゼントだ。秋にもう一度来るから、調合薬をお願いしておくよ」

本当に調合薬が欲しいみたい。変なの。

「そんなに島には調合薬が必要なのですか？」

ラリックさんは、難しい顔をする。

「変な話だけど、こちらが冬になる頃に、島は夏になるんだ。元々、島はこちらの大陸より暑いのだが、夏になると長雨になって、風土病が流行《はや》る。だから、調合薬が飛ぶように売れるのさ」

それって、赤道を越えて南半球になるって感じなのかな？　熱帯雨林気候なの？

「どんな症状なの？」

「腹下しと熱が出ることが多いそうだが……島には行ったことがないから、詳しくはないのだ」

それ、一番大事だよ！

「今度、秋に来るまでに詳しく聞いておいて！　煎じ薬でも効くのがあるかもしれないわ。調合薬は、保存が半年しかきかないから、煎じ薬の方が遠い所に運ぶなら便利ですよ」

なるほど！　とラリックさんは、ポケットからメモを出して書いている。そのくらいオリヴィエ師匠も言っていたと思うのにね！　高い調合薬ばかりに気を取られていたのかも。

一旦、木の家《アビエスビラ》に戻って、サンドイッチを山ほど作った。行商人にも売るけど、神父さんにもあげるからね。

昼食の時に、ラリックさんから聞いた話をオリヴィエ師匠に話した。

「島の風土病かぁ！　それなら一度、行ってみたい。下痢といっても、下痢止めを処方して良い場合と、いけない場合があるからな」

島かぁ！　私も行ってみたいなぁ！

「オリヴィエ、駄目よ！　そんな風土病が流行っている土地へ行くなんて！」

アリエル師匠が止める。竜を倒すのは平気なのに、風土病は怖いのかな？

「前も、そう言われて行くのを止《や》めたのだけど……まぁ、ミクが卒業するまでは無理だな」

ホッとアリエル師匠は息を吐いたけど、私的には行ってみたいな。

「ミク、貴女《あなた》も駄目よ！　噂《うわさ》では死人も出てるそうよ」

それは怖い。今度は長生きしたいのだ。

「島との行き来はあるのですよね？　雨期に発生するなら、その病に罹《かか》った人が船で西の国に来ることはないのですか？」

「それが、不思議と西の国では流行ったことはないのだ」

ふうん、人から人に移る病ではないのかな？

「オリヴィエ！　ミク！」

アリエル師匠から釘《くぎ》を刺されるように「駄目よ！」と言われたから、ここまでにしよう。

オリヴィエ師匠は、きっと私が卒業したら、島に行きそうだ。私も行きたいけど、その前に竜の討伐が待っているんだよね。

神父さんがエルフの村を回って説得してくれることになったので、私とサリーは親に手紙を書く。

「うちのパパとママ、あまり字が読めないのよね」

サリーも簡単に書こうと頭を悩ませているけど、私もだよ。

「狩人の村の森の人《エルフ》も、アルカディアの森の人《エルフ》と同じように、光の魔法を使って長生きしてほしい。私も光の魔法を習っているんだ」

やはり、習得できたと書けたら、説得しやすいのだけど、やはり、しっかりと光の魔法の練習をしなきゃいけない。

「神父さん！　バンズ村にも行くのですか？」

神父さんは、笑って手紙を預かってくれた。

「あと、これはお弁当です。それと、堅焼きのクッキー！　これなら、数日は食べられます」

護衛と神父さんのお弁当を渡して、アルカディアの門まで送っていく。

サリーは神父さんが見えなくなるまで心配そうに見送っていた。

「ママとパパ、手紙を読んで光の魔法を習ってほしいわ」

うちの親より年上でも数歳の差なんだけど、サリーはずっと心配している。手紙もたくさん書いていたけど、読めるのかな？

「サリーの両親は字をいっぱい読めるの？」

「ううん、でも村長さんに読んでもらうと思ったの。私が言うことなら信じてくれると思うもの」

そっか、その手もあったね。私は親が分かるように、簡単な言葉だけで書いた。

「信じても、アルカディアに来る気になるか？　そこが問題だよね」

師匠達は、覚えの早い子どもをアルカディアに招いて、後はその子が村に帰って皆に教えれば良いと言っていたけど、子どもを手放すより大人の方が良いのかも？

「ああ、そうだわ！　アルカディアには若者小屋がないから、師匠達も気がつかなかったのかも。若者小屋のお兄ちゃんやお姉ちゃん達なら、半分親からは独立しているから、不安にならないかも」

私が言った言葉に、サリーもハッとしたみたい。

「それよ！　子どもを攫《さら》うだなんて、アルカディアは考えてなくても、あっちとしては不安なんだわ」

木の家《アビエスピラ》まで二人で走って帰って師匠達に説明する。

「ああ、それは良いかもな。アルカディアでは十歳まで親と一緒に暮らすから、思いつかなかったよ。だが、若者小屋の子も三歳ぐらいなんだろう？　私達が考えていた子どもは八歳以上、少なくとも五歳以上なんだよ」

そういえば、私とサリーが二歳なのにも驚いていたね。

「もっと狩人の村の情報が欲しいわね。どうもお互いに無関心すぎるのかも。交流が途絶えているのが問題を大きくしたのよ」

アリエル師匠も、アルカディアと狩人の村の双方に問題があると気づいたみたい。

「また長老会を開こう！　それにアルカディアの技術を狩人の村にも広げたい」

伝統工芸とか鍛冶や魔導具、そして魔物の畜産、私が飼っている火食い鳥《カセウェアリー》やサリーが世話している蜂《キラービー》、この技術も広めなきゃね。

「ただ、少し問題があるのです。狩人の村の森の人《エルフ》は、狩りが大好きで、菜園も芋しか作らない程度でした。ミクがあれこれ作って、食べたら美味しかったから、少しは他の野菜も作るようになったけど……基本は、狩りをして暮らしたい森の人《エルフ》の集団なのです」

サリーが言う通りなんだよね。

「名前からして狩人の村だからなぁ。それにアルカディアにも狩りが大好きな森《エ》の人《ルフ》が多い。だから、学舎にいる時期だけでも他の技術を手につけるようにと指導しているのだ」

確かに、菜園で見かける森《エ》の人《ルフ》は、ほぼ同じメンバーだ。

「狩りは、楽しいから仕方ないわ」

えっ、いつもソファーで本を読んでいるアリエル師匠が、そんなことを！

「ははは、アリエルは竜を狩るのが趣味だからな！」

ドラゴン・スレイヤーだとは聞いたけど、普段は狩りに参加していないよね。

「普通の魔物なんか、いちいち狩る気にならないわ。お肉は美味しいから買うけど、それで十分よ」

私は、この前小さな鹿をやっと狩ったばかりだから、竜なんか狩るのは怖い。だから、アリエル師匠の言っている意味が分からないよ。

行商人も明日には旅立つから、少しサンドイッチとか買ってもらおう。お金は火食い鳥《カセウェアリー》の卵やピザ、パンなどを売って、貯《た》めてあるけど、それは自立する時の為《ため》なんだ。

ちょこっとだけ、果物の砂糖漬けとか買いたいから、多めに作ったサンドイッチを持っていく。

「あっ、ミク！　サンドイッチだね！」

丁度、狩人達も帰ってくる時間だったので、集会場でサンドイッチがかなり売れた。

「なぁ、今度はいつピザを焼くんだ？」

ピザもかなりお小遣い稼ぎになるんだよね。

「明日、焼くつもりよ」

宣伝は大切だからね。

「夏休みなんだから、雨の日以外は焼いたら良いのに！」

それは、ちょっとね！　他にもしたいことがあるし、光の魔法を習得しなくちゃいけないから。

「おお、お嬢ちゃん！　確かミクだったかな？　それは何だい？」

ラリックさんが籠の中のサンドイッチに興味を持ったみたい。

「パンに卵や野菜や肉を挟んだものです。美味しいですよ！」

残ったサンドイッチを全部買ってもらったので、果物の砂糖漬けを買って帰ることにした。

幕間　説得しに行こう！（神父さん視点）

アルカディアで思いがけない話を聞いた私は、狩人《かりゅうど》の村を説得して回ることにした。

「私も光の魔法を習得できるのだろうか？」

狩人の村に生まれたが、狩人スキルには恵まれず、得たのは『説得』スキルだけ。

他の森の人達《エルフ》と違い、成長も遅かった。とはいえ、人間の子ほどは遅くはないし、齢《よわい》六十になるが健康状態にも恵まれている。

エスティーリョの神に護《まも》られていると考えていたが、光の魔法が地味に効いていたのかもな。

運動神経に恵まれず、木から木へ移動もできず、劣等感を持ちながら狩人の村で過ごした子ども時代は、今でも心の棘《とげ》になっている。

「私は良い！　十分に生きたし、神に仕える人生に満足している。だが、ヨシは……あの子は、これから光の魔法を習えば役に立つのでは？」

狩人の村に生まれたのに狩人スキルを持たない子は辛《つら》い。

ミクやサリーは、ごく少ない成功例だ。サリーは風の魔法使いのスキルという有利なスキル持ちだし、ミクは薬師に料理に植物育成！　何だか、ごっちゃなイメージだけど、この持たせてくれたサンドイッチはさぞ美味《おい》しいことだろう。

そろそろ腹が減ってきたし、休憩しよう。

「おおい、休憩にしないか？」

木の上で警戒している少年に声を掛けたら、ぴょんと音もなく飛び降りた。やはり、この運動神経だけは何歳になっても羨ましい。

「少し尋ねるのだが、ミクやサリーはアルカディアで上手《うま》くやっているのかい？」

私をラング村まで護衛してくれている十歳程度の少年にサンドイッチを食べながら質問する。確か、ガリウスと言ったかな？

「ああ、あの二人は学舎《まなびや》でも仲間だと思われているし、いずれ人間の町に出ていく時は、グループを組もうと皆が狙っている」

ミクの作ってくれたサンドイッチ！　こんなの人間の町、王都でも食べられない。

「それは料理目当てかな？」

ガリウスは、少し笑って否定する。

「まぁ、それもあるけど、あの二人は真面目《まじめ》に努力しているし、優しいからな。最初は、少し私達も様子を見ている感じだったけど、本当に良い子なんだ」

まぁ、それは分かるよ。ミクは明るくて、前向きだ。サリーは少し負けず嫌いで、その分努力もしている。

「狩人の村の森の人《エルフ》も光の魔法を習得できるのかな？」

ガリウスは首を捻《ひね》っている。

「サリーは習得したが、ミクは手こずっている。でも、自分に守護魔法は掛けられるようになったから、あともう一歩なんだ」

なるほどなぁ、サリーは魔法が得意そうだ。

「長老会のメンバーは、狩人の村の森の人《エルフ》も光の魔法で成長が早いのだから、元々は素養があると言っていた。ただ、やはり若い方が習得しやすいかもしれないとも言っていたな」

若い子は、光の魔法で成長している途中なのだ。大人になると、光の魔法で老化を防いでいるのだが、七十歳を超えると、それが劣化してくる。

アルカディアの森の人《エルフ》は、六十歳ぐらいから、意識的に自分に光の魔法を掛けて、老化を防いでいるのだ。

「ミクとサリーが説得したら良いのかも？」

「ははは、それはそうだな」

サンドイッチを食べて、ラング村に向かう。私で説得できなければ、ミクとサリーを連れていっても良いかもな。

第十章　長生きしよう！

私とサリーは、神父さんがちゃんと説得してくれるか、不安な毎日を送っていたが、師匠達はそれを見抜いていたみたい。

「狩人《かりゅうど》の村の件が気になるのは仕方ないけど、そろそろ夏休みも終わる。ミクは光の魔法の練習と薬草の採取を頑張ろう！」

そうだよね！　サリーもアリエル師匠に「蜂蜜を取って、二回目の蜂蜜酒《ミード》を作りましょう」と言われている。私より、サリーの方が魔法の修業は進んでいるからね。

今夜は、ピザを焼く予定だったけど、光の魔法の修業に専念した方が良いのかな？

「師匠、光の魔法の修業を見てもらえますか？」

オリヴィエ師匠は、承知してくれたけど「ピザを焼くんじゃないのか？」と首を捻《ひね》る。

「ええ、その予定でしたが、少し真面目《まじめ》に光の魔法を習いたいと思ったのです」

うん、私が習得できたら、狩人の村の森の人《エルフ》も自分にもできると思うだろうからさ。

「ミク、偉いな！　だが、ピザは夕方からでも焼いた方が良いよ。皆も楽しみにしているからね」

確かにね！　それに、冬になったら外でピザを焼くのは寒くなりそうだもの。

「ええ、生地とソースを作ってから、教えてもらいます」

台所で、サリーも手伝ってくれて、ピザ生地とソースを作る。

「今日の具材は、魔物の肉の燻製《くんせい》とアスパラガスなのよ」

サリーはアスパラガスが好きなので嬉《うれ》しそうだ。

「ミク、そろそろ夏休みも終わりだわね。学舎《まなびや》に行くのも初めてだったし、夏休みも初めてだったけど、楽しかったわ」

狩人の村の森の人《エルフ》が光の魔法を習うと決めてくれるかは、やはり心の奥で心配しているけど、転生してから一番子どもらしく過ごした夏休みだと思う。

本当に、この世界は厳しすぎるけど、アルカディアでは少しだけでも余裕があるからかな？

「ミク、光の魔法の守護魔法はできるのだろう？」

オリヴィエ師匠と魔法の特訓だ。普段は、薬師の修業が多いとまでは言えないけど、あれこれ役立つことを中心に習っている。

「ええ、自分の周りにだけですけど」

火食い鳥《カセウェアリー》の世話を毎日しているし、蜂《キラービー》の近くに果樹を植えているから、守護魔法は必須だよ。

「やってごらん！」

ええっと、守護魔法は前世のバリアのイメージで掛けているんだよね。改めてするとなると緊張しちゃう。

「ふむ、ちゃんと掛かっているね。もう少し、範囲を広げることはできるかな？」

今の守護魔法は私の身体《からだ》に沿って掛けている。火食い鳥《カセウェアリー》のキックや蜂《キラービー》に刺されないようにするだけだからね。

「広げる？　どのくらいですか？」

オリヴィエ師匠は、少し考えてから、答えた。

「もし、ミクが森に居て、魔物が襲ってきたとする。そして、そこに他の人が居たら、その人を護《まも》らなくてはいけないだろう。ミクと私を護る為《ため》に範囲を広げ、強くするんだ」

オリヴィエ師匠を私が護る必要があるとは思えないけど、もっと幼い子とか、神父さんとか行商人とかかな？　幼い子ってアルカディアでは私とサリーになるんだけどさ。

イメージ的に神父さんにしてみる。魔の森を移動する時に、リュミエールが掛けていた守護魔法をお手本にしよう。

「守護魔法！」

あっ、思わず叫んじゃった。うん、でも何となく私と師匠の周りに守護魔法が掛かっている気がするよ。

「おお、ミク！　上手《うま》いじゃないか！」

褒めてもらって嬉しい。魔法関係は、サリーに二歩も三歩も遅れているからね。体術とかもだけど……。

「守護魔法以外の光の魔法はライトですか？」

ライトが下手《へた》なんだよね。イメージ的に蛍光灯とかを考えるからかも？

「ライトは、私も苦手なんだ。ライト！」

バッと眩《まぶ》しい光が目に刺さる。

「ごめん！　調整が下手なんだよね。ライト！」

今度は小さな光の玉が師匠の指先に出た。

「師匠でも苦手なことがあるのですね」

オリヴィエ師匠も苦笑している。

「私は治療の方がまだマシだな。いつもアリエルがいるから、ライトを使うことがなかったからかも？　だから、ミクもサリーに頼りっきりにならないように練習しなきゃな！」

そうなんだよね。いつも一緒だから、洗濯物を乾かすのもサリーに任せちゃうんだ。

「ライトは使えると便利だし、蠟燭《ろうそく》代の節約にもなる。それに、人間の町の蠟燭は魔物の脂で作られているのが多くて、臭いんだ」

狩人の村の蠟燭も魔物の脂だったから、やはり匂いが気になった。まぁ、夜はすぐに寝ていたから、さほど使うこともなかったけどね。

午前中、光の魔法の修業をして、なんとかライトを少しの間はつけられるようになった。サリーは褒めてくれたけど、アリエル師匠は「一瞬だわね」と笑った。

午後からは、マジックバッグのお手入れを頼まれていたので、オリヴィエ師匠を手伝う。

「ほら、ミクもひっくり返してごらん」

今回は二つ持ち込まれたので、小さい方をやってみる。

「ううん、いくらひっくり返してもキリがありません」

革のバッグを裏返そうとしてもいつまでも、同じ作業をしている感じだ。

「それは、指先に魔力を通していないからだよ。マジックバッグの広い空間を全てひっくり返そうとしても無駄だ。その革のバッグのみをひっくり返すんだ」

よく分かるような、分からないようなオリヴィエ師匠の説明だ。

「ちょっと一緒にやってみよう」

私の手の上にオリヴィエ師匠が手を重ねて、バッグをひっくり返す。指に魔力を込める？　何となく分かるかも？

「何か感じただろう？　一人でやってごらん。マジックバッグを作ったり、手入れしたりできたら、かなりの収入になるからね」

薬師の修業より、こちらを勧められているのかな？　少し不安そうな顔になったのかも。オリヴィエ師匠がぽふぽふと私の頭を撫《な》でる。

「薬師の修業は、何年も掛かる。その間に、マジックバッグが作れるようになれば、人間の町での生活の足しになると思っているのさ」

そうだよね！　薬師って何年も修業するんだもん。

「ちょっと頑張ってみます！」

指の先に魔力を集めて、革のバッグだけをひっくり返すイメージで、やってみる。

「おお、できたじゃないか！」

やっとひっくり返せた。

中はかなり汚い。私が前世で読んでいた作品のマジックバッグは、インデックスが付いていたり、中身はぐじゃぐじゃにはならない感じだったけど、このバッグの中は土や魔物の血や毛までこびりついていた。

「これを綺麗《きれい》に拭いて、薄くなっている空間魔法陣を描き直せば良いのだ。描いてみるかい？」

それは遠慮しておく。

「これは、頼まれたマジックバッグだから。今度、サリーのバッグを作る時にやってみます」

サリーのだったら、ちゃんとできるまで、何回でも試せるからね。

「そうか、バッグも何個か作ってくれたから、それもついでに魔法陣を描いて渡さなきゃいけないな」

夏休みの間に、革のバッグを何個か縫ったんだ。一つはサリーに作ってあげる予定。

「ミク、このマジックバッグは、アルカディアの森の人《エルフ》は使っているけど、人間はあまり使っていないんだ。何個かは出回っているようだけど、人前で使う時は用心しなさい」

そうだよね！　凄《すご》く便利だもの。

「はい！　もし、サリーのを作れたら、渡す時に注意しておきます」

盗まれたりしたら大変だもんね。そこから、空間魔法陣をオリヴィエ師匠が描くのを真剣に見学した。

「ミク、これを書く時に魔力を込めることが重要なのだ。多分、今のミクでは、小さな容量のマジックバッグしかできないだろう」

それは、良いんだ。サリーのマジックバッグ、最初は小さな容量でも、アルカディアにいるなら、それで十分だし、お手入れする時にもっと魔力を込めれば、どんどん大きくなるからね。

「初めてだから、一緒に描こうか？」

その方が失敗はないだろうけど、自分でやってみたい。

「師匠、自分でやって駄目な時はお願いします」

ペンを持つ前に、深呼吸する。集中して、魔法陣を描きたい。

「魔法陣の図柄を間違えないように！」

それは分かっている。何度も石板に描いて覚えたんだ。ちょこっと、前世の昔の漢字に似た象形文字っぽいのが組み合わされているから、覚えるの難しかったけどね。

「そう、もっと魔力を込めて！」

ふぅ、汗が額からバッグの革に一滴落ちる。もっと、もっと集中しなくては！

ペン先に魔力が伝わっているのか、少し不安になるけど、呼吸に気をつけながら、魔力を指先から送り出す。

「あと、もう少しだ！　頑張れ！」

分かっているけど、魔力が足りない。魔法陣が歪《ゆが》みそうだ。

石板に描く時は、魔力を込めていなかったから、スムーズに魔法陣を描けていたのに、今回はあちらから反発があって、描きにくいんだよ。気を抜くと歪んじゃう。あと、もう少し！　もう少しだから、頑張ろう。

「やったぁ！　描けました！　でも、ちゃんとマジックバッグになっているかな？」

ここから魔法陣に魔力を注がないといけないんだけど、私は疲れちゃったよ。

「試すのは、私がしてあげよう」

師匠が魔力を込めて、ひっくり返してくれた。本当は自分で、ここまでしなきゃいけないんだけどさ。

「何か入れてごらん」

サリーにあげるんだから、中が汚れるようなものは入れたくない。

「そこの本を入れても良いですか？」

アリエル師匠ほどではないけど、オリヴィエ師匠の仕事部屋にも本はいっぱいある。この革のバッグの大きさなら、五冊も入れたらパンパンになる筈《はず》だ。

「十冊入れても、まだ余裕があります」

やったね！　容量はそんなに大きくはないかもしれないけど、ちゃんとマジックバッグになっている。

「うん、多分、五十冊ぐらいは入るだろう。蜂《キラービー》の巣は無理かもしれないな」

うん、それは無理かもね。来年は、巣を増やすそうだから、その時はアリエル師匠のを使うか、私が魔法陣を描き直すかだ。

「ミク、ありがとう！　大事に使うわ」

サリーは大喜びしてくれたけど、まだ容量は大きくないんだ。

「来年、手入れする時にもっと魔力を込めて大容量にするからね」

オリヴィエ師匠とアリエル師匠は「頑張りなさい」と笑っている。

夕方からのピザは、学舎の皆も来てくれたので、一緒に夏休みの間にやったことを話し合った。

こういうの、前世でもしたかったんだよね。

ずっと家で安静にしているか、病院に居るかだったからさ。

「ねぇ、夏休みが終わってもピザはやめないでね！」

マリエールに頼まれたけど、どうかな？　もしかしたら、狩人の村に行くかもしれない。

「ピザだけじゃなく、肉まんでも良いな」

リュミエールの発言に男の子が賛成する。皆、肉まんも大好きみたいだ。

「そうね！　寒くなるまでは、何か売りたいわ」

わちゃわちゃ喋《しゃべ》りながら、夏休みは終わっていった。

夏休みが終わり、学舎が始まった。違うのはガリウスが卒業して、エレグレースが年長となったぐらいだ。

皆を見渡して、メンター・マグスは夏休みの報告を受ける。

エレグレースは、この夏休みは狩りに出かけて腕を上げたみたい。マリエールも火の魔法と光の魔法の腕を上げたし、錬金術もかなり学んだそうだ。

ヘプトスは、土の魔法と光の魔法、そして水の魔法を練習しながら、畑の管理をし、木工細工作りの修業もした。

リュミエールは、自信満々で光の魔法はかなり修業が進んだし、親と狩りに何回も行ったと報告していた。

「サリーは、風の魔法、光の魔法だけではなく、水の魔法も使えるようになったのだな。それとガラス細工作りも学んだのか！」

メンター・マグスにサリーは褒められている。ふぅ、本当にサリーは魔法の才能に恵まれているし、努力家だよ。

「私は……まだ光の魔法が少ししか使えません。やっと、守護魔法を自分に掛けられる感じです。それとライトは瞬間だけ……」

マリエールも夏休み前は、光の魔法が使えなかったのに、あっという間にできるようになった。

ここにいる子どもで、光の魔法をちゃんと使えないのは、私だけなのだ。

シュンと俯《うつむ》いている私の肩をサリーが摑《つか》んだ。

「ミクは、夏休みの間、火食い鳥《カセウェアリー》の世話をしたし、畑で野菜を作り、料理をいっぱいしたわ。それに、守護魔法も長い時間掛けられるようになったし、トレントやビッグエルクも討伐したじゃない！」

周りの子ども達も私を囲んで、励ましてくれる。

「ミクの作るピザやプリン、とても美味《おい》しかったわ」

エレグレースは、甘い物が好きだからね。

「料理だけじゃないさ。土の魔法で畑を耕すのも上手いし、小麦畑を植物育成で成長させてくれている。ここに来て五ヶ月もしないのに凄い進歩だよ」

ヘプトスは一緒に畑仕事をすることが多いからね。

「ミクはサリーと比べる必要はないのよ。サリーの方が光の魔法を先に習得したから焦るのは分かるわ。私もなかなか習得できなかったから。年下のリュミエールはスキル持ちだから仕方ないと、自分に言い聞かせても、やはり焦ったわ」

マリエール！　そうだよね！　習得スピードを争う必要はないのだ。

「私が役に立つなら、何回でも、何百回でも守護魔法をミクに掛けてあげるよ！」

リュミエール、少しお兄ちゃんぶった言い方だけど、ありがたいよ。

「ミク、皆の言う通りだよ。まだ二歳なのに頑張りすぎなほど、頑張っている。光の魔法は、もう少しでマスターできるだろう。この学期は、武術訓練で身体を鍛えよう！」

メンター・マグス……それ、凄く嫌な目標だよ。まだ、魔法の方が少しは見込みがあるかも？

でも、前世とは違う健康な身体があるのだから、頑張ってみよう。

「はい！」と答えたけど、これは難しかった。

学習の方は、四の巻になったんだけど、リュミエールはチビの私に追いつかれてはいけないと五の巻になったから、私一人だ。サリーは、三の巻。

これで、魔の森の外の地理を教えてもらえるね。

学舎の一時間目は、学習。これは、ほぼ大丈夫。書き方も計算も問題なくできる。ただ、地理の授業は、メンター・マグスに説明してもらわないと進まないんだよね。

教科書には、ざっとした地図で国の名前と首都とか大きな街しか書いていない。

「魔の森に一番近い王国は、東にはハインツ王国、西にはルミナス王国がある。このハインツ王国とリドニア王国は、一年前に戦争したのだ」

地図を見ながら、メンター・マグスの説明を聞く。

「私は、またこの二国が争うのではと聞いたのですが……」

何故《なぜ》、戦争なんかするんだろう。

「ミクは、よく知っているな。もしかして、バンズ村の森の人《エルフ》も戦争で亡くなったのか？」

メンター・マグスは悲しそうな目をして言った。

「ええ、何人もの若者と前から人間の町で暮らしていたバンズ村の出身者が戦争で亡くなりました。それに、魔の森の端のエバー村の人達は徴兵されそうになって、狩人の村に退避したのです」

悲痛な顔で頷《うなず》いていたメンター・マグスは「徴兵」と聞いて、拳を握り締めた。

「森の人《エルフ》は、人間の王に屈したりはしない！」

メンター・マグスの怒りの籠もった声に、全員が注目した。

「メンター・マグス？　どうされたのですか？」

エレグレースが代表して質問する。

「ミクから、ハインツ王国とリドニア王国の戦争について聞いたのだ。狩人の村の森の人《エルフ》が何人も戦争で亡くなったのは知っていたが、端の村・エバー村にハインツ王国が徴兵を掛けたなんて知らなかった。森の人《エルフ》は、人間の王の支配は受けない！」

皆もメンター・マグスの憤りに驚いていたが、森の人《エルフ》としての誇りを刺激されたのか、口々に「人間の王なんかに支配されるもんか！」と叫び出す。

少し興奮しすぎだと、私とサリーは二人で固まっていた。昔、森の人《エルフ》が奴隷にされた時、国を滅ぼす勢いで攻めて、全員取り返したと聞いたことがあるけど、アルカディアに来て『本当かな？』と思うほど、狩人の村に無関心だった。

でも、今、それが本当だったんだろうなと実感したよ。

「ああ、ミク、サリー！　私達は森の人《エルフ》の危機に何もしなかった。これは、長老会で話し合わなくてはいけない」

メンター・マグスは落ち込んでいたけど、冷静さを取り戻していた。

「皆は、勉強を続けなさい。私は、ミクとサリーに詳しい話を聞こう」

他の子が勉強し始めたので、メンター・マグスは私達に質問した。でも、難しい村長同士の話は知らないから、私とサリーはエバー村の子ども達と過ごした日々のことを話した。

「そうか、エバー村の避難民を狩人の村で引き受けたのか……冬の時期に、他の村の避難民を養うのは大変だっただろう。それにしても、エバー村の森の人《エルフ》は、木の間の移動の仕方も忘れてしまっていたのか……。狩人の村の森の人《エルフ》は光の魔法の使い方も忘れてしまっているようだし……これは、森の人《エルフ》として、見逃せない問題だ」

メンター・マグスは、ぶつぶつ言っている。これで、狩人の村の森の人《エルフ》に光の魔法を教えるのに積極的になってくれたら良いんだけどね。

この日は、武術訓練で……まぁ、弓は何とか近い的には当たる時もあるけど、他の子は百発百中だからさぁ、やる気がだだ下がりなんだよね。

この日、師匠達も長老会に呼び出されたみたい。今回は短時間、それに少ないメンバーで話し合った。

「ミクは、まだ光の魔法を習得できていないが、守護魔法とライトは使えるよな」

長老会から帰ったオリヴィエ師匠に確認された。

「ええ、ライトは短い時間しか使えません」

もっと使えたら、説得しやすいのかも。夏休み、私なりに頑張ったんだけどね。

「いや、まだ五ヶ月しか修業していないのに、ミクは色々とできるようになっているよ」

オリヴィエ師匠は、そう言ってから腰を屈《かが》め、私の目を見て重大な提案をした。

「一度、バンズ村に戻って、村の人と話してくれないか？」

それって、狩人の村の人に光の魔法を教える件だよね。

「サリーも一緒に行って、説得してほしいの」

アリエル師匠は、サリーに話している。

「勿論《もちろん》、私達も一緒に行くつもりだよ。それに、神父さんもね！」

オリヴィエ師匠は、そう言うけど……神父さんは、いつも年に一回しか狩人の村には行かないんだけど？

「アルカディアから教会を通して神父さんに要請することになったんだ。魔の森の狩人の村の人達を説得できるまで、人間の村は他の神父さんに巡回してもらおうと」

確かに、この件は森の人《エルフ》にとっては重要だよ！　これまで、アルカディアも何回か説得はしていたけど、ここまで本気ではなかった。

「それって、メンター・マグスからの提案ですか？」

師匠達は、少し苦笑した。

「ああ、私達も賛成したのさ。エバー村の件を知らなかったし、それの援助もアルカディアはしなかった。その反省を込めて、同族の援助をするべきだと考えたのさ」

本当に、狩人の村の森の人《エルフ》も光の魔法を覚えて、長生きできるようになれたら良いな！

神父さんが夏の間滞在するのは、魔の森の西のルミナス王国なんだって。それも、王都とかは他の神父がいるそうで、田舎《いなか》の小さな町を転々と移動しているみたい。

もしかして、神父さんって窓際族なのかな？　なんて失礼なことを考えていたけど、森の人《エルフ》の神父は珍しいし、結構貴重な存在だそうだ。これは、アリエル師匠から聞いたんだけどね。

「馬で神父さんを迎えに行った連中が帰ってきたら、狩人の村を説得に回る予定だけど、ミクとサリーはバンズ村に行ってもらう」

オリヴィエ師匠に計画を説明してもらった。知らない村の説得なんて、二歳児には荷が重たいからね。せめて、私の家族だけでも説得したい。

「ミク、それまでに光の魔法をもう少し練習しておこう！」

サリーに励まされて、光の魔法を練習するのだけど、ライトはちょこっと長い時間つくようになっただけ。ふぅ、上手いことといかないいな。

ママやパパの前で、光の魔法を私が颯爽《さっそう》と使えたら、説得しやすくなるんだけどさぁ。

「家にお土産《みやげ》を持って帰りたいなぁ」

アルカディアでは、狩人の村よりも豊かな生活をしている。弟と妹のバリーとミラに甘い物をお土産にしたい。

「ミク、うちの家族にもお願いできるかな？」

「勿論！　サリーの家にもお土産を持っていくつもりだったよ！」

二人で何が良いか考える。この夏休みに私はピザを売ってかなり儲《もう》けたし、サリーもレモネードを売ったり、火食い鳥《カセウェアリー》の卵をガラスコーティングしてお小遣いを稼いだ。

「日持ちがするクッキーが良いと思う。あと、トマトソースの瓶詰めや生姜《しょうが》の蜂蜜漬けとか……」

夏休みは終わったけど、まだ暑いから、ケーキとかは日持ちしなそう。それに、クッキーならママが他の家に配るのも簡単だもんね。狩人の村では、皆が親戚だから気をつかうんだ。

サリーに手伝ってもらって、クッキーをいっぱい焼く。それを大きなガラス瓶に入れて蓋をする。こうしておけば、湿気《しけ》なくて良いからね。

「ワンナ婆《ばあ》さんは、クッキーでいいけど、ヨハン爺《じい》さんは、お酒かな？」

蜂蜜酒《ミード》もガラス瓶を作って少しお裾分けする。樽《たる》のままあげることはできないけどさ。

それと、風邪や腹痛の煎じ薬の紙袋も用意したよ。風邪の薬と言っても、咳《せき》を鎮めるだけの対症療法だけどさ。あと、熱冷ましの煎じ薬とか、傷に効く軟膏《なんこう》とかね。

私はまだオリヴィエ師匠から調合薬を習っていない。それに、あれは半年ぐらいしか保存できないから、お土産には相応《ふさわ》しくない。

「ミク、石鹸《せっけん》を分けてくれない？」

「あっ、そうだね！」

狩人の村では無患子《むくろじ》で身体を洗っていたんだ。あれは、あれで良いけど、やはり石鹸の方が綺麗になる。

「食器を洗う動物性石鹸と身体を洗う植物性石鹸、それと布が狩人の村では高いから、こちらで布を買っていきたいな」

アルカディアでは、何人かが機織りをしているので、行商人から買うより安いし、品質も良い。

「光の魔法だけじゃなく、ガラスや紙漉《かみす》き、機織りの技術も習ったら良いのにね」

サリーは、狩人の村のシンプルで貧しい生活に前からうんざりしていたみたい。

「確かに、今のままでは行商人に頼りすぎだもの」

私も魔物の皮とか角とかが、少し安すぎると思っていたんだ。オリヴィエ師匠みたいに、町での販売価格とか、そこで生活している森の人《エルフ》から聞くとかした方が良いんじゃないかな？

「神父さんが明日にはアルカディアに着くそうだよ」

夕食の時にオリヴィエ師匠がそう言った。

「ルミナス王国のどの町にいるかも分からない神父さんを見つけたのですか？」

私は、もっと時間が掛かると思っていたんだけど？

「明日、着くってどうやって分かったのですか？」

サリーは、そちらが疑問みたいで、アリエル師匠に質問している。

「ふふふ……まだ二人は、魔導具は知らないのね。今回は、神父さんを探しに行ったメンバーに通信の魔導具を持たせたのよ」

前世のトランシーバーかスマホみたいなものかな？

「そんなものがあるのですね！」

サリーも私も興味津々だけど、師匠達はそれ以上教えてはくれなかった。

そういえば、アルカディアに掛かっている守護魔法についても、まだ教えてもらっていないんだよね。ヒントは、何個か言われたけど……リグワード様が一人でずっと守護魔法を掛けているわけじゃないとか……そりゃ、もしそうだったら疲れるよね。

それと、光の魔法のスキル持ちのリュミエールが、いずれはアルカディアの守護魔法を掛けるようになるだろうとか……大丈夫かな？

リュミエールって、悪い奴《やつ》じゃないけど、兄弟子の方がしっかりしているような？　まぁ、リグワード様から兄弟子、そしてリュミエールが引き継ぐ頃には、百歳を超えてて落ち着いているかもね？

「魔導具かぁ、火が使えるなら、錬金術も習えるのに……」

サリーは野心家だし、魔法を積極的に習いたいと考えている。

「先《ま》ずは風の魔法をマスターしてからね！」

オリヴィエ師匠より、アリエル師匠の方が、修業について厳しい気がする。いつも、本人はソファーに寝転がって本を読んでばかりなのにね。

第十一章　懐かしい村へ

神父さんがアルカディアに着いて、一日は休憩することになった。いつものロバではなく、馬で移動したので疲れたそうだ。ロバは、ルミナス王国の魔の森の近くの村で面倒を見てもらっているみたい。あの子、気性が大人しいロバだから、私も乗ってみたいな。馬は、背が高いから少し乗るのは怖い。

「さぁ、ミクとサリー、用意は良いかい」

次の日の朝、神父さんは馬に乗って、そして何人かの森の人《エルフ》と一緒にアルカディアを出発した。

一番アルカディアに近いのは、ラング村だ。師匠と私達は、ここはパスして一気にバンズ村に行く。

神父さんと、何人かのアルカディアの森の人《エルフ》は、ラング村に一泊してから、バンズ村、そして他の狩人《かりゅうど》の村を回る予定だ。

「ミクとサリーの両親に挨拶したいと思っていたんだ」

私とサリーと師匠達は、木の間を跳びながらバンズ村を目指す。私も春よりは、移動が速くなっている。そんなに森歩きをしているわけじゃないけど、身体《からだ》が大きくなったからかも？

「うちの両親は、入門料が本当になくて良いのか心配していたから、師匠達と会えたら、安心すると思います」

サリーは、本当にしっかりしているね。私は、五ヶ月ぶりの帰省にうきうきしちゃっている。

ミラとバリー、大きくなったかな？　バリーは、もう私より大きかったけど、ミラは同じぐらいだったんだ。できたら、私の方が背が高いままだと良いのだけど……なんて、考えながら、木と木の間をぴょんぴょん跳ぶ。

「あっ、バンズ村が見えてきたわ！」

ひまわりは、もう刈り取ったみたいだけど、今年も咲いたんだ。良かった！　なんて、考えている間なんかなく、私とサリーは村へ駆け出した。

馬鹿だった。狩人の村では、昼に大人がいることはない。それに、ミラとバリーだって森歩きの最中だ。

「ワンナ婆《ばあ》さんならいるだろうけど、家族は狩りや森歩きだよね」

サリーと顔を見合わせて、がっかりする。いや、ワンナ婆さんも嫌いじゃないし、会いたいとは思っていたよ。でも、先《ま》ずは家族に会いたかったんだ。

「オリヴィエ師匠、大人達は狩りに出かけているし、私の弟と妹も森歩きに行っています」

アルカディアでも、狩人達は、日中は狩りに出かけるが、残る大人も何人かはいる。師匠とかガラス職人とか鍛冶《かじ》師とかはね。

「ああ、狩人の村だからね。でも、何人かは残っているだろう。その人から、狩人の村の人の反応を聞いてみたい」

オリヴィエ師匠とアリエル師匠は、こちらからの提案のどこがまずくて受け入れてもらえなかったのか疑問を解決したいと考えているみたい。

「私やサリーが赤ちゃんの時にお世話になったワンナ婆さんは、今でも赤ちゃんの世話をしているから家にいると思います」

サリーも同意する。

「そうだわ！　それに森歩きを指導してくれたヨハン爺《じい》さんも引退して一緒に住んでいるから、バンズ村の意見が聞けると思います」

「バンズ村の長老の話を聞くのは良いと思うわ」

若く見えるアリエル師匠より、ワンナ婆さんやヨハン爺さんの方が年下なんだよね。凄《すご》く不思議な気分になったけど、サリーと一緒にワンナ婆さんの家に師匠達を案内する。

「ワンナ婆さん！」

家に行ったら、ワンナ婆さんはいつもの椅子で編み物をしていた。

「おお、ミクとサリー！」

編み物を置いて、立ち上がって出迎えてくれたけど、かなり動作がぎこちない。

「ワンナ婆さん、こちらが私の師匠のアリエル様。そして、ミクの師匠のオリヴィエ様です」

私がワンナ婆さんの老いにショックを受けている間に、サリーが師匠達を紹介してくれた。

こんな点が、私の駄目なところなんだよね。本当なら十二年の経験があるのだから、私がちゃんと紹介しなきゃいけなかったのに！

「ああ、ミクとサリーの師匠さんかい。こちらにどうぞ……ヨハン爺さんもすぐに帰ってくるだろう」

赤ちゃんの時に食事をしていたテーブルに全員でつく。

「ヨハン爺さんは？」

小屋にはベッドが二台あるから、ヨハン爺さんがここで暮らしているのだと思う。

「ああ、森歩きには早い子どもを村の中で遊ばせているのさ」

私達は放し飼い状態だったけど、考えたら屋根の上を飛んだり危険なことをしていたかも？

それにしても、ワンナ婆さんが一回り小さくなった気がする。春にバンズ村を出て、今は秋になったばかり。

「失礼ですが、脚を痛めておられるのでは？」

オリヴィエ師匠が、お茶を淹《い》れようと暖炉に掛けてある鍋を持ち上げようとしたワンナ婆さんを止める。

「ワンナ婆さん、お茶なら私とサリーが淹れるわ。オリヴィエ師匠は、優れた薬師なの、診てもらったら？」

ワンナ婆さんを椅子に座らせて、オリヴィエ師匠が脚を診る。

「これは捻挫していますね。固定して、湿布をした方が良い」

オリヴィエ師匠は、マジックバッグから湿布と包帯を出して、ワンナ婆さんの脚を固定した。

「ありがとうございます。ここには薬師がいないから、脚を痛めて困っていたのです。子どもの面倒もなかなか見られなくて、ヨハン爺さんに手伝ってもらっている有様で……」

ああ、それで子ども達を外で遊ばすのにヨハン爺さんが子守りをしているんだね。

「やはり、薬師が村にいると良いな」

ワンナ婆さんが私を期待した目で見るけど、一年に数回の出番だけだと食べていけないよ。

「おお、ミクとサリーじゃないか！」

お茶を淹れて飲もうとしたら、ヨハン爺さんが子ども達を連れて帰ってきた。

チビちゃん達にもクッキーを配っておやつタイムだ。

「そちらの方達はアルカディアの師匠さんかい？」

あっ、クッキーを配るのに夢中で、紹介を忘れていたよ。

「こちらが私の師匠のアリエル様、そして、あちらがミクの師匠のオリヴィエ様です」

やはり、サリーの方がこういうことはしっかりしている。気をつけよう！

ヨハン爺さんも同じテーブルについて、クッキーを摘《つま》みながらお茶を飲む。

「これは、ミクが作ったのだな！　料理の腕があがったな！」

うっ、本当は薬師の修業なんだけど、アルカディアでも料理を評価される場面が多い。

「ワンナ婆さん、ヨハン爺さん、アルカディアから光の魔法を使って老化を遅くできるって聞いたでしょう？　どう思うの？」

ここは、ママやパパと話す前に狩人の村の意見を聞いておこう。

ワンナ婆さんとヨハン爺さんは、困ったように師匠達を見る。

「私達はもう老化が始まっているから、関係ないと思っている。若い衆は、習えるなら習ったら良いと思うが……狩人の村に住んでいる森の人《エルフ》は、頭が固いのが多いからな」

ヨハン爺さんは、若い頃は人間の町に住んでいたことがあるそうだ。そこで、結婚資金を貯《た》めて、結婚したんだね。ワンナ婆さんは、外には出たことがないけど、亡くなった旦那さんは出たことがあると言っていた。一度も狩人の村から出たことがない脳筋《狩り好き》は頭が固そう！　ママもかも？

「良い話だと思うけど、村の連中は自分が習得できないと思っている。子どもには長生きしてほしいが、手放すのは怖いみたいだ。自分達とは違う森の人《エルフ》に……アルカディアの森の人《エルフ》になるんじゃないかと思っているのさ」

師匠達が驚いた。

「アルカディアも同じ森の人《エルフ》ですよ！」

ワンナ婆さんが分かっていると手を横に振る。

「それは、そうなんだろうが……狩人の村の連中は魔法が使えないからねぇ」

ああ、狩人の村では狩人のスキル優遇だからね。魔法が使える森の人《エルフ》はここにはいない。

「魔法が使えなくても、森の人《エルフ》は元々光の魔法に恵まれているのです」

アリエル師匠が説明する。

「狩人の村でも赤ちゃんは、数日で歩き始めるのでしょう？　それは、無意識に光の魔法を使って成長を促しているのです」

その件は、前に来たアルカディアの森の人《エルフ》が説明したみたいで、ワンナ婆さんもヨハン爺さんも頷《うなず》いている。

「それは、初耳だったが、人間の子ども、そして森の人《エルフ》と人間の子の成長が森の人《エルフ》よりも遅いから、皆もそうだったのかと納得していると思う」

そうだよね！　戦争から逃れる為《ため》にエバー村の森の人《エルフ》や人間との子どもが避難してきた時、成長の違いを目にしたからね。

「では、子どもは光の魔法で成長中だから、習得しやすいのは分かっておられるのですね。サリーは光の魔法を習得しましたし、ミクもかなり頑張っています」

オリヴィエ師匠に「ミクも習得できました」と言わせてあげたかったよ。そうすれば、狩人の村の森の人《エルフ》達を説得しやすかったのになぁ！

「ううん、俺達年寄りは諦めがつく。だが、中途半端な歳《とし》の者は、内心で悩んでいるのだと思う。もし、自分は習得できて、連れ合いが駄目だったらどうするのか？　反対に、連れ合いは習得できて、若々しいままなのに自分は年老いていくかも？」

あっ、そうか！　狩人の村の森の人《エルフ》の大人は、ほぼ結婚している。

「それと、寿命が長くなるのは、良いことばかりではないさ。アルカディアでは、どうか知らないが、狩人の村では夫婦は三、四人の子どもを産む。狩人の村に残るのは、その中の一人か二人なのさ」

師匠は、ヨハン爺さんとワンナ婆さんの言葉を受けて、考え込んだ。

「アルカディアでも、若者は外に出ます。子育て中はアルカディアで過ごすことが多いですし、年老いたら帰ってきます。だから、狩人の村でも……」

子どもの数が違う気がする。オリヴィエ師匠も気づいて、途中で言葉を止めて考え込んだ。

夫婦の寿命の問題は、重大だよ。私とサリーは顔を見合わせる。だって、ママだけ長生きして、パパが早く亡くなったら困る。その反対でも、嫌だろうな。

「ああ、それは……相手に合わせたいと心から思うのなら、光の魔法を使うのを弱めれば良いのです。アルカディアでも、たまに人間と結婚する森の人《エルフ》がいますが、相手に合わせて歳を取ることを選択する手を使うこともあると聞いています」

アリエル師匠の説明に、オリヴィエ師匠が眉を顰《ひそ》める。

「アリエル！　それは、かなり変わった森の人《エルフ》と言えるのでは？　まぁ、できなくはないけど、私は賛成しないな」

確かに、一緒にいる相手を想《おも》うという面では良いけど、敢《あ》えて早く歳を取るのはどうなのかなと私も疑問に思っちゃう。

「そうか、そういうやり方もあるんだな。それが良いかどうかは分からないが、本人達がそれを選ぶこともできるという可能性があるのは、少し前向きに考える理由になるだろう」

今は、狩人の村の中年の森の人《エルフ》は拒否感が強いみたいだから、選択できるのは良いのかもね。

「それと、アルカディアでは若者にも手に職をつけるのを推奨しているのだが、アルカディアでも若者は狩りが好きだし、後継者不足で困っている分野もある。私は、狩人の村の若者に技術を学んでもらい、村で広めてほしいと考えている」

オリヴィエ師匠は、私にも薬師以外の技術を身につけさせようとしている。私は、もう少し薬師の修業に専念したいのだけどさ。

「ううむ、狩人の村の森の人《エルフ》は、基本的に狩人のスキルを賜っているし、狩りが好きなのだ」

ヨハン爺さんも身体が思うように動かなくなったから、狩人を引退したけど、ママやパパも狩りが大好きだもんね。

「狩人でも食べていけますが、副収入を得るのも良いと思いますよ。これからの子ども達は、より長生きするようになるのだから」

アリエル師匠の言葉に、ワンナ婆さんは納得する。

「そうだねぇ、長生きするなら、狩りだけじゃなく、何か他にも収入を得る術《すべ》を身につけた方が良いかもねぇ」

狩人の村の赤ちゃんを全て面倒見てきたワンナ婆さんは、その子達が幸せに暮らせるように願っているのだ。

「おお、森歩きの連中が帰ってきたようだ！」

ヨハン爺さんは、森歩きは引退したのだけど、やはり気になるみたいだね。

「師匠、弟と妹も帰ってきたみたいです！」

私とサリーは、兄弟達を迎えに出る。

「バリー、ミラ！　大きくなったわね！」

元々、弟のバリーには背を抜かれていた。ミラよりは少しは背が高かった筈《はず》なのに、同じぐらいの目線になっちゃっている。

「お姉ちゃん！　帰ってきたの？」

帰ってきたわけではないけど、帰宅ではあるのかな？

「ミラ、バリー！」

兄弟で抱き合う。ああ、やっぱり家族って良いなぁ！　アルカディアでも友達はできたし、師匠達との暮らしも満足している。でも、やはり家族は良いんだよねぇ。

あっ、師匠を今度こそ紹介しよう！

「こちらが弟のバリー、そして妹のミラです。この方が私の師匠のオリヴィエ様。そして、サリーの師匠のアリエル様ですよ」

やっと、師匠達を紹介できた。アリエル師匠は、ちょっとだけ挨拶したら、サリーの弟と話している。

「バリーは斧《おの》のスキル、ミラは弓のスキルだと聞いているけど、他の技術を身につける気はないかい？」

オリヴィエ師匠は、私にも薬師以外の技術を取得させようと熱心だ。私の弟と妹にも積極的に勧めているけど……やはり、二人は狩人の村で生活しているからね。狩人として一人前になるのが目標だ。

「俺は、狩人になりたいんだ！　パパみたいにね！」

ふぅ、やはりバリーは駄目そう。

「私もママみたいな弓使いになりたいです。でも……お姉ちゃんみたいに料理も上手《うま》くなりたいな」

ああ、それは大切だよ。でも、本当のことを言うと、ミラよりバリーの方が料理のセンスがありそう。ただ、ミラは赤ちゃんの時から私の料理を食べているから、いなくなって辛《つら》かったのかもね。

ママは、前世でいうメシまず？　まではいかないけど、塩を振って焼くだけだもん。前にスープ作りを教えたけど、家の前の菜園にはトマトは実っていなそうだからね。

「とにかく、私の家に招待します！」

アリエル師匠は、サリーの家に行くみたいだから、オリヴィエ師匠を案内する。バリーとミラも周りをぐるぐるしながらついて来る。

小さくて一間しかない我が家。懐かしい！　ベッドは両親のベッドの下に収納してあったけど、もうバリーのベッドは子ども用では小さいみたい。

大きくした子ども用ベッドが収納しきれずに部屋を圧迫しているけど、そこはソファー代わりに使っているのかも？

「ここにお座り下さい」

おお、ミラがオリヴィエ師匠に椅子を勧めている。私の妹、マジ賢いよね！　あっ、私が感慨に耽《ふけ》っている間に、バリーは暖炉の熾火《おきび》を起こして、お茶の用意だ。やはり、バリーの方が料理適性が高い気がする。

ミントは、今年の夏も採れたみたい。ハーブティーをバリーが淹れてくれたので、私はマジックバッグからお土産《みやげ》のクッキーを出して、皆で食べる。

でも、お土産全部は出さないよ。食欲魔人のバリーに全部渡すのはまずいもの。ママが食料品の管理をしているのだから、そちらに渡す。

それに、バンズ村は親戚だらけだから、お土産のお裾分けをするのを考えるのもママだからね。

「君達は、アルカディアからの話を聞いているかな？」

師匠は、私やサリーが二歳なのにも驚いていたから、それより年下のバリーやミラが重要な話を知っているのか疑問に思ったみたい。

「ええ、アルカディアの森の人《エルフ》が二回来たから……大人達は顔を合わせたら、その話ばっかりだったし……」

ミラは、肩を竦《すく》める。えっ、他人事《ひとごと》じゃないんだけど？

「ミラ！　光の魔法を習得したら、長生きできるのよ！」

おっと、師匠の話に口を出しちゃった。

「そうだね。それは知っているみたいだけど、私達は何故、狩人の村の森の人達《エルフ》が積極的に習おうとしないのか分からないのだ」

今度は、バリーが言いにくそうに口を開く。

「大人達は、アルカディアが子どもを攫《さら》おうとしていると怒っていたよ。でも、俺はお姉ちゃんからの手紙を読んだから、そうじゃないと思っているけど……親が反対するなら、無理じゃないかなと、森歩きのメンバーは言っている」

オリヴィエ師匠は、ふむふむと頷きながら、バリーの説明を聞いていた。

「お姉ちゃんは、光の魔法を使えるの？」

うっ、ミラ！　ここで「もちろん、できるよ！」と答えたかったよ。

「まだ、少ししか使えないの。守護魔法とライトをちょこっとだけなんだ」

見本として、指先にライトをつけた。

「おお！　光っている！　凄い」

バリーは、喜んでくれた。

「お姉ちゃん！　凄いよ！」

ミラが褒めてくれた。

「サリーが毎日、光の魔法を教えてくれたんだ。私でもできるようになったんだから、皆もできるよ」

オリヴィエ師匠が、ぽふぽふと私の頭を撫《な》でて、褒めてくれた。

「ミクは、半年もしないのに色々と頑張って修業している。薬師としてだけじゃなく、土の魔法を使っての農作業、ガラス作りや美味《おい》しい料理、そして勉強もね！」

ミラとバリーの尊敬の視線がこそばゆい。


大人の狩人達も大きな魔物を狩って戻ってきた。

「あっ！　ママ、パパ！」

遠くに見えたママとパパ！　パパは他の森の人《エルフ》と一緒に魔物を担いでいるけど、そんなの関係ないよ！　走っていって飛びついた。

「まぁ、ミク！　大きくなったわね」

ママは、いつもの綺麗《きれい》なママだった。パパは、獲物を他の森の人《エルフ》に渡して、私を抱き上げた。

「ミク！　帰ってきたのかい？」

ううう、このままバンズ村で暮らしたくなったけど、ここに私のいる場所はない。

「いいえ、師匠達とここに来たの！」

後ろにいるオリヴィエ師匠と、少し離れた場所にいるアリエル師匠を紹介しなくてはね！

「ミクのご両親ですか？　私が薬師のオリヴィエです」

パパは、私を下ろして、師匠に挨拶する。ママも「狭い家ですが、どうぞ」と丁寧に招待している。

「後ほど、ご挨拶をしにお邪魔しますが、村長と話し合わなくてはいけません。ミクは久しぶりに家族とゆっくりしておいで」

ぱふぱふと私の頭を撫でて、アリエル師匠と一緒に村長の家に行った。

「ママ！　いっぱいお土産があるのよ！」

ふふふとママが笑う。

「ミクのことだから、美味しい食べ物ね！　それだけでも、アルカディアでの生活が上手くいっているのが分かるわ」

ママの腰に抱きついたまま、小さな我が家に帰る。

「ここをソファー代わりにしているのよ」

うん、上手く考えて使っているね。ママは、料理はあまり上手《じょうず》ではなかったけど、掃除や整理整頓は得意だった。

テーブルの上に、マジックバッグから蜂蜜の瓶、トマトソースの瓶、クッキーを入れたガラス瓶、生姜《しょうが》の蜂蜜漬け、そして蜂蜜酒《ミード》！

「えっ、いっぱい出てくるね！　こんなにいっぱいこのバッグに入るの？」

食べ物だけじゃないよ。紙やペンやインクも、弟や妹の勉強の為に持ってきた。

「これは、もしかして噂《うわさ》で聞いたことがあるマジックバッグか？」

パパは、ママとの結婚資金を貯める為に、人間の町で働いたことがある。その時に、噂で知ったんだね。

「ええ、オリヴィエ師匠は、薬師としても優れておられるけど、空間魔法も使われるの！」

ママは、どのくらい入るのか興味津々だ。

「このバッグがあれば、獲物も全て持って帰れるわ。今は、担いで持って帰れる量が決まっているから、良い部位だけしか持ち帰れないの」

相変わらず狩り優先のママだね！

「いつか、作れるようになったら、ママとパパにあげるわ！」

本気で言ったのに、子どもの戯言《たわごと》だと笑われた。

「ありがとう！　気持ちは嬉《うれ》しいけど、ミクは、空間魔法など賜っていないでしょう」

「違うのよ！　能力判定でスキルをもらわなくても、努力次第で使えるようになるの。私も少しだけだけど、光の魔法も使えるようになったわ。それに、下手《へた》だけど弓も練習しているのよ」

ママは、弓と聞いて驚く。

「スキルがないと、下手なのでは？」

うっ、その通りなんだけど、ここで引けない。

「勿論《もちろん》、弓のスキルを持っている子や、風の魔法が使えるサリーよりは下手だけど、人間のほとんどはスキルを賜らないと聞いて、努力すれば使えるようになると思っているの」

ママは、最後まで聞いてくれた。

「師匠達がこの村に来たのは、アルカディアの提案を真剣に考えてほしいからなの。去年の戦争については アルカディアも知っていたけど、あんなに森の人《エルフ》が亡くなったとは考えてもいなかったの。それと、エバー村の森の人《エルフ》が木から木の移動の仕方も忘れていたと聞いて、学舎《まなびや》の先生はショックを受けていたわ」

　パパもそれは同じ思いをしたのか、頷く。

「そうか、アルカディアの森の人《エルフ》にとって、光の魔法の使い方を忘れたのは、種族として信じられない退行なのだな。そして、手遅れにならないうちに習得しなおすべきだと考えているのか！」

　退行とは、言い方が悪いけど、エバー村の森の人《エルフ》を見た時に、バンズ村の森の人《エルフ》はそう感じたから、パパは理解しやすかったみたい。

「でも、もし私だけ習得できなかったら、貴方《あなた》は若いままなのに、私だけ老けていくのは嫌だわ！」

　やはりこの感情があるから、大人達は習うのに積極的ではないのかも？

「アリエル師匠が、夫婦で老化の速度が違う場合は、どちらかに合わせる方法もあると言われたわ。でも、本当は二人とも習得して、長生きしてほしいの！　ミラやバリーも長生きしてほしいわ！」

　黙って話を聞いていたミラとバリーもママやパパを説得する。

「私も若いまま長生きしたいわ！」

「俺もだ！　それに、ママやパパも長生きしてほしい」

　ママが私とミラ、バリーを抱きしめて「そうね！　あなた達にも長生きしてほしいわ」と強い口調で言った。

「ああ、俺達は何を恐れていたのだろう。アルカディアが子どもを攫うとか、あり得ないのに！　では、何故、子どもを連れていくと言い出したのか？」

「ああ、それは長老会の失敗だね！　アルカディアでは学舎があるから、そこで教育して、村に帰って教えてほしいと考えたんだと思う」

そこから、ミントティーとクッキーを食べながら、アルカディアの生活を説明した。

「えええ、毎日、午前中は学舎で勉強しなくちゃいけないのか！」

バリーは、勉強が嫌いだからね。

「でも、そこで武術や魔法も習うのよ。私は、勉強はそこそこできるけど、武術は上手くできないでいるわ。でも、頑張って竜を討伐しないと、アルカディアでは大人と認められないの」

ママとパパの目がキラキラしている。この二人は狩りが大好きだからね。

「アルカディアの奥の森には竜がいると聞いていたが、本当にいるのだな！」

「でも、ミクは竜を倒せないいんじゃないの？　弓も練習しているけど、まだ下手だと言っていたじゃない」

そうなんだよね！　でも、私には仲間がいる。

「ええ、でも一人で討伐しなくても良いのよ。友達や仲間に協力してもらって討伐できれば、一人前と認められて、アルカディアから出ても良いの」

何だか、ママがそわそわしている。ママが修業に来てくれたら良いな。

「そんなことを学ぶなら、学舎も悪くないかも？」

おお、勉強嫌いのバリーも前向きに考えてくれている。

師匠と村長さんとの話し合い、上手くいくと良いな！　皆に長生きしてもらいたいんだ！

村長さんと話している師匠達のことは気になるけど、久しぶりの我が家で料理をする。

「わぁ、ミク姉ちゃんの料理だ！」

ミラは単純に喜んでいるけど、バリーは横で真剣に見ている。

「これは、ピザという食べ物なの！」

パパが作ってくれたパン焼き窯が壊れずに残っていたので、今夜はピザにする。チーズは早めに食べた方が良いからね。

「ピザ生地を休ませている間に、ピザの上に載せるものを作りたいのだけど……」

パントリーには、肉と芋しかなかった。

「トマトは少ししかできなかったんだ。それに、もう食べちゃったから」

ふぅ、仕方ない。トマトソースは瓶詰めで持ってきている。あと、玉ねぎも何個かマジックバッグに入っている。

芋と玉ねぎと肉を炒《いた》めて、それをピザ生地のトマトソースを塗った上に置いていく。

「これだけで美味しそうだよ！」

バリーは、食べ盛りだからね。

「この上にチーズを載せて焼くのよ！」

パパはパン焼き窯に火を入れてくれていた。ママは親戚にクッキーを配っている。村中、親戚だから、これはしないと駄目なんだ。

「師匠達は、きっと村長さんの家に泊まるのだろう」

パパは、私に家に泊まってほしいみたいだけど、寝る場所があるのかな？

「ミク姉ちゃん！　私と一緒に寝よう！」

ミラと私、小さな子ども用ベッドに二人はギリギリだけど、一緒に眠りたい。

「うん！　そうしよう！」

ピザを焼いていると、師匠達が村長さんの家から出てきた。匂いでピザだと分かったのかな？　まさかね！

「先ほどは失礼しました。ミクの師匠をしているオリヴィエです。こちらは、サリーの師匠のアリエル」

サリーとその両親もやって来て、私の家でピザを食べながら話すことになった。

「これは美味しいな！」

パパは、一口食べて、大絶賛だよ。

「ワンナ婆さんとヨハン爺さんのところにも持っていくね！」

この二人は、私の祖父母みたいなものだからね。本当は違うけど、血縁なのも確かだ。

「うん？　それは酒なのか？」

パパは、お酒など飲まないと思っていたけど、実は好きみたい。コップに少し入れてあげる。

「私も一緒に持っていくわ！」

サリーと一緒にピザ一枚と蜂蜜酒《ミード》の瓶を持ってワンナ婆さんの小屋に行く。

「おお、これは美味しそうだ！」

二人に仲良く食べてね！　と言って帰ろうとしたが、引き止められる。

「あんた達の師匠さん達と村長は、若者小屋の子をアルカディアに派遣しようと決めたみたいだよ」

私とサリーは、手に手を取って、ぴょんぴょん跳んで喜ぶ。

「やったぁ！　これで、バンズ村の森の人《エルフ》も長生きできるね！」

でも、ワンナ婆さんとヨハン爺さんは、難しい顔をしている。

「そう上手くいくと良いのじゃが」

「ワンナ婆さん、若者小屋の子なら、一応は親から独立しているから、アルカディアに行っても良いんじゃないの？」

ワンナ婆さんは答えず、ヨハン爺さんが蜂蜜酒《ミード》の栓を開けながらボソッと呟《つぶや》いた。

「彼奴《あいつ》らは、自分が一人前じゃと勘違いしているからな。それに、狩りに夢中だ……」

ああ、それは分かる気がする。家に帰って、師匠達と話し合わなくては！

「えっ、若者小屋の子はアルカディアに来たがらないだろうと言われるのですか？」

アリエル師匠がサリーの両親に問いただしている。

「ルミやキンダーも若者小屋にいた頃を思い出してくれ。自分の狩りで食べていける！　一人前だと考えていたんじゃないか？」

サリーのパパの言葉に、ママとパパが気まずそうに頷く。今でも、ママは狩りが大好きだから、若者小屋の跳ねっ返り時期は、もっと狩り優先だったろうね。

「ああ、そうなのですか？　では、村長さんとの話し合いは無駄になったかも……」

ガッカリしているオリヴィエ師匠、そんなことないよ！　きっとね！

「ミラとバリーも初めは学舎とか、嫌がっていたけど、そこで武術や魔法を学べて、そして狩りの練習にもなると聞いて興味を持ったのです。それに、竜を退治するのは、狩人の村の森の人《エルフ》にとっては憧れです！」

師匠達は、この辺には竜が来ないのだと知って、驚いていた。

「そうか、竜で懐柔するのはありかもしれないな」

ちょっと目的からずれているけど、アルカディアに行きたい気分になるのかもね。私的には御免だけどさ。

皆で意見を出し合いながら、ピザを食べ、師匠が持ってきた蜂蜜酒《ミード》、子どもはりんごジュースを飲む。

「サリー！　家に帰ってこないか？」

わっ、サリーのパパ、顔が真っ赤だよ。酔っているんだね。

「魔法使いになる修業をしているから、家には帰らないわ」

サリーはキッパリと断っている。私より、心が強いね。私は、この村に居場所がないから、アルカディアで修業をすることにしたんだ。

結果は一緒でも、少し違う気がする。私の方が親に甘えたい気持ちが大きい。

「あなた、もう酔っ払っているのね！　お家《うち》に帰りましょう」

サリーのママが酔ったパパを連れて帰ろうした時、誰かがドアをノックした。

「誰だろう？」普段は、ノックと同時に入ってくる。村の住人は、身内ばかりだから、遠慮がないのだ。

「あのう、ヨナとヨシです。ここにアルカディアの森の人《エルフ》がいると聞いて……」

ママが、二人を招き入れる。ヨナは、もう若者小屋で暮らしているよね？　ヨシは、どうしているのか知らない。

「私とヨシをアルカディアで教育して下さい」

えっ、それは良いのかな？　ママとパパも難しい顔をしている。

「この二人は姉弟《きょうだい》なんだね？　私達は、嬉しいが、何か問題があるのかい？」

ヨナがヨシを自分の背中に隠して、話す。ヨシって、私やサリーが村から出ていく時は、少し遅れて森歩きを始めていたと思うけど？

「私は弓のスキルを賜りましたが、弟のヨシは……神父さんは、教会の子になる運命だと言われたのです。でも、この子は、とても賢いし、勉強も好きです」

ああ、狩人の村でヨシは居場所がないのだ。

「ふうん？　ヨシも他の森の人《エルフ》よりは弱いが光の魔法で成長している。つまり、光の魔法を習得できるってことさ！」

ヨシは、他の狩人の村の森の人《エルフ》よりは、成長が遅かった。でも、普通の人間なら二歳前にこんなにしっかりしていないよ。

「では！　受け入れてくれるのですね！」

ヨナは喜んでいるけど、アリエル師匠は「本人はどう思っているのかしら？」と質問する。

「僕は……この村では暮らせない。神父さんと人間の町で教会に入って修行するのだと思っていた。でも……本当は、他の人と同じように木と木の間を移動をしたい！　それに、勉強もしたい！」

木から木への移動もできないんだ。そういえば、神父さんも少し悔しそうな口調で話していたことがあったね。

「ううむ、神父さんと話し合う必要があるな。教会の弟子を横取りするのは良くないからな。だが、もう少し大人になって、自分のやりたいことを決めたら良いと思うぞ！」

オリヴィエ師匠がぱふぱふとヨシの頭を撫でた。サリーの両親が帰ったので、二人を子どもベッドのソファーに座らせて、ピザとりんごジュースを出す。

「美味しいわ！　ミクの料理スキルは、とても便利だわ」

うん、でもヨナの持っている弓のスキルを賜っていたら、私は今もこの村に住んでいたかも。あ、ここら辺がサリーより弱い点なんだよね。

「二人をアルカディアで教育するかは、明日、ご両親と村長さんと話し合って決めよう」

ヨナは、ヨシを受け入れてくれそうなのに驚き、喜ぶ。

「本当にヨシが光の魔法を習得できると考えておられるのですね！」

「ああ、少し時間が掛かりそうだけど、今でも光の魔法で成長しているから、大丈夫さ！　ミクと一緒に学べば良い。それより、ヨナは良いのか？　若者小屋にいるのでは？」

ヨナは、若者小屋の生活でも困っていないと思う。

「私も歳を取らずに長生きしたいから、他の村人に教わるよりは、直接アルカディアで習った方が良いと思っています」

ヨナ、良いお姉ちゃんだし、賢いね！　又聞きより、直接習う方が習得しやすそうだもの！　私も頑張ろう！

明日、他の村人にもアルカディアに行きたい人を募ってみることになった。

バンズ村で、師匠達は村長さんの家に泊まった。私とサリーは、少し窮屈だけど、妹や弟と同じベッドで眠ったよ。

「お姉ちゃん、アルカディアの生活ってどんななの？」

ベッドでミラに色々と話す。

「師匠達は木の家《アビエスビラ》に住んでいるの。大きな木の中にあって三階まであるのよ」

それと、物見の塔についても話したし、木の上の家も驚かれた。

「それと、サリーは風の魔法だけじゃなく、蜂《キラービー》を養蜂して蜂蜜を取っているの。私も火食い鳥《カセウェアリー》を飼っているわ」

ママが「火食い鳥《カセウェアリー》！」と驚いている。

「それは危険じゃないのか？」パパも心配そうだ。

「餌を与えておけば、大人しいわ。でも、卵を集める時は、自分に守護魔法を掛けないと駄目なの」

ミラとバリーが「お姉ちゃん、凄い！」と感心してくれた。へへへ、嬉しい！

「それと、サリーはガラス工芸も師匠について修業しているの。私は、薬瓶やガラスの容器ぐらいだけどね」

皆が、今日持ってきたガラス瓶を私が作ったと知って、褒めてくれた。

「アルカディアの子は、機織り、染色、畜産、木工細工、鍛冶、錬金術などを、スキルとは関係なしに学んでいるわ」

ミラは、機織りに興味がありそう。ここでも機織りをしていたお婆さんがいたけど、亡くなってからは行商人が来るまで、布は手に入らないのだ。

「俺は、鍛冶かな？　斧も何回もぶつけたら、キレが悪くなるんだ。それに、ママとミラの鏃《やじり》が作れたら便利だと思う」

パパは、木工細工に興味があるみたい。ママは、竜の討伐だね！

やはりアルカディアからバンズ村まで来たので、疲れていたみたい。いつの間にか眠っていた。

この世界に転生してから、朝は早い。蠟燭《ろうそく》を節約する為に、日が昇ったら起き、夜は早く眠るからね。宵っぱりの朝寝坊のアリエル師匠は、その例外だよ。


朝は、簡単にスープと昨日作って寝かせていたパン種を焼く。ママが肉を焼いているから、これでおしまい。

皆で食べると、シンプルな食事も美味しいね。

「バリー、凄く食べるのね！」

アルカディアに行く前も、バリーはたくさん食べていたけど、朝から山盛りの肉をむしゃむしゃ食べている。

「狩りを頑張らないといけないわ」

ママが張り切っているけど、今朝は狩りに行くのが遅くなりそう。

「おおい！　集会場に来てくれ！」

外で叫ぶ声がする。食器をザッと片付けて、全員で集会場に向かう。

村人全員が集まると思っていたけど、老化が始まった年寄りや、森歩きにも行っていない子どもはいない。ワンナ婆さんの所に行っているのだろう。

「老化を遅くできないのかな？」

サリーを見つけて話しかける。

「どうかなぁ？　それより、ヨナとヨシが来るんでしょ！　木の家《アビエスビラ》に一緒に住むのかしら？」

「うん、一緒の方がヨナも心強いんじゃないかな？」

サリーが少し考えている。

「ヨシは男の子だから、同じ部屋にはできないわね」

それは、そうだけど。

「それなら、サリーと私が同じ部屋を使って、ヨナとヨシを一緒の部屋にしたら良いわ」

少し窮屈だけど、家の子ども用ベッドより木の家《アビエスビラ》のベッドの方が大きい。サリーと二人なら寝られる。

「そうか、そうするしかないのよね」

サリーは、自分の部屋、自分のベッドをもらったのを喜んでいたからね。私も、本音を言うと、少しだけ残念。

そんな話をしているうちに、人が集まっていた。アルカディアに興味がない人は、来ていないようだけど、村長さんは「静かにしてくれ！」と集会を始める。

「アルカディアでは、光の魔法を皆さんに習得してほしいと考えています。バンズ村では、二人の子どもがアルカディアに行くことを選びました」

小さな村だから、全員がヨナとヨシだと知っているみたい。

「本人がそれを望むなら、問題ないだろう」

大人の意見は、それで決まっているみたい。ヨナとヨシの両親は、少し不安そうな顔をしているけど、反対している感じじゃない。

これで集会は終わりかな？　と思った時、ジミーが声を上げた。ジミー、半年ぶりに見るけど、凄く背が高くなってハンサムだ。私と誕生日があまり変わらないのに、子どもから青年っぽくなっているだなんてズルいよ。

「俺も行きたい！」

ジミーの両親が慌てている。昨夜のうちに話していなかったようだ。そこは変わっていない。本当にジミーらしいね。

「こちらは大歓迎だが、親御さんと話し合った方が良いな」

オリヴィエ師匠が、慌てて引き留めている両親と頑固に口を閉じているジミーを見て、苦笑している。

「ジミー、貴方は若者小屋に行って、狩りをするのが目標だと思っていたわ」

ジミーに話しかけると、ニパッと笑う。

「アルカディアで修業して、竜を狩りたいんだ」

ああ、やはり狩り好きジミーらしいね。

「ふふふ、竜を討伐するのは、大変だよ。光の魔法を習得するのは、半年から一年でできるけどね」

オリヴィエ師匠に覚悟はあるのかと問われ「はい！」とジミーは答える。

集会は終わったけど、ヨシの件は神父さんが前の村から来てから決定することになった。その間、ジミーは親を説得しなきゃいけないのだけど、あの子は口が重い。

「俺は行きたい！」これだけだからね。

でも、ジミーの両親は、慣れているみたい。

「お前が決めたのなら、好きにすれば良い」

まぁ、そうなるよね！

昼前に、前のラトミ村から神父さんがロバに乗ってやって来た。

「ヨシがアルカディアへ？　まぁ、それも良いかもしれないな」

教会で修行する気になれば、それは、それで嬉しいって感じだ。

「神父さん、ラトミ村は何人が来ることになりましたか？」

アリエル師匠の問いに、神父さんの眉が下がる。

「若者小屋の子は、自分達はもう習うことはないという態度だった。それに大人達も積極的ではない」

そうか！　竜で釣れば良かったのにね！

第十二章　新しい生活

神父さんは、アルカディアの護衛と共に他の村も回る。私達は、ヨナとヨシとジミーと一緒にアルカディアへ先に戻ることにした。

ヨシは木から木への移動は、ほぼできない。私が森歩きをし始めた時と同じだ。木にはなんとか登れるけど、近い木にしか移動できないんだ。

「ゆっくり歩いていけばいい。ミク、上級薬草を探しながら歩きなさい」

オリヴィエ師匠、無理言うよ！　ここら辺には、下級薬草しか生えていない。

「ないんじゃないかな？」

ぶつぶつ言いながらも、目に魔力を集めて、辺りを調べながら歩く。

サリーもアリエル師匠から、蜂《キラービー》と火食い鳥《カセウェアリー》を探す宿題を出された。

「師匠、いませんよ！」

サリーは無理難題を言われたと、少し怒っている。

「サリー、あちらに蜂《キラービー》が一匹いるよ」

ヨナは、若者小屋で狩りをしていたから、魔物を見つけるのが早い。

「えっ、何処《どこ》に？」

サリーとヨナは、見つけた蜂《キラービー》が巣に戻るまで、そっと追いかける。

「ほら、ヨシ！　これが下級薬草よ」

下級薬草なら、ところどころに生えているから、ヨシに教えてあげる。

「これを探せば良いのか？」

ジミーは、口は重たいけど、植物採取などにも優れている。

「いいえ、これは下級薬草なの。師匠に言われたのは、上級薬草だけど……」

かなりの範囲を見つめたら、視界の端にあった。

「これが上級薬草なの。ここら辺には少ししか生えていないわ」

ヨシもジミーも真剣に上級薬草を見つめる。

「よし！　覚えたぞ」

ジミーは木の間を跳びながら、広範囲を探す。ヨシは、まだ目に魔力を集める方法を知らないから、歩きながら、下級薬草を見つけたら、採っていく。

「サリーとヨナは、大丈夫かな？」

離れて小一時間は経《た》つ。心配になった。

「巣を見つけたら、報告に戻ってくるさ。それにしても、ヨシは下級薬草を見つけるのが上手《うま》いな」

そうなんだよね！　私は、上級薬草しか探していないから、まだ二本だけ。ヨシは、もう何十本も下級薬草を採っている。

そんなことを言いながら、アルカディアを目指す。

「師匠！　蜂《キラービー》の巣を見つけました！」

サリーが報告に戻ってきた。

「よくやったわね！　蜂蜜酒《ミード》が欲しいと言う森の人《エルフ》が多いのよ！」

それに、アリエル師匠は蜂蜜が大好きだからね。

「皆も見学に行くかい？」

ジミーは、広範囲を探して、上級薬草を五本採っていた。

「行きたい！」ジミーなら、そう言うと思ったよ。

「ヨシはどうする？　道から逸《そ》れるけど？」

ヨシは少し考えて首を横に振った。

「ヨシ、行きたいなら、行こう！　アルカディアには、私が背負えばすぐに着くさ」

と、オリヴィエ師匠がヨシに向かって言った。

「……なら、見てみたいです」

うん、ヨシは我慢しすぎなんだ。もっと、自己主張したら良い。

ヨナが蜂《キラービー》の巣を見張っていた。

「これを討伐して、蜂蜜を取るのですね！」

うん、狩人《かりゅうど》の村では、そうしていたね。たまに蜂蜜が分配されると嬉《うれ》しかったな。

「違うのよ！　アルカディアで飼うの。こんなに多くは飼えないから、半分は討伐するけど」

狩人の村の三人が驚いている。

「サリー！　今回は自分でやってみたら」

サリーは、少し躊躇《ちゅうちょ》したけど、頷《うなず》く。

「蜂《キラービー》の巣を取り囲め！」

アリエル師匠は、無詠唱だったけど、サリーは口に出さないと無理みたい。

大きな蜂《キラービー》の巣を、風のボールで包み込む。中の蜂《キラービー》達が、慌てて外に出る。ブンブンと羽音がうるさいぐらいだ。

「半分に分けて、女王蜂がいない方の空気を抜くのよ」

半分に分けるのは、難しそうだった。その上、片方だけの空気を抜くだなんて……。

「あっ！」サリーが空気を抜くことに集中したら、片方の風のボールが消えちゃった。

「まだまだね！」サッとアリエル師匠が風のボールで包んだから、怒っている蜂《キラービー》に攻撃されないで済んだ。

「皆で、手分けして、こちらの蜂蜜と蜂《キラービー》を採取しましょう」

片方の空気を抜かれた巣の蜂蜜をアリエル師匠が出した壺《つぼ》に入れていく。

「凄《すご》いわ！　この壺はいくらでも入るのね！」

ヨナがびっくりしている。手がベタベタになったけど、それは舐《な》めちゃう。

「蜂《キラービー》は、この袋に入れてね！　火食い鳥《カセウェアリー》の餌になるから」

ジミーが火食い鳥《カセウェアリー》を私が飼っていると聞いて、驚く。

「あいつらは鉤爪《かぎづめ》で攻撃してくるぞ！」

「捕まえた時に鉤爪は切るのよ。それに卵から孵《かえ》った時も雛《ひな》のうちに切るわ」

卵も需要が多いのだ。私もいっぱい使うけど、茹《ゆ》でるだけで食べられるからね。

アルカディアでも、料理は肉を焼くだけの森の人《エルフ》が多い。でも、ゆで卵を狩りに持っていくと美《お》味《い》しいし、移動しながら食べられるから便利なんだ。

「ジミー、火食い鳥《カセウェアリー》を見つけて！」

今いる火食い鳥《カセウェアリー》だけでは足りないのだ。

「分かった！　でも俺は討伐しかできない」

それは、オリヴィエ師匠に捕獲してもらおう。ジミーが森の奥まで探しに行っている間、サリーは女王蜂がいる巣を空気のボールに包んだまま維持している。

私とヨナとヨシで、死んだ蜂《キラービー》をマジックバッグに入れていく。

「サリー、無理だと思ったら、自分で判断して、私と交代するのよ」

アリエル師匠も、なかなか厳しいね。

「このまま移動するのは、無理です」

サリーは、自分の能力を見極めている。凄いな！

「ミク、あっちの奥に火食い鳥《カセウェアリー》の群れがいた」

サリーは移動しながらでは、巣の周りを囲む風のボールをキープできないので、アリエル師匠と代わる。

「あそこだよ」

本当にジミーは、魔物や植物を見つけるのが上手い。

「ジミーは良い狩人になるな！」

オリヴィエ師匠が褒めると、少しだけ嬉しそうな顔をした。

「ミク、あっちの雌を捕まえてごらん」

ふぅ、私はポシェットから、アイビーの種を出して、それで雌の火食い鳥《カセウェアリー》をぐるぐる巻きにする。

「鉤爪を切るんだな！」

オリヴィエ師匠と私が捕獲した火食い鳥《カセウェアリー》の鉤爪を、ジミーとヨナも手伝って切ってくれる。

「ぐるぐる巻きのまま、このバッグに入れてくれ！」

二人が驚いている。

「これもマジックバッグなのですか？　生きているままでも入れられるの？」

ヨナは、怖々と火食い鳥《カセウェアリー》を持ち上げて、オリヴィエ師匠のマジックバッグに入れる。

私も最初は驚いたから、分かるよ！

ジミーは、何も言わないで、次々と火食い鳥《カセウェアリー》を入れていく。相変わらず反応が薄いね。でも、それがジミーらしいかな。

「寄り道をしすぎたわね！　ここからはスピードアップするわよ」

アリエル師匠は、蜂《キラービー》の巣の入った風のボールを後ろに浮かべたまま、木から木へと移動する。

「ヨシ、背負うよ！」

オリヴィエ師匠は、ヨシを背負ったままなのに、凄いスピードで移動している。

ヨナは、前々から移動は早かった。私とサリーは、ついていくのに必死だよ！

ヨシは体力がない。なんと、オリヴィエ師匠の背中で寝てしまった。

「ミク、何か布を持っていないか？」

マジックバッグの中をまさぐって、細長い布を引っ張り出す。

「よく、そんなものを持っていたわね！」

サリーに呆《あき》れられた。

「これは、この前、卵サンドイッチを売ったら、ヴィーガ師匠がくれたのよ」

織物のヴィーガ師匠も、料理は苦手みたい。美味しかったと、この布をくれたのだ。

細長い布で、うとうとしているヨシをオリヴィエ師匠に括《くく》りつける。日本の昔ばなしの背負い紐《ひも》みたい。

「さぁ、急ごう。早くベッドに寝かせた方が良いだろう！」

それに、蜂《キラービー》や火食い鳥《カセウェアリー》も、小屋に早く入れた方が良いからね。

養蜂箱は、一つ空《あ》いている。女王蜂が何処かに飛んでいったのだ。気まぐれだね！

火食い鳥《カセウェアリー》の小屋は、帰ったら大きくしないといけないかもね。

オリヴィエ師匠は、前からいる雄の火食い鳥《カセウェアリー》を潰して、唐揚げを作ってほしいみたい。

私は、やはり飼っているから、情が移っている。卵から孵った雛鳥の雄の何羽かは、唐揚げにしたんだけどさ。


そんなことを考えているうちに、アルカディアに着いた。

「わぁ！　本当に木の上に家があるのね！」

ヨナが驚いている。ジミーも驚いているだろうけど、無反応だよ。

「奥の大きな木が、木の家《アビエスピラ》なのよ」

サリーがヨナに教えている。ジミーは、大きいとはいえ木の中に何人も住めるのか、と首を捻《ひね》っている。

「ミク、扉を開けてくれ」

先《ま》ずは、ヨシを居間のソファーに寝かせる。いつも、アリエル師匠が寝転んで本を読んでいる場所だ。

アリエル師匠とサリーは蜂《キラービー》を養蜂箱に入れに行っている。ヨナは囲いの外で、それを見学だ。

「何故《なぜ》だ？」

ジミーは、外から見た木の家《アビエスピラ》と、中の大きさが違うのが変だと首を捻っている。

「木の家《アビエスピラ》は、オリヴィエ師匠が空間魔法で作られたのよ」

ジミーがハッとした顔になる。

「マジックバッグとマジック壺！」

その通りだけど、その説明は後にして、火食い鳥《カセウェアリー》を鶏小屋《とりごや》に放さなきゃ！

「ミク、先に蜂《キラービー》の死骸を投げ入れた方が良いぞ。お腹《なか》いっぱい食べていたら、新しい火食い鳥《カセウェアリー》を攻撃しないだろう」

それ、名案だね。

「手伝おうか？」ジミーが言ってくれたけど、まだ無理かも？

「うん、守護魔法を自分に掛けられるようになったら、餌やりを手伝ってもらうよ」

ジミーは、自分にできるのかと、また首を捻る。

「ジミー、竜を討伐したいなら、守護魔法は絶対に必要だ！　焦らず覚えていけば良い」

蜂《キラービー》の死骸を投げてやると火食い鳥《カセウェアリー》達は、争うように啄《ついば》む。

その間に、ぐるぐる巻きにしている火食い鳥《カセウェアリー》を解放して、鶏小屋の中に入れる。

「おお、元気そうだ！」

ぐるぐる巻きにされて、マジックバッグの中にいたのに、前からいる火食い鳥《カセウェアリー》に負けない勢いで蜂《キラービー》を啄んでいる。魔物だから丈夫なのかな？

「後は、卵を集めて、掃除をして、水をいっぱいにしたら、火食い鳥《カセウェアリー》の世話はおしまいよ」

ジミーは、それのどれもが守護魔法が使えないとできないと気づいて、深いため息をついた。

「私も、最初は守護魔法が掛けられなかったの。師匠やサリーに掛けてもらったのよ」

「俺に掛けてくれ！」

あっ、そうか。でも、私は自分に掛けたことしかないんだよね。

「ミク、やってごらん！　大丈夫、私が見ているから、ジミーの守護魔法が解けそうなら、掛け直してあげる」

師匠がフォローしてくれるなら、やってみよう！

「ジミーに守護魔法よ、掛かれ！」

薄ぼんやりと緑色の守護魔法が掛かった。自分にも掛けて、鶏小屋に入る。

「この籠に卵を集めて！」

ジミーが集めている間に、私は汚れた藁《わら》を外に出して、綺麗《きれい》な藁と取り替える。

「ほら、ミク！　ジミーの守護魔法が解けかけているよ」

えっ、その時は師匠が掛けてくれるんじゃないの？　注意してくれるだけ？

「ジミーに守護魔法よ、掛かれ！」

水は、昨日は替えていないから、全部捨てて、新しいのに替える。

「これでおしまいよ、外に出ましょう！」

外に出た途端、守護魔法が切れた。

「もう少し、しっかりと守護魔法を掛けられるよう頑張りなさい」

オリヴィエ師匠の言う通りなんだけど、自分に掛けるより、難しい。

「お茶が飲みたいわ」

アリエル師匠の我儘《わがまま》？　いや、皆喉が渇いているよね。

木の家《アビエスピラ》に入って、私とサリーで台所の使い方を二人に教える。

「水を井戸に汲《く》みに行かなくて良いのね！」

ヨナは、便利だと喜んでいるけど、ポンプで汲み上げないといけないんだ。

「これは俺がやる」

一日、留守にしていたから、上水槽の古い水は流して、新しく汲み上げてもらう。ジミーは、私やサリーより力があるから、あっという間に満タンになった。

「まだ暑かったから、ミントティーと焼いておいたクッキーで良いよね」

ヨナはクッキーを一枚分けてもらったのを食べたのか、嬉しいと喜んでいる。

「ヨシ、よく寝ていたわね」

居間に行くと、ヨシが寝起きでぼんやりとしていた。ヨナがすぐに側《そば》に行って、抱きしめている。

「じゃあ、お茶を飲みながら、木の家《アビエスピラ》の生活について説明しよう」

アリエル師匠は、ヨシが起きたのでソファーに寝転がって、本を読みながらお茶を飲んでいる。

座って飲む方が楽だと思う。

「カップが空中を移動している！」

ヨシが驚いているのを見て、アリエル師匠はウィンクする。

「このくらいできないと風の魔法使いとは呼べないわ」

いや、それは物ぐさなんじゃないかな？

「サリー、そこは真似《まね》しないで良いと思う。取《と》り敢《あ》えず、クッキーを食べて、お茶を飲もう」

私達は椅子に座って暫《しばら》くは黙ってクッキーとお茶を楽しむ。

「これは、ミクが焼いたんでしょう！　とても美味しいわ」

ヨナに褒められたよ。ジミーは無言で食べているし、ヨシはまだ疲れているみたい。

「木の家《アビエスピラ》では、弟子のミクとサリーが家事をしてくれているんだ。ヨナとヨシとジミーも二人を手伝ってほしい」

三人は頷く。狩人の村でも家事の手伝いはしていたからね。

「私は、掃除と洗濯が中心なの。ミクが料理と畑仕事よ。勿論《もちろん》、忙しい時はお互いに手助けしているわ」

サリーは、やはりしっかりしているね。ちゃっちゃと話を進める。

「私は、料理も少しはできるわ。それと掃除は得意よ」

ヨナは、若者小屋に住んでいたから、半分自立しているものね。

「俺は、水汲みと畑仕事」

うん、ジミーに料理は無理かも？　いや、教えたら上手くなるかな？

「僕は、何をしたら良いのか分からない」

ヨシは、家でも過保護に育てられていたみたい。

「少しずつ、ヨナと一緒に料理や掃除をしよう」

「うん！」と頷くヨシ、可愛《かわい》い。


着いた日は、疲れていたからお風呂に入って眠った。私とサリーとヨナが、私の部屋で寝たんだ。

ヨナは、オリヴィエ師匠が狩りに持っていく寝袋を借りて床で寝た。

「床に寝るなんて、大丈夫？」と心配したけど、狩りで遠出をするから慣れているみたい。

ジミーとヨシは、サリーの部屋のベッドで眠った。

「おはよう！」

二人を起こしに行ったら、何故か、ジミーは床で寝ていた。

「あれ？　どうしたの？」

ジミーは起きてくると、そっと部屋から出た。

「ヨシが夜中に暴れたんだ。あいつは寝相が悪い」

「でも、ちゃんと枕に頭を置いて、寝ていたよ？」

「何周目かなんだろう」

ああ、それは大変だったね。

「きっと、今日は師匠が部屋を何とかしてくれるよ」

ヨシは疲れて寝ているので、そのままにしておく。

ジミーが、ポンプで上水槽を満タンにしてくれるので、サリーとヨナが掃除と洗濯をする。

私は、人数が増えたので、火食い鳥《カセウェアリー》の世話をして、卵を集める。パン種は昨夜から仕込んでいたので、外の窯で焼く。

「後は、スープと卵でオムレツを作れば良いわね！」

サリーとヨナが洗濯から帰ってきたので、手伝ってもらう。ジミーはパン焼き窯の見張りだ。

「そろそろ、ヨシを起こしてきて！」

ヨナに起こしに行ってもらっている間に、オリヴィエ師匠とアリエル師匠が起きてきた。

「おはよう！　さぁ、朝食にしよう」

朝食の席で、師匠達が木の家《アビエスビラ》の改築をすると言い出した。

「皆の意見を聞きたい」

サリーと私は顔を見合わせた。

「やはり、自分の部屋が欲しいです」

二人でお願いする。

「俺は、ベッドがあればそれで良い」

あと、アリエル師匠が「お風呂は二つないと困るんじゃない？」と言う。

確かにね！　今までは師匠達がお風呂に入ったあと、サリーと一緒に入ったらおしまいだった。

昨日は、ヨナやヨシやジミーに石鹼《せっけん》の使い方を教えたりしたから、余計に時間が掛かったんだ。

「あのう、ここでお世話になって良いのでしょうか？　他の村の子が来たらどうなるのかしら」

ヨナは、木の家《アビエスピラ》は心地よいけど、弟子の私達とは違うのに良いのかと遠慮している。

「他の村の子は、またその時に考えるさ。集会場は、十数人は泊まれるし、五歳以下の子は何処かの世話になると思うな」

三人が首を傾《かし》げている。

「アルカディアでは、五歳までは子ども扱いなの。五歳から物見の塔の当番が回ってくるわ」

三歳で若者小屋に行くのが普通、二歳でも行く子がいる狩人の村とは違うよね。

「今日は、木の家《アビエスピラ》の改築をするから、皆に手伝ってもらう。明日からは、午前中は学舎《まなびや》へ通ってもらう」

ベッドは、集会場の余っているのをマジックバッグに入れて運ぶみたい。

「このままでも改築はできなくないけど、サリーとミクの私物がなくなったら困るだろ？　一旦は、マジックバッグに入れて、外に出してくれ」

ヨナ達に手伝ってもらって、部屋を空っぽにする。

「屋根裏部屋も使わないと無理だな……ついでに片付けるか！」

サリーがため息をつく。衣装櫃《いしょうびつ》が山積みだし、アリエル師匠の本をやっと運び込んだところだからね。

「どうせなら、不用品も処分しましょう」

その不用品のほとんどは、アリエル師匠の本じゃないかな？

ジミーが力仕事を手伝ってくれたし、衣装櫃をどんどんマジックボックスに入れていく。

私とサリーの部屋も空っぽになり、天井裏も空っぽだ。

オリヴィエ師匠が集中している。

「あっ！　空間がねじれて広がっていく！」

凄く不思議な光景だ！　私が興奮して、サリーの腕を強く握る。

「ミクには見えているの？　教えて！」

「木の家《アビエスピラ》がグンと広くなっているの！　グァンと空間がねじれて、バァンと広がるのよ！」

サリーが驚く。

「それでは、居間や台所もぐしゃぐしゃになってしまわないの？　アリエル師匠の部屋の荷物は移動してないのよ！」

サリーが一生懸命片付けた部屋だからね。心配するのも分かるよ。

「ううんと……うん、広げない部屋は大丈夫みたい。一階はお風呂場を増築する部分が広がっただけだよ」

サリーがホッと息を吐く間にも、リフォームは続いた。

三階は、一部屋増えたし、屋根裏部屋は広がって、二部屋と物置になった。

こんなことができるオリヴィエ師匠って、本当に凄いよ！

「女の子を三階にして、男の子は屋根裏部屋かな？」

ヨナは少し考えてから、口を開く。

「私は、光の魔法を習得したら、バンズ村に戻るつもりです。でも、ヨシとジミーは、もう少し長く居ることになるから、便利な方が良いかも」

お姉ちゃんとして、弟のヨシが楽に暮らせるように考えているんだね。

「そうか、なら、屋根裏部屋はヨナとジミーだな」

新しくできた部屋にベッドをマジックバックから出していく。

「後は、服だなぁ！」

衣装櫃を出して、それぞれの服を何着か出す。

「まぁ、とても素敵だわ！」

ヨナは、サリーと真剣に服を選んでいる。樟脳《しょうのう》臭いから、洗って干さないとね。

「女物ばかりなのですか？」

チュニックとズボンなら、ジミーやヨシも着られると思うけど、ちょっと色が鮮やかすぎるみたい。

「うん？　そういえば、小父《おじ》様達のもある筈《はず》だけど？」

衣装櫃を何個も開けて、やっと男の子向きの服を見つけた。これを洗っている間に、布団も引っ張り出さないとね！

何とか、部屋らしくなったのは、お昼前だった。屋根裏部屋の半分は物置で、そこにマジックボックスを積み上げる。

「子ども向きの本は、並べておいた方が良いかもね」

アリエル師匠、本を貸してくれるのはありがたいけど、その準備は丸投げなんだね。

「ミクとジミーは、下で料理して！　ヨシは、私達と本を選ぼう！」

サリーとヨシとヨナは、物置き部屋の片付けを続け、私とジミーは昼食の用意だ。

「ジミー、野菜を採りに行くわよ！」

何故、ジミーがこちらか？　力仕事が待っているからだ。

「ここがうちの畑よ！　あちらの小麦畑は、アルカディア全体のものなの」

二日留守にしていたから、夏野菜の最後の収穫をしなくちゃね。

「ジミーは、ナスを採って！　私は、きゅうりを採るわ」

背負《しょ》い籠《ご》いっぱいに夏野菜を採る。

「ミクは、やはり上手く作るな」

「うん！　これは上手《じょうず》なの」

採れたてのきゅうりで、サラダを作る。薄く切って、塩を振り、少しだけ蜂蜜とお酢で味付けしただけ。でも、美味しいんだ！

スープとパンは朝と同じ。ナスを薄く切って、フライパンで焼く。それを大きな器に入れて、トマトソース、ナス、トマトソースと何段か重ね、チーズを上にパラパラ。

「ジミー、これをオーブンで焼くから、焦げないように見ていてね！」

その間に、テーブルに食べ物を運ぶ。

サラダとスープとパン！　飲み物は、さっぱりしたいからミントティー。

「ミク、焦げそうだ！」

うん、ちょっときつね色で良い感じ。

「ご飯ですよ！」

上に向かって呼ぶと、全員集合だ。

熱々のナスのトマト焼きをテーブルで切り分けて、盛り付けた皿を配る。

「美味しそうだな！」

オリヴィエ師匠が喜んでいる。

「お酒が飲みたくなるメニューね」

アリエル師匠は、優雅に食べている。

「ミク、これはピザにしても美味しそうね！」

ああ、そうかも？

「そろそろ、ピザを焼かないと、文句が出るぞ」

昼からは、師匠達は、長老会だそうだ。つまり、長老会が終わったら、ピザが食べたいって気分なんだね。

「では、旗を立てなきゃね！」

サリーは、お土産《みやげ》にかなりお金を使ったから、また貯《た》めたいようだ。

「ピザ？　前に食べた物を売るの？」

ヨナとヨシは食べたけど、ジミーは食べてない。

「うん、皆も手伝ってくれたら、お小遣いになるよ。昼からは、生地をいっぱい作らなきゃ！」

生地を捏《こ》ねるのは、ジミーにしてもらう。上にトッピングを置いていくのは、ヨシに任せる。

ヨナは、サリーとレモンを搾って、レモネードを作る。

今夜のピザは、大勢が来そう！

今日のピザは、採れたてのナスを使う。だって、いっぱい採れたからね。

私は、ナスを切って炒《いた》める。ピザの上に生のまま置いても良いけど、焼く時間が長くなるからだ。

先に、カポナータ風にナス、玉ねぎ、トマトを炒め煮しておく。これなら、生地の上にトマトソースを薄く塗って、具材をドバッと置き、チーズをパラパラ振って焼けば良いからね。

「ミク、きゅうりの一本漬けも作るんでしょ？　串はあるの？」

サリーに言われて、串を入れている箱を見たけど、少ししかない。

「それなら、俺が作ってやるよ」

ジミーは、赤ちゃんの時から木を削っていたからね。

生地は捏ねてくれたから、そちらを頼む。

「ヨナとヨシは、レモネードを作るのを手伝って！」

サリーもお小遣いを稼がないとね！　お土産の布を買って、かなり使ったから。

夕方になる前に旗を立てた。夏より、早く暗くなるからだ。

「おおい！　来たよ」

リュミエールが一番乗りで、家が近いヘプトスが二番目、どんどんやって来る。

「ピザを焼いている間に、紹介するわね。私やサリーと同じバンズ村から来たヨナ、ヨシ、ジミーよ」

またヘプトスが人見知りして、怖い顔になっている。

でも、エレグレース、マリエール、ガリウスがやって来たので、緊張も解けたみたい。

「明日から学舎に行くの！　よろしくね」

ああ、ヨナはしなやかな美人だから、ヘプトスとガリウスが頬《ほお》を赤くして頷いている。ガリウスは、もう卒業してるじゃん！

「ヨシは何歳なの？」

リュミエールは、マウントを取るのが好きだね。自分より幼い子が増えると喜んでいる。

「まだ二歳になっていないんだ」

全員が驚いた。

「だから、姉の私が一緒に来たの。ミクやサリーも二歳でアルカディアに来たんでしょう」

ヨナが、ヨシを庇《かば》う。

「まぁ、私が小さい子の面倒を見るよ。リュミエールと言うんだ！　ヨシ、覚えておくんだよ」

それから、皆が自己紹介をする。そして、ピザを食べたり、レモネードを飲んで楽しく話している。

私とサリーは、忙しくしていたよ。ジミーが気がついて、手伝ってくれた。

「ヨシ、手伝いましょう！」

ヨナがヨシと手伝いを始めると、何故かヘプトスとガリウスも手伝い出した。

あらら、恋の予感？　まぁ、アルカディアも結婚相手を探すのに困っているみたいだからね。

途中でヨシをヨナが寝かしつけに行った。この日は、暗くなるまでピザは大盛況だった。ナスのピザ、美味しいよね！


次の日から、ヨナ、ジミー、ヨシと一緒に学舎に通う。ヨナとジミーは、一の巻からだったけど、ヨシは二の巻だ。

武術は、ヨナとジミーは狩人のスキル持ちだから優等生だ。ヨシは私と一緒にメンター・マグスの指導を受ける。

「ミク、もっと素早く身をかわさないといけない！」

分かっているけど、森の人《エルフ》は凄く素早いのだ。前世だったら、私でもオリンピックに出られると思うよ！

「ヨシは……先ずは体力作りだな。屈伸運動をしてみよう」

私には厳しいメンター・マグスだけど、ヨシには優しい。幼いのもあるけど、森の人《エルフ》の運動神経がないのを一目で見抜いたのだろう。

初日は皆、疲れたみたい。ジミーは、学習が大変そうだ。

ヨシは、やはり体力がないみたい。

「ヨシは、昼食後は昼寝をした方が良さそうだ」

オリヴィエ師匠は、薬師として体調管理にも詳しい。

「僕も手伝います」とヨシは言うけど、誰が見ても体力の限界だ。

ああ、ヨシを見ていると、前世の私を思い出す。他の子が何気なくできることが、できなくて辛《つら》かった。

「ヨシ、少しずつできるようになれば良いのよ。今、無理をしたら、病気になるかもしれないわ」

ヨナも同じ気持ちなのか、二階の部屋に連れていった。

「昼から、森に行きたい！」

ジミーは、元気いっぱいだね。

「そうね！　ちょっと奥まで行こうかしら！」

えっ、ジミー！　知らないだろうけど、アリエル師匠はドラゴン・スレイヤーなんだよ。

「ちょっと奥って、川を越えるんじゃないのか？　子どもを連れていくのは反対だ」

オリヴィエ師匠が止めてくれたけど、アリエル師匠はジミーとヨナとサリーを連れて森に行っちゃった。

私は、オリヴィエ師匠とお留守番だ。ヨシが寝ているからね。

「明日は、魔法訓練の日だけど、皆は大丈夫でしょうか？」

オリヴィエ師匠は、薬草を整理していた手を止めて笑う。

「ミクは、自分のことだけ考えていれば良いのだよ。あの子達を引き受けたのは、私とアリエルなんだから。それに、光の魔法を頑張って取得しないといけないのでは？」

そうだよね！　なんとなく、気持ちが軽くなった。

最初は今までの生活とは異なることで慣れるまで大変だったけど、一ヶ月も経たないうちに役割分担にも慣れ賑《にぎ》やかになった。

ヨナは、やはり若者小屋の経験があるから、家事全般を手伝ってくれる。ジミーは力仕事、それにヨシはアリエル師匠の膨大な本を整理してくれたんだ。子ども向きの本は物置の本棚に並べてくれた。

七人に増えた木の家《アビエスピラ》の生活は賑やかだ。ジミーはあまり話さないし、ヨナもヨシも騒ぐタイプじゃないのにね。

学舎の仲間がピザを食べに来て、手伝いながら喋《しゃべ》ったりするからかも。


光の魔法を習得しに来たヨナは、四ヶ月でバンズ村に帰った。私もちゃんと習得できたよ！

その頃には、ヨシも光の魔法を習得したからか、見違えるほど元気になって、森歩きで薬草採取ができるようになったから、安心したのかも。

ジミーは、雪の降らない昼からはアリエル師匠とサリーと森に狩りに行く日々だ。

バンズ村の子ども達が光の魔法を習得したと聞いた他の村からも、少しずつ子ども達がアルカディアに来るようになった。ほとんどが若者小屋の子で、五歳以上は集会場に住んでいる。

その中に畜産に興味を持つ子がいて、ヴェルディは初弟子を持つことになった。顔は怖いけど、ちゃんと訊《き》けば答えてくれたヴェルディだから、教えるのは上手いと思うよ。

アルカディアは、光の魔法の使い方を狩人の村の森の人達《エルフ》に教え、寿命を延ばした。そして、アルカディアも得るものが多かった。

子どもの数が減少し、紙漉《かみす》き、織物、ガラス工芸、畜産などの技術が失われそうになっていたが、狩人の村の子どもが技術を習いたいと弟子になったのだ。

それに、狩人の村ほどではないが、アルカディアも血縁関係が多い。狩人の村の森の人《エルフ》との交流で、何組かのカップルができた。

リュミエールは、やっと一番幼い子ではなくなりそうだと、喜んでいる。私達は、アルカディア生まれではないからね。ジミーを赤ちゃん扱いして、武力訓練で捩《ね》じ伏《ふ》せられたのも影響しているのかも。


私は、三歳になり、アルカディアの厳しい冬の中、火食い鳥《カセウェアリー》を飢えさせないように頑張っている。だって、餌が少ないと攻撃的になるからね。

「雄を潰して食べたら楽なのに」

オリヴィエ師匠は、唐揚げが食べたいだけだと思うよ。

ジミーは、アリエル師匠に厳しく鍛えられている。サリーが時々ヤキモチを焼くほどね。

春になった頃、卵から孵ったばかりの若い竜がアルカディアの近くまで飛んできた。竜討伐に目のないアリエル師匠がジミーと森歩きしていたのは、竜にとって災難だったね。瞬殺されたみたい。

「俺は、村に帰るよ！」

ジミーは、竜は手に余ると、アリエル師匠の勇姿を見て感じたのかな？

「もっと大きくなってから、竜に挑みたい！」

あらら、目がメラメラ燃えている。

「ふふふ、ミクやサリーが竜討伐するまでに、腕を上げておくのよ」

ふう、やはりそれが卒業試験なんだね。

一年後、ヨシは、光の魔法を習得し、学習面では六の巻を終えた。

「僕は、教会に行き、神父になります。そして、狩人の村とアルカディアの森の人《エルフ》の掛け橋になりたいです」

「えっ、教会に行きたくないから、アルカディアに来たんでしょう？」

驚いたよ！　でも、ヨシは清々《すがすが》しく笑う。

「何もできないからと教会に行くのは嫌だったんだ。アルカディアで色々と学んで、それで皆の役に立ちたいと思って、自分の意思で教会に行くことにしたんだ」

オリヴィエ師匠が嬉しそうに笑う。ヨシのことを一番心配していたからね。

「頑張ってね！」私とサリーは、それしか言えないよ。

「二人も頑張ってね。竜を退治する時は、ジミーに応援を頼むと良いよ」

はぁ、それは何年後なんだろうね。

幕間　卒業試験は過酷だ！（ヨシ視点）

私はバンズ村で生まれたヨシ。狩人《かりゅうど》の村なのに、狩人のスキルに恵まれなかった。その上、一歳年上のサリーとミクみたいな役に立つスキルも賜わらなかった。私が賜ったスキルは『知識』。狩人の村に居た頃は、本当に辛《つら》かったよ。

でも、アルカディアの木の家《アビエスピラ》で過ごし、光の魔法を習得してから、少しだけ木の間の移動もできるようになった。

それと学舎《まなびや》で、魔の森の狩人の村、アルカディア、そして人間の国について、勉強できたのは素晴らしい経験だった。

「僕は、教会に行き、神父になります。そして、狩人の村とアルカディアの森の人《エルフ》の掛け橋になりたいです」と決意したのをミクは驚いていた。

前は、教会に行くしかないと思っていたけど、色々と学んで、他の生き方もできると分かった上で、教会に行って、いずれは神父になりたいと思ったんだ。

私が教会に入って十年が経《た》った。今は、神父さんの助手として、魔の森の巡回をしている。神父さんは、いつものように子どものスキル判定、結婚式、それと諸々《もろもろ》の相談。私は、子ども達に文字や数字を教えたり、光の魔法の習得ができていない森の人《エルフ》に手解《てほど》きしている。

今日はバンズ村からラトミ村への移動日だ。

た。

「ジミー、どうしたの？」

隣の村まで、いつも護衛がつくのだけど、今回は狩りが大好きなジミーが引き受けることになった。

「卒業試験を受けるそうだ」

相変わらず、口の重いジミーだ。まぁ、誰が卒業試験を受けるのかは、神父さんも私も分かっている。

「そうか、ミクとサリーが卒業試験を受けるのか？　修業も終わるのだな」

神父さんは、感慨深げだけど、そんな呑気《のんき》なことを言っている場合じゃないんじゃないかな？

「竜の討伐が卒業試験なのでしょう。ジミーは、自信があるの？」

バンズ村でもジミーは腕の良い狩人として有名だ。それに、光の魔法もかなり上手《うま》く使うみたい。

「えっ、ミクは薬師、サリーは風の魔法使いの卒業試験なのだろう？　竜の討伐？　馬鹿な！」

神父さんは知らなかったみたいで狼狽《うろた》えている。七十歳になったけど、なんとか光の魔法を習得して、六十歳からあまり老けていない。でも、あまり驚くとロバが暴れるよ。

「行こう！」

ジミーは相変わらずだなぁ。私達に守護魔法を掛けて、木の上にスチャッと跳び上がる。私は、枝を使って上がるんだけどさ。

神父さんは、ロバでゆっくりと歩いているから、ジミーが警戒してくれる。

私は生えている下級薬草を摘みながら、次の村に向かう。木の上から探した方が見つけやすいんだ。目に魔力を込めるやり方も習ったからね。それと、オリヴィエ師匠に簡単な煎じ薬の作り方を教わった。

魔の森には、下級薬草は割とあるけど、人間の村では滅多《めった》に見つからない。

それに、これは教会に併設されている養護施設でも使えるんだ。人間の子どもは、すぐに風邪をひく。ひき始めなら、下級薬草でもよく効くんだ。まぁ、ミクの作る煎じ薬の方が効き目はいいけどさ。

ジミーが護衛なので、ラトミ村の護衛はつかなかった。

「試験に間に合うの？　別の護衛をつけてもらって、ジミーだけ先に行っても良いんだよ」

ジミーは、首を横に振る。

「約束している」

そうか、ミクとサリーだけじゃなく、アルカディアの女の子と良い感じなんだよな。

この口の重いジミーが彼女を作るだなんて、信じられなかったよ！　それに私は、ジミーはミクのことを好きだと思っていた。

まぁ、狩人の村では同じ村の森の人《エルフ》同士の結婚はタブーなんだけどね。確か、ジミーとミクはハトコだったかな？　でも、他の血も繋《つな》がっているから、従姉妹《いとこ》ぐらいになるのか？　どちらにしても同じ村の相手との結婚は避けた方が良い。

「ほぅ、あの赤毛の美人のマリエールと約束しているのか？」

神父さん、竜の討伐は知らなかったのに、恋愛関係には鋭いね。いや、これは人間関係の基本だから、私もこれからは注意深く観察しなくては！

「討伐を手伝う約束だ！」

ジミーは、照れ臭いのか、サッサと進む。

数年前に、アルカディアの何人かの若者が卒業試験に合格して旅立った。

マリエールは、そっちと一緒でも良かったのに、ミクとサリー、そしてヘプトスとリュミエールと受けることにしたんだ。きっと、数年前ではジミーは竜を倒すことができなかったからかもね。


アルカディアに着いた。私がここで修業したのは、一年半ぐらいだったけど、第二の故郷のように思える。

「ジミー！　来てくれたのね！」

マリエールとミクとサリーが門まで歓迎に来ていた。

「ああ」

それだけ？　まぁ、マリエールもミクもサリーもジミーの反応には慣れているよね。

「ジミー、夜まで竜討伐の計画を木の家《アビエスビラ》で立てましょう」

それに、嬉《うれ》しいことに私は木の家《アビエスビラ》に招待された。ミクの料理は、本当に美味《おい》しいからね！

前は、集会場でこうした卒業試験の計画は立てていたみたいだけど、今は狩人の村の子どもが滞在しているからね。神父さんもメンター・マグスの家に泊まるみたいだ。

木の家《アビエスビラ》の食卓の上で、竜の討伐の作戦会議をしている。私は、部外者なのに、何故《なぜ》か一緒の席についていた。

「ヨシは賢いから、私達の計画に何か穴がないか教えてほしいの」

ミクとサリーにそう言われたけど、竜討伐のことなんて何も知らない。

ジミーとリュミエールとヘプトスがミクとサリーとマリエールの卒業試験を手伝う。マリエールは、可愛《かわい》い女の子だけど、火の魔法が得意だ。

「先《ま》ずは、何頭かの魔物を仕留めて、ここに罠《わな》を仕掛けるのだ」

実は、リュミエールとヘプトスは、もう竜を討伐済みなのだ。だから、指揮をとっている。

まぁ、リュミエールらしいね。偉そうにするのが子どもの頃から好きだった。面倒見も良いから、私は気にならないよ。

私は、リュミエールはミクを好きだと思っていた。でも、どうやらサリーと仲が良いみたいだね。

ミクは、穏やかなヘプトスと気が合うのかも。一緒に菜園を作ったりしている時間も長いからかな？

夜は、神父さんとメンター・マグスも食事に招待していた。

「ミクの料理は、とても美味しい。できればアルカディアにずっと居てほしいが、卒業したら人間の町に行くのだろう」

ミクとサリーと仲間達は、先に卒業したガリウスやエレグレース達と同じ町に行くつもりみたい。

「西の国《ルミナス》に行くのは良いだろう。東の国は戦争が続いているから」

神父さんは、戦争で亡くなる人を思い、エスティーリョ神に祈りを捧《ささ》げた。

一瞬、静寂が木の家《アビエスピラ》に満ちたが、神父さんは空気を読むのが上手い。

「さて、このナスのチーズ焼きは美味しそうだ！　ミクは、人間の町でレストランを開けるぞ！」

確かにね！　こんな美味しいものは他では食べられない。

「レストランは考えたけど、ガラの悪い客とか貴族に偉そうにされたら嫌だわ」

そう、人間の国には王様もいるし、貴族もいる。魔の森には、そんな身分はなかったから、教会で勉強した時に戸惑ったよ。

「ガリウス達もいるから、変な客は追い出してくれるわ。それか森の人《エルフ》専門のレストランにしても良いのよ。今は、西の国《ルミナス》に大勢いるから」

サリーは、やはりしっかりしているね。

「でも、サリーと治療院を開く計画じゃない！　料理を振る舞うのは、メンバーだけで良いと思うわ」

まぁ、そうだよね。でもヘプトスが心配そうだ。

「仲間って、どこまで含まれるの？　サリー、マリエールだけ？」

女の子三人は一緒に住もうと約束しているみたいだ。森の人《エルフ》の容姿は綺麗《きれい》だし、目を付けられたら困るから、良いと思う。

「えっ、私は食べられないの！　酷《ひど》いよ」

リュミエールの抗議に、ミクが慌てる。

「リュミエールもヘプトスもジミーも、仲間だもん！　一緒に食べましょう」

あれ？　ジミーも一緒に町に行くって聞こえたけど？

「ジミー、親御さんに言ってきたのか？」

神父さんが心配しているよ。護衛と卒業試験の手伝いだけだと思っているかもしれない。

「言った」

まぁ、次に巡回した時にジミーの両親には話しておこう。

次の日の朝早く、ミク、サリー、マリエールの卒業試験が始まった。手伝いは、ジミー、リュミエール、ヘプトスだ。

「無理だと思ったら逃げるんだぞ！　また受け直したら良いだけなんだから」

オリヴィエ師匠の忠告を聞きながら、魔の森の奥、川を渡った最奥へと向かった。

私は、狩人の村から来ている子ども達と話し合う。

「光の魔法を習いに来たのに、勉強ばかりだ！」

ああ、狩人の村では勉強はあまり重要視していなかったからね。

「今までは、狩りができたら、それで良かった。でも、三百年生きるのに、文字や計算ができなくて良いの？　人間の町でお釣りを誤魔化《ごまか》されたり、不利な契約で損をするよ」

狩人の村でも光の魔法が使える森の人《エルフ》が多くなり、狩りだけしていては駄目だと考える者も増えた。だから、アルカディアに子どもを送って、学舎に通わせたり、技術を身につけさせようとしているのだ。

それでも、中には狩りにしか興味のない子もいる。そんな場合は、さっさと光の魔法を習得させて、他の子にチャンスを与えることにしている。

もらったチャンスを活《い》かせない子は、狩りだけして、これまで通りの貧しい暮らしをするしかないんだ。

私は神父の助手だから、一応はアドバイスするけど、それを聞き入れるかどうかは、その子次第だと、この数年で諦観したよ。まぁ、ほとんどの子は、四の巻ぐらいの知識を得て、何か手に仕事を付けて帰るんだけどさ。

前は、バラバラと子どもが来ていたけど、光の魔法だけなら村でも習得した森の人《エルフ》に教えてもらえる。

今は、各村二人ずつ一年間勉強に来ているんだ。勿論《もちろん》、各師匠に弟子入りできたら、期間は延びるよ。

まぁ、今日は子ども達の不満を聞いたり、勉強で分からないことを教えて過ごそう。何もしないでいたら、ミクとサリーが心配だからね。

夕方、ミクとサリーとマリエールがくたくたになって、ヘプトスやリュミエール、ジミーに支えられて戻ってきた。

手ぶらだったけど、ミクがマジックバッグを持っているのは知っている。

「ミク、サリー、マリエール！　大丈夫か！」

オリヴィエ師匠とアリエル師匠、それとマリエールの師匠が、今日は一日中門の辺りをうろうろしていたから、姿を見て飛び出す。

「オリヴィエ師匠、竜を討伐できました。調合薬を作りたいです！」

皆、どろどろで、くたくたなのに、ミクは薬師の最終調合を習いたい！　と目をキラキラさせている。

「その前に解体だわ！　竜を出して」

村の広場にはアルカディアの森の人《エルフ》が集まっている。

ミクがマジックバッグから、竜を出した。

「おお、これは大きいな！　大変だったろう」

苦労したのは、竜の身体《からだ》に刻まれた傷で分かるよ。

「サリー、一発で倒せないと駄目よ」

アリエル師匠は見た目は優雅だけど、日頃はぐうたらだ。でも、竜の討伐には厳しい。

「私達の卒業試験の時のような若い竜ではなく、かなり大きくなった竜で、ずる賢かったのだ」

リュミエールも、いつもは綺麗な長髪が、かなり乱れている。

「逃げようと言ったけど、ミクとサリーとマリエールが倒すと言うから。三人の卒業試験だからね」

ヘプトスは、森の人《エルフ》としては、身体ががっしりしている。彼の服には焼けこげた跡がある。

「解体しよう」

ジミーはブレないね。

「肝はもらうわよ！　水につけたいから、先にちょうだい！」

竜の肝は、調合薬の素材になるみたい。これまでも、ミクは師匠の手伝いをしていたけど、今回は全て一から作るのだと張り切っている。

解体は、アルカディアの狩人も手伝ってくれた。誰が見てもヘトヘトだからね。

「今日は、ドラゴンステーキだな！」

神父さんは喜んでいるけど、ミクは大丈夫なのかな？

「美味しい！」

ドラゴンステーキは、とても美味しくて口の中で蕩《とろ》けた。

「ねぇ、ミク！　やっぱり、ずっとここに居ない？」

アリエル師匠が口説いているけど、ミクはキッパリと拒否した。

「皆と人間の町に行って、治療院を開きたいのです」

オリヴィエ師匠は笑っている。

その夜は、皆で竜との戦いの話を聞いた。割とギリギリだったんじゃないかな？

「餌に食いついた竜をミクが光の鞭《ライトウィップス》で縛り、私は飛んで逃げないように空気のドームで囲ったの。皆で攻撃したけど、ジミーとリュミエールの光の矢が両目に刺さったのが大きかったわ。でも、それで怒った竜がブレスを吐いたの！」

サリーが淡々と説明してくれるけど、それは、怖そう！

「マリエールは火の魔法使いだから、平気だったけど、盾役のヘプトスは守護魔法を掛けても、かなりダメージを受けたの。でも、ミクがすぐに回復魔法を掛けたのよ。後は、総攻撃して、やっと倒したの」

ふと、サリーだけが話していると思ったら、ミクはコックリ、コックリ船を漕《こ》いでいた。

「さぁ、調合薬は明日作ろう！　ミク、サリー、寝なさい！」

ミクは目を開けて「肝が新鮮なうちが良いのに……」と言っていたが、オリヴィエ師匠は時間停止のマジックボックスに入れてあると笑う。

「えええ！　そこには、私が居ない間のスープ鍋や調理した肉や、野菜料理が入っているのですよ！」

うん、竜の肝と料理は一緒にしたくないよね。オリヴィエ師匠は、少し大雑把《おおざっぱ》なところがある。

「大丈夫だよ！　蓋をした容器に入れてあるから」

サリーは、我関せずで部屋に戻る。淡々と説明していたけど、疲れたのだろう。

ミクも明日は全部自分で調合薬を作ります！　と宣言して、部屋に上がった。

「卒業試験、少し厳しすぎませんか？」

私の発言に、オリヴィエ師匠とアリエル師匠が笑う。

「そのくらいできない子じゃないと外に出さないさ」

そうなのか？　私は厳しすぎると思うけどね。


次の日、ミクは調合薬を一人で作った。

「これを売れば、当分は食べていけるさ。それに、竜の皮も高く売れる。ちょっと傷が多いけど、問題ないだろう」

ああ、それもあって竜の討伐が卒業試験なんだね。

ミク、サリー、マリエール、ヘプトス、リュミエール、ジミー、どんな冒険をするのかな？　ただ一つ分かっているのは、ミクの料理目当てにアルカディアの森の人《エルフ》が集まることだね。

エピローグ

ヨシが教会に行って、十年が経《た》った。私とサリーとマリエールは、仲間達の助けを借りて、何とか卒業試験、つまり竜を討伐した。かなり、やばかったけどね！

それに私のもう一つの卒業試験、つまり竜の肝を使った調合薬も一人で作ったよ。

「ミク、忘れ物はない？」

サリーが私に声を掛ける。十年過ごした部屋を眺めて、少し感傷的になるけど、夏には戻ってこよう！

「うん、もう全部バッグに入れたよ」

マジックバッグも容量の大きいものが作れるようになったからね。

二人で下に降りて、師匠達に挨拶する。

「お世話になりました！」

アリエル師匠は、照れ臭いのか、ソファーで本を読んでいる振りをする。

「オリヴィエ師匠、マジックボックスにスープやパン、それにピザを入れてあります。取り出して食べるだけですからね！」

前のような食事はさせられない。この半月は、料理してはマジックボックスに詰めていた。

オリヴィエ師匠が最後の注意をする。

「人間には良い人もいるが、悪い奴《やつ》もいる。気をつけるのだよ！」

アリエル師匠もソファーから立ち上がり、サリーに注意する。

「治療院を開いたら、タダで見てほしいと言い出す人が来るわ。貴女達《あなたたち》は優しいから、注意してね。安くしても良いけど、タダは駄目よ！」

これは、何度も言われている。師匠達も若い頃に失敗したんだってさ。

タダで治療してくれると噂《うわさ》が流れて、金を持っていても払わないとか、他の治療院に殴り込まれたり、大変だったそうだ。

「私は大丈夫です。でも、ミクは人がいいから心配だわ」

「サリー、それはないよ！　私だって、自分で生きていくんだから、分かっているわ」

師匠達が、ケラケラと笑う。

「そろそろ行かないと、置いていかれるぞ！」

オリヴィエ師匠に背中を押されて、木の家《アビエスビラ》を後にする。

アリエル師匠とオリヴィエ師匠、二人が玄関で見送っている。

「ミク、行きましょう！」

サリーと門に向かって走る。そこには、一緒に人間の町に行く仲間達が待っている。

リュミエールとサリー、それにジミーとマリエール！　何となく仲が良いんだよね。

「ミク、師匠達とお別れはできた？」

ヘプトスは、家が隣だし、畑仕事で一緒になることも多いから、仲が良いんだよね。

「うん、泣かなかったよ！」

ヘプトスが私の荷物を持とうとしてくれる。マジックバッグだから、重たくないのにね。親切は

嬉《うれ》しいけど、遠慮するよ！

「大丈夫！　もう一人立ちした薬師なんだから！」

私の冒険は、これから始まるんだ！

転生したら、
子どもに厳しい
世界でした

キャラクターデザイン

サリー（0歳）
サリー（2歳）

オリヴィエ
アリエル

ルミ
キンダー

エレグレース
ガリウス

ヘプトス
リュミエール

MFブックス

転生《てんせい》したら、子《こ》どもに厳《きび》しい世界《せかい》でした 2

2024年6月25日　初版第一刷発行

著者　梨香
発行者　山下直久
発行　株式会社KADOKAWA
〒102-8177　東京都千代田区富士見2-13-3
0570-002-301（ナビダイヤル）
印刷・製本　株式会社広済堂ネクスト
ISBN 978-4-04-683713-4 C0093

企画　株式会社フロンティアワークス
担当編集　正木清楓／吉田響介／河口紘美（株式会社フロンティアワークス）
ブックデザイン　鈴木 勉（BELL'S GRAPHICS）
デザインフォーマット　AFTERGLOW
イラスト　朝日アオ

本シリーズは「小説家になろう」（https://syosetu.com/）初出の作品を加筆の上書籍化したものです。

この作品はフィクションです。実在の人物・団体・事件・地名・名称等とは一切関係ありません。

ファンレター、作品のご感想をお待ちしています

宛先
〒102-8177　東京都千代田区富士見2-13-3
株式会社KADOKAWA　MFブックス編集部気付
「梨香先生」係「朝日アオ先生」係

二次元コードまたはURLをご利用の上
右記のパスワードを入力してアンケートにご協力ください。

https://kdq.jp/mfb
パスワード
e8p44

● PC・スマートフォンにも対応しております（一部対応していない機種もございます）。
●アンケートにご協力頂きますと、作者書き下ろしの「こぼれ話」がWEBで読めます。
●サイトにアクセスする際や、登録・メール送信時にかかる通信費はご負担ください。
● 2024年6月時点の情報です。やむを得ない事情により公開を中断・終了する場合があります。

召喚スキルを継承したので、極めてみようと思います！
～モフモフ魔法生物と異世界ライフを満喫中～
えながゆうき
イラスト：nyanya
謎だらけなスキルで召喚されたのは――
個性豊かすぎる"魔法生物"！？
自由気ままに異世界でモフモフライフを楽しみます！
「」カクヨム発
STORY
モフモフ好きな青年は、気づくとエラドリア王国の第三王子・ルーファスに転生していた。継承した"召喚スキル"を広めるため、様々な魔法生物たちを召喚しながら、ルーファスの異世界モフモフライフが始まる！
MFブックス
MFブックス新シリーズ発売中!!